España
Av. Diagonal, 662-664
08034 Barcelona (España)
Tel. (34) 93 492 80 36
Fax (34) 93 496 70 58
Mail: info@planetaint.com
www.planeta.es

Argentina
Av. Independencia, 1668
C1100 ABQ Buenos Aires
(Argentina)
Tel. (5411) 4382 40 43/45
Fax (5411) 4383 37 93
Mail: info@eplaneta.com.ar
www.editorialplaneta.com.ar

Brasil
Rua Ministro Rocha Azevedo, 346 -
8º andar
Bairro Cerqueira César
01410-000 São Paulo, SP (Brasil)
Tel. (5511) 3088 25 88
Fax (5511) 3898 20 39
Mail: info@editoraplaneta.com.br

Chile
Av. 11 de Septiembre, 2353,
piso 16
Torre San Ramón, Providencia
Santiago (Chile)
Tel. Gerencia (562) 431 05 20
Fax (562) 431 05 14
Mail: info@planeta.cl
www.editorialplaneta.cl

Colombia
Calle 73, 7-60, pisos 7 al 11
Santafé de Bogotá, D.C.
(Colombia)
Tel. (571) 607 99 97
Fax (571) 607 99 76
Mail: info@planeta.com.co
www.editorialplaneta.com.co

Ecuador
Whymper, 27-166 y Av. Orellana
Quito (Ecuador)
Tel. (5932) 290 89 99
Fax (5932) 250 72 34
Mail: planeta@access.net.ec
www.editorialplaneta.com.ec

Estados Unidos y Centroamérica
2057 NW 87th Avenue
33172 Miami, Florida (USA)
Tel. (1305) 470 0016
Fax (1305) 470 62 67
Mail: infosales@planetapublishing.com
www.planeta.es

México
Av. Insurgentes Sur, 1898, piso 11
Torre Siglum, Colonia Florida, CP-01030
Delegación Álvaro Obregón
México, D.F. (México)
Tel. (52) 55 53 22 36 10
Fax (52) 55 53 22 36 36
Mail: info@planeta.com.mx
www.editorialplaneta.com.mx
www.planeta.com.mx

Perú
Grupo Editor
Jirón Talara, 223
Jesús María, Lima (Perú)
Tel. (511) 424 56 57
Fax (511) 424 51 49
www.editorialplaneta.com.co

Portugal
Publicações Dom Quixote
Rua Ivone Silva, 6, 2.º
1050-124 Lisboa (Portugal)
Tel. (351) 21 120 90 00
Fax (351) 21 120 90 39
Mail: editorial@dquixote.pt
www.dquixote.pt

Uruguay
Cuareim, 1647
11100 Montevideo (Uruguay)
Tel. (5982) 901 40 26
Fax (5982) 902 25 50
Mail: info@planeta.com.uy
www.editorialplaneta.com.uy

Venezuela
Calle Madrid, entre New York y Trinidad
Quinta Toscanella
Las Mercedes, Caracas (Venezuela)
Tel. (58212) 991 33 38
Fax (58212) 991 37 92
Mail: info@planeta.com.ve
www.editorialplaneta.com.ve

Grupo Planeta   MR es un sello editorial del Grupo Planeta   www.planeta.es

LA DAMA AZUL

Javier Sierra

LA DAMA AZUL

mr · ediciones

Primera edición en esta presentación: mayo de 2005

© 1998, 2005, Javier Sierra, edición revisada
© 1998, 2005, Ediciones Martínez Roca, S.A.
Paseo de Recoletos, 4. 28001 Madrid
www.mrediciones.com
ISBN: 84-270-3165-3
Depósito legal: M. 20.848-2005
Fotocomposición: EFCA, S.A.
Impresión: Brosmac, S.L.

Impreso en España-Printed in Spain

Ediciones anteriores en otra presentación:
Primera edición: septiembre de 1998
Segunda edición: noviembre de 1998
Tercera edición: enero de 2001

*A las monjitas del Monasterio de la
Concepción de Ágreda,
en recuerdo de aquel providencial encuentro
del 14 de abril de 1991.*

*Y a Carol Sabick y J. J. Benítez,
oportunas «herramientas» del* Programador.

PRÓLOGO A ESTA EDICIÓN

En 1998 vio la luz la versión original de *La Dama Azul*. Asistí al parto con un vértigo que todavía recuerdo. Era mi primera novela, y deseaba que contuviera todas las claves de una investigación en la que había empleado casi siete años de mi vida. Cuando la entregué a imprenta ignoraba que el hombre que la inspiró, un sacerdote benedictino llamado Pellegrino Ernetti, llevaba cuatro años muerto. Ha pasado, pues, el tiempo suficiente como para confiar a mis lectores algunas claves que entonces no me atreví a revelar.

Me entrevisté por primera y última vez con el padre Ernetti en 1993, tras no pocas peripecias.[1] Ernetti, el carácter que inspiró al personaje de Giuseppe Baldi en esta obra, llevaba desde 1972 evitando hacer declaraciones sobre el gran proyecto de su vida: la construcción de una máquina capaz de fotografiar y filmar el pasado, a la que llamó Cronovisor.

Todo lo que hasta entonces sabía de él se lo debía a un reportaje del *Domenica della Corriere* y a una vieja obra de Robert Charroux titulada *El libro del pasado misterioso*. Su historia me

---

1. Aunque esa entrevista se reconstruye en páginas venideras, para los interesados en saber cómo fue en realidad, le dediqué un capítulo entero en mi ensayo *En busca de la Edad de Oro* (Grijalbo, 2000).

hechizó. Hablaba de un laboratorio secreto en Roma o Venecia en el que doce físicos trabajaban en la consecución de esa máquina del tiempo. En secreto. A espaldas del mundo. Con la prohibición expresa del Papa de no decir ni palabra. Parecía el argumento de una novela de intriga, pero sus protagonistas eran de carne y hueso. Existían.

Por supuesto, un relato así no despertó sólo mi curiosidad. Tras la publicación de *La Dama Azul* en España, y la divulgación de los primeros detalles de aquel Cronovisor en algunos reportajes que escribí, han visto la luz varios ensayos que reconstruyen parcialmente la aventura del padre Ernetti. Uno de ellos, el mejor, *Le noveau mystère du Vatican*,[2] fue escrito por el también sacerdote François Brune, un *père* que mantuvo una amistad de cuatro décadas con el benedictino.

Tardé. Pero finalmente me reuní con Brune en Madrid en octubre de 2003. Necesitaba oír de sus labios lo que él sabía del Cronovisor, lo poco que había escapado a la censura vaticana. Diez años después de mi entrevista con Ernetti, aún quería saber más. Y así supe que aquel benedictino había trabajado en el proyecto hasta el día de su muerte.

—Vi a Ernetti por última vez pocos meses antes de que falleciera —admitió Brune frente a mi grabadora—. Me dijo que acababa de regresar de una reunión en el Vaticano con los dos últimos científicos vivos que habían colaborado en la construcción de su máquina. Allí se vieron con cuatro cardenales y otros tantos científicos, y los puso al tanto de cuanto habían descubierto.

¿Una reunión en Roma?

Así, *casualmente*, comienza esta novela.

2. Éditions Albin Michel, 2002.

Admito que la escribí en mi esfuerzo por entender la obsesión de un grupo de sabios de la Iglesia por romper la barrera del tiempo. Y, de paso, para profundizar en otro curioso y bien documentado precedente: las prodigiosas visitas que una monja de clausura soriana hizo en tiempos de Felipe IV a Nuevo México, Arizona y Texas, sin abandonar jamás *físicamente* su convento.

Bilocaciones históricas como las de sor María Jesús de Ágreda, proyectos científicos censurados que existieron realmente y una trama que mezcla ángeles o las *causalidades* –que no casualidades– que yo mismo viví durante el proceso de documentación de esta obra se dan cita en la más personal de mis novelas.

Ésta.

En algunas reservas indias del sudoeste de Estados Unidos, toda-
vía quedan ancianas que acunan a sus nietos con curiosas histo-
rias heredadas de sus antepasados. Les explican que cada vez que
los cielos amanecen pintados de añil, o que las praderas se sumer-
gen en un impenetrable silencio, la Dama Azul está cerca.

Sus abuelos, y los abuelos de sus abuelos, pobladores indíge-
nas de Arizona, Nuevo México y Texas, sintieron su presencia hace
más de tres siglos, y terminaron venerándola como si de una pode-
rosa diosa se tratara. Afirmaron entonces haber visto una doncella
bella y refulgente que les habló de la fuerza todopoderosa que sos-
tiene el Universo, y que incluso les advirtió de la llegada de los hom-
bres blancos.

Aquella profecía se cumplió de modo inexorable.

Fue a principios del siglo XVII, cuando franciscanos españoles
alcanzaron sus territorios y escucharon de sus labios tan extraña
«leyenda india». Según la Historia, esos mismos padres, tras una
ardua investigación, desvelaron la verdadera naturaleza de su Dama
Azul.

Nuestro relato desvela estos hechos, olvidados por largo tiem-
po, aunque lleva las conclusiones de la encuesta eclesiástica más
lejos de lo que nadie hubiera podido suponer jamás.

Tres citas, tres señales:

«La casualidad es, quizá, el seudónimo
de Dios cuando no quiere firmar.»
ANATOLE FRANCE, premio Nobel de
Literatura (1921)

«Teniendo a Yahvé por refugio,
al Altísimo por tu asilo,
no te llegará calamidad
ni se acercará la plaga a tu tienda.
Pues te encomendará a sus ángeles,
para que te guarden en todos sus caminos.»
Salmos 91, 9-11

«Lo mental y lo material constituyen
dos aspectos de un proceso conjunto que
están únicamente separados en el
pensamiento y no en la realidad. Más bien
existe una única energía que está en la base
de toda realidad... Nunca existe una
auténtica división entre el aspecto mental
y el material...»
DAVID BOHM, físico (1986)

Territorio hopi
Awatovi

Santa Fe

NUEVO MÉXICO
(HOY ESTADOS
UNIDOS)

Isleta
Misión San Antonio
(Hoy San Agustín)

Montañas
Manzano

Gran Quivira
Territorio jumano

Río Grande

Territorio
pima

Territorio
tejas

Río Grande

Río Grande

NUEVA ESPAÑA
(HOY MÉXICO)

GOLFO
DE MÉXICO

OCÉANO
PACÍFICO

N

Cerro del
Tepeyac

---·--▶ Expedición de fray Juan de Salas (1629) a tierras jumanas.

- - - ▶ Expedición de fray Francisco Porres (1629) a tierras hopi.

Lugares de aparición de la Dama Azul.

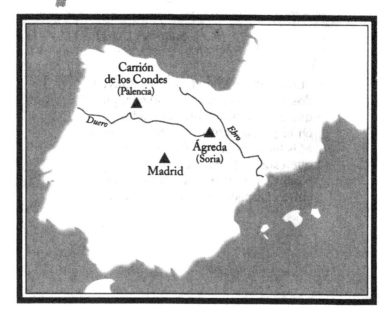

Carrión
de los Condes
(Palencia)

Duero

Ebro

Ágreda
(Soria)

Madrid

PREÁMBULO

EL AVISO

DIÓCESIS DE SANTA FE, NUEVO MÉXICO, AGOSTO DE 1650

El franciscano se enjugó otra vez los chorros de sudor, al tiempo que humedecía su pluma para seguir transcribiendo tan extraño interrogatorio. Delante de él, ajeno al calor de la jornada, permanecía impertérrito Gran Walpi. De noventa años y mirada de águila, el cabecilla del Clan de la Niebla de la tribu de los jumanos escrutó al religioso con desprecio.

–¿Estáis ya preparado?

El hermano secretario, el único de la comunidad que comprendía el *tanoan*, asintió. Junto a él, dos testigos de oficio, un confesor, el alguacil y dos de sus hombres, comentaban en voz baja el aplomo de aquel despojo humano.

–Pues escuchadme bien –rugió el anciano–: Jamás he violado ninguno de los secretos que me transmitieron mis antepasados. Ni pienso hacerlo ahora. Nunca he transcrito, ni copiado sobre las rocas rojas, las fórmulas que han permitido a los Hombres Sagrados volar a los territorios del más allá y hablar con los Espíritus Guía.

Eso que tanto os interesa ahora, no saldrá de mi boca. No me asusta la muerte. No me intimida verme detenido y alejado de mi pueblo, ni que me amenacéis con no volver a ver las tierras de la Gran Quivira...

–Sólo estamos aquí para cumplir con la voluntad del Señor.

–¿Señor? –Gran Walpi, de pie frente al escritorio, con las manos ensogadas, escupió a la cruz que le separaba del escriba–. ¡El vuestro; no el mío! Debéis saber que soy el único de mi estirpe que aún no ha sucumbido a las presiones de los Castillas.[1] No penséis, pues, que abnegaré de mi don y me entregaré a vuestro crucificado.

–Y, sin embargo –balbuceó el inquisidor, mientras leía las palabras del indio traducidas en el expediente–, vuestro pueblo pidió ser bautizado hace tiempo...

–Sí, por desgracia.

El anciano murmuró su respuesta, mirándolo desafiante.

–Aunque dejadme contaros algo que quizá no sepáis. Soy el más anciano de esa estirpe de Hombres Sagrados que tanto os interesa. Durante generaciones, mi familia ha sido la única intermediaria entre los habitantes del más allá y mi pueblo. Gracias a los hongos y a los tambores mágicos, he recibido de mis antepasados enseñanzas que no tienen precio. A ellos les debo haber transitado por el sendero que recorreremos al morir, y he visto con los ojos del alma a los seres que pueblan esos territorios. Criaturas que si decidieran tomar cuerpo físico, se mezclarían entre nosotros sin que nos apercibiéramos de su naturaleza. Que incluso modificarían el rumbo de nuestra conversación, o el de nuestra vida entera, si así lo desearan.

---

1. Así llamaban los indios del sudoeste de los actuales Estados Unidos a los españoles.

El secretario resopló.

–¿Ángeles?

–Vos los llamáis así.

–¿Y la Dama Azul? ¿También es una de esas criaturas?

Gran Walpi bajó la mirada por primera vez. El inquisidor, al verlo, insistió:

–¿Acaso no fuisteis vos testigo de sus apariciones? ¿No os mostró ella cuál es la fe verdadera? ¿Por qué no os convertisteis como los demás?

–El hermano del manto marrón no ha entendido nada, ¿verdad?... –el anciano, serio, alzó sus ojos grises, clavándolos en los de su interrogador–. La Dama Azul, en efecto, nos visitó y nos trajo las señales que vaticinaban la llegada de los *padres*. Pero lo hizo gracias a esos seres de los que os he hablado. Nadie imaginó que nuestros antepasados pudieran traicionarnos así.

–¿Traicionaros?

–Sí. Ninguno de los Espíritus Guía con los que hablé nos advirtió de los tiempos que se venían encima.

Gran Walpi hablaba pausadamente, como si quisiera que el hermano secretario, pese a sus rudimentarios conocimientos de la lengua *tanoan*, pudiera recoger hasta la última de sus palabras.

–No sé si conocéis las penas que se dispensan a los practicantes de brujería. A los que hablan con espíritus... –le advirtió el inquisidor.

Gran Walpi no reaccionó. Era como si no le importara que la muerte lo llevara pronto.

–El Santo Oficio y la corte de Felipe IV, nuestro rey, han solicitado que entrevistemos de nuevo a cuantos vieron a la Dama Azul para poder determinar su identidad. Por eso os hemos requerido. Y, creedme, no quisiéramos que vuestras declaraciones sirvieran para abrir proceso contra vos.

—No comprendéis la naturaleza de la Dama Azul, padre. Nadie puede. No es un espíritu. Vino aquí por voluntad de los «superiores». Es muy poderosa, y trajo consigo un mensaje que no es para esta época.

—¿Qué queréis decir?

—Los Hombres Sagrados, los Hombres Medicina, somos capaces de transgredir el orden del tiempo. Durante nuestros viajes entramos en un mundo donde el pasado, el presente y el futuro se confunden. Por eso sé que lo que la Dama vino a enseñarnos no es ni para vos ni para los vuestros.

—¡Brujerías!

—Llamadlo como queráis, pero tomad nota de lo único que os voy a decir: en un momento que está aún por llegar, cuando los herederos de mi linaje estén preparados para ello y los Espíritus Guía lo consientan, se sabrá toda la verdad sobre esa Dama.

El inquisidor arqueó sus cejas, incrédulo, al leer las explicaciones de Gran Walpi en el informe del secretario.

—¿Y cuándo será eso? Decidme.

—No antes de trescientos veranos como éste.

—¿Y cómo sabremos que el momento ha llegado?

—No os preocupéis por eso —sonrió enigmático, dejando a la vista sus melladuras—. Quienes vengan después de vos lo sabrán en seguida.

1

VENECIA, TRESCIENTOS CUARENTA Y UN AÑOS MÁS TARDE

Con paso ligero, el padre Giuseppe Baldi cruzó la plaza de San Marcos a última hora del día.

Como de costumbre, caminó en dirección a la orilla de los Schiavoni, donde tomó el primer *vaporetto* con destino a la isla de San Giorgio Maggiore. Consultó su reloj de pulsera, aflojó el último botón de su hábito y, mientras aguardaba a que quedara algún asiento libre, aprovechó para limpiar sus gafas a conciencia.

–*Pater noster qui es in coelis...* –susurró en latín.

Tras ajustarse las lentes, el benedictino descubrió que el horizonte de la ciudad de los cuatrocientos puentes estaba tintado de tonos naranjas.

–*... sanctificetur nomen tuum...*

Sin soltar su letanía, que repetía una y otra vez como si tratara de descubrir algo en ella, Baldi admiró aquel crepúsculo. No quedaba mucho para que la primavera arrinconara un invierno que se había alargado ya más de la cuenta.

El sacerdote, embriagado, contuvo un suspiro antes de echar un vistazo a su alrededor. Un grupo de turistas nipones, cámara en ristre, y un par de internos del orfanato Giorgio Cini, auguraban una travesía sin contratiempos.

«Todo en orden», pensó.

Catorce minutos más tarde, su autobús flotante apeó a los pasajeros en un embarcadero de hormigón y reemprendió el camino de regreso hacia la plaza de San Marcos. El bofetón de aire frío despabiló a los recién llegados, anunciándoles que aquella noche sería tan gélida como las del resto del mes de marzo.

Baldi adoraba que todo fuera tan previsible. Sus planes para lo que quedaba de jornada también eran los de costumbre: cuando llegara a su celda se asearía, se cambiaría de calzado, cenaría con la comunidad y después se encerraría para revisar la correspondencia y dar respuesta a las cartas más importantes. Nada, pues, de rezos, ejercicios espirituales o charlas intrascendentes.

La perfección del plan residía en su rutina y ello lo reconfortaba.

Una vez hubo abandonado el embarcadero, enfiló hacia la explanada que discurre por delante de la bella iglesia de San Giorgio; rodeó el austero campanario de finales del XVII, y tras otro vistazo a la lejana San Marcos, aceleró el paso en dirección a su residencia benedictina.

Había seguido la misma costumbre desde su llegada a la abadía treinta y seis años atrás. Los mismos gestos, las mismas impenetrables sonrisas mientras contemplaba la nada ajeno a la excitación de los últimos turistas, y hasta las mismas pausas en su recorrido ya en tierra firme. Y es que, mientras que esa hora marcaba el final de la jornada para su comunidad, para Baldi era la antesala de sus mejores horas. Sus ocupaciones en el conservatorio Benedetto Marcello de Venecia como profesor de prepolifonía apenas habían logrado distraerle de sus intereses «discretos», de los que ni el abad de San Giorgio estaba al corriente.

Hasta cierto punto era lógico: ¿quién si no un hermano de la *Ordo Sancti Benedicti* podría encargarse de tales estudios? A fin de cuentas, cuando san Benito fundó la orden en el siglo VI, redactó su célebre *Regla de oración* anticipándose en varios siglos a la invención de las mismísimas notas musicales.[1] Fue él quien impuso a sus monjes un «oficio divino» dividido en ocho servicios religiosos diarios con siete intervalos muy marcados, a imagen de los ocho «modos» que se emplearían tiempo más tarde en música, y que supondrían a su vez las ocho maneras distintas de combinar las ocho notas.

Giuseppe Baldi era de los pocos benedictinos que conocía aquella historia. Y otras tantas. Él era en sí mismo una pieza fuera de serie: en círculos cultos lo consideraban cabeza visible de una clase de estudios únicos en el mundo –los prepolifónicos, dedicados a la música anterior al año mil–, y cuyos orígenes había que buscar en Aristóteles o Pitágoras, y más allá de éstos, en los recintos iniciáticos del antiguo Egipto o en los jardines colgantes de Babilonia.

Su tesis a ese respecto era fascinante. Creía que los antiguos no sólo conocían la armonía y la aplicaban matemáticamente a su música, sino que ésta, con sus cadencias, provocaba estados alterados de conciencia que permitían a sacerdotes e iniciados acceder a parcelas «superiores» de la realidad. ¿Cómo lo hacían? A Baldi no le gustaba hablar de ello. Sólo admitía que a los sabios

---

1. Así, los maitines (a las 2 de la madrugada en invierno) se corresponden con la nota do. Los laudes (al amanecer) con re. Los oficios de la hora primera (6 am), tercia (9 am) y sexta (12 am) con mi, fa y sol. La nona (15 horas) se corresponde con la, las vísperas (a la puesta del sol) con si y las completas se cerraban con do, para reiniciarse de nuevo el ciclo al día siguiente.

del pasado les bastaba desarrollar una «sintonía mental» adecuada para recibir esa información y poder revivir así cualquier momento del pasado, por remoto que fuese. Dicho de otro modo, según él, la música modulaba la frecuencia de las ondas del cerebro y estimulaba centros de percepción capaces incluso de navegar en el tiempo.

Pero ese conocimiento –decía– se perdió.

Pocos comprendieron las ideas vanguardistas del padre Baldi. Lo que no impidió que, pese a su soledad intelectual, nuestro hombre luciera casi siempre un rostro jovial y amigable. Es más, sus gafas de alambre y sus cabellos plateados le conferían cierto halo travieso, impertinente, casi diabólico; una imagen que él explotó a conciencia para mantenerse a salvo de cualquier indiscreción de sus hermanos en la fe.

Por eso, aquel día Baldi entró en su residencia veneciana con la misma sonrisa y la prisa de siempre.

2

—*Buona sera,* padre Baldi.

La sonrisa melindre del portero de San Giorgio le previno nada más cruzar la cancela del convento.

—Le he dejado la correspondencia en su celda —anunció fray Angélico—. Estará contento, ¿eh? Hoy tiene más que de costumbre. Tres paquetes. Y gruesos.

Baldi ni siquiera respondió. Se precipitó escaleras arriba en dirección a su celda, dejando al portero con los avisos de llamadas en la mano. A tientas, accionó el interruptor de la luz, y comprobó que todo estaba en orden. Siguiendo un ritual casi pagano, encendió el flexo negro, azuzó el pequeño brasero que tenía bajo la mesa y distribuyó las cartas sobre la cama en dos montones. En el «rutinario» apiló tres ejemplares atrasados de *L'Osservatore Romano*, un par de facturas de libros y un boletín de la Universidad. En el otro, el «especial», Baldi aisló satisfecho tres voluminosos envíos matasellados en Londres, Roma y Madrid, remitidos por ciertos «san Marcos», «san Mateo» y «san Juan».

El benedictino acarició aquellos sobres y sonrió. No había nada en el mundo que le produjera más satisfacción que recibir esas misivas.

Pero allí había algo más: otro sobre sepia, también inesperado, que lucía el sello en relieve de la Secretaría de Estado de Su Santidad. Lo habían echado al correo dos días antes en Ciudad del Vaticano y llevaba franqueo de carta urgente.

–¿Y esto? –murmuró.

Temiéndose lo peor, el padre Baldi lo tanteó antes de abrirlo.

«Caro San Lucca –leyó–. Debe usted interrumpir de inmediato toda investigación. Los asesores científicos del Santo Padre reclaman su presencia en Roma para aclarar los pormenores de su última indiscreción. No demore su visita más allá del próximo domingo.» Firmaba: «Tuyo afectísimo, Stanislaw».

Pobre Giuseppe Baldi. A punto estuvo de cortársele la respiración.

Temblando, releyó la misiva un par de veces más. Sintió náuseas cada vez que sus ojos repasaron aquello de «los pormenores de su última indiscreción» y una vez concluidas sus lecturas, en las que buscó desesperadamente algún fallo de interpretación, algún detalle importante que le hubiera pasado desapercibido, se rindió a la evidencia. Apretó los puños con furia, y dejó que de sus labios escapara otro débil susurro: *Maledizzione!*

Nuestro hombre se transmutó en segundos. Y es que, pese a lo poco explícito de aquella carta, sabía a la perfección a qué se estaba refiriendo el secretario personal del Papa... y bien que lo lamentaba.

–*Un'altra volta, lo stesso errore* –volvió a murmurar.

Irritado, arrojó el abrecartas contra la mesa. Jamás sospechó que aquella entrevista concedida meses atrás a un redactor de una conocida revista española le fuera a traer problemas. Porque ¿qué otra cosa, sino hablar con un periodista, podría considerarse «una indiscreción» en Roma? Además, recordaba perfectamente la situación: un joven que debía de rondar la treintena, extranjero, que hablaba un italiano pobre, se presentó en la abadía con la excusa de entrevistarle sobre su peculiar actividad pastoral de los miércoles. Su coartada funcionó y Baldi aceptó que le pusiera una grabadora delante. A fin de cuentas, su catequesis pública a presuntos poseídos por el Diablo había adquirido cierta notoriedad en los medios de comunicación del país, y no eran pocos los que le pedían declaraciones o entrevistas. El benedictino era cauto con aquello. Consciente de que la mayoría de aquellos desgraciados no pasaban de ser enfermos mentales o, en el mejor de los casos, histéricos dignos de compasión, sentía que sus sermones eran una buena vía para reivindicar el poder curativo, casi balsámico, de la fe.

De hecho, tanta publicidad le habían regalado los semanarios *Gente Mese* u *Oggi* en las últimas semanas, y tanto eco había recibido su libro *La Catechesi del Diabolo* en prensa, radio y televisión que no le extrañó demasiado que una revista extranjera hubiera terminado interesándose por sus exorcismos... Y, claro, concedió la entrevista.

Pero el padre Baldi se dio cuenta tarde de que al reportero no le preocupaba su trabajo como «expulsador de demonios». Casi sin querer, aquel periodista le tanteó sobre otro asunto que él mismo había cometido el error de destapar en 1972, y que le convirtió, durante unos ya casi olvidados días, en toda una celebridad.

Un asunto que, al oírselo nombrar a su entrevistador, le produjo una extraña desazón...

En efecto, hacía exactamente diecinueve años, su nombre apareció en letras de molde al conceder una entrevista en la que admitía llevar más de una década trabajando en un ingenio que podía recuperar imágenes y sonidos del pasado. Baldi reveló que se trataba de un proyecto de la máxima envergadura en el que trabajaba un equipo de doce físicos internacionales y que contaba con la aprobación del Vaticano. De hecho, fue el *Domenica della Corriere* quien primero afirmó –y puso en boca del padre Baldi, que era peor– que ese grupo de élite había sido ya capaz de recuperar piezas musicales perdidas, como el *Thiestes* de Quinto Ennio, compuesta hacia el 169 d.C., o la transcripción literal de las últimas palabras de Jesús en la cruz. Sus hallazgos, dijo entonces, estaban llamados a zanjar una controversia de dos mil años de antigüedad y a abrir una nueva era para los historiadores.[1]

Aquellas revelaciones –que Baldi creía perdidas en las hemerotecas– estremecieron a muchos y aunque la «exclusiva» corrió como la pólvora entre las agencias de noticias de medio mundo, el hecho de que aquel periodista le preguntara de nuevo por la Cronovisión le dejó estupefacto.

–¡La Cronovisión! –Baldi ahogó un nuevo lamento–. ¿Pero qué demonios...?

Sus recuerdos le hicieron apretar los puños. Estaba seguro de no haber dado ninguna información relevante a aquel periodista. De hecho, recordaba haberle señalado la puerta de salida nada más sacar a colación el tema. ¿Y entonces? Por más que se esforzaba, Baldi no conseguía dar con las razones de su «última indiscreción». ¿Habría hablado al español, por error naturalmente, de los «cuatro evangelistas»? ¿O acaso de sus últimos avances en la Cronovisión? No. No

---

1. De hecho, la controversia persiste aún hoy. Mientras Mateo asegura en su Evangelio que «hacia la hora nona exclamó Jesús con voz fuerte, diciendo: *Eli, Eli, lema sabachtani!* Que quiere decir: Dios mío, Dios mío, ¿por qué me has abandonado?» (Mt. 27, 46) y Marcos lo refrenda (Mc. 15, 34), Lucas oculta este extremo de debilidad de Jesús y afirma que las últimas palabras del Hijo del Hombre fueron: «Padre: en tus manos encomiendo mi espíritu» (Lc. 23, 46). Juan, por su parte, añade más dudas a los exégetas al afirmar que, tras mojar sus labios en vinagre, Jesús se limitó a susurrar un tímido «todo está acabado» (Jn. 19, 30) antes de expirar.

lo creía. Su resbalón de 1972 le había dado una lección inolvidable. En aquella época, el articulista del *Corriere,* un tal Vincenzo Maddaloni, había optado por mezclar sus declaraciones con mentiras tan estrepitosas como una supuesta fotografía de Jesús que ni él ni su equipo obtuvieron jamás pero que aquel redactor había conseguido de sabe Dios dónde.[2] Por no hablar de sus nada científicas afirmaciones, como que todo lo que sucede en este planeta queda grabado en una suerte de cinta magnética infinita e invisible llamada éter, y que los experimentos de Baldi y su equipo habían logrado por fin descodificar e interpretar. ¿Y ahora? ¿Había vuelto a exagerar las cosas otro periodista? ¿Y en qué términos?

–*Maledizzione!* –repitió en tono iracundo.

Como si en ello le fuera la vida, el benedictino se arrancó las gafas, se frotó con fuerza los ojos y se enjugó el rostro en el pequeño lavabo de su celda. «¡Estúpido!», le hubiera gustado gritarse. Pero calló.

Sin abrir los sobres de «san Marcos», «san Mateo» ni «san Juan», regresó al recibidor del monasterio. Una vez allí, dejando atrás el mostrador de fray Angélico y a oscuras, torció a la derecha hacia una puerta de caoba, introdujo una mohosa llave en su cerradura y penetró en la estancia con determinación. Necesitaba un teléfono y el despacho del abad le ofrecía el más discreto de todos. Ya tendría tiempo de explicar cómo se había hecho con la llave... si era necesario.

–*Pronto,* ¿puedo hablar con el padre Corso? –susurró apenas marcó los nueve dígitos de un abonado de Roma.

2. Maddaloni aseguró que la foto le fue entregada por un tal «signor X», que fue quien le remitió después a Baldi. Años más tarde se apuntó la hipótesis de que la instantánea fue obtenida de una imagen de madera de un Cristo conservado en el *Santuario dell'Amore Misericordioso,* en Collevalenza, cerca de Todi, en Italia.

–*In un attimo, prego* –contestó una voz masculina al otro lado. Baldi aguardó.

–Sí, ¿dígame? Habla el padre Corso.

–«Mateo»... –gimió con voz entrecortada–. Soy yo.

–¡«Lucas»! ¿Qué horas son éstas para llamarme?

–Ha ocurrido algo, hermano. He recibido una carta de la Secretaría de Estado de Su Santidad, recriminándome por nuestras indiscreciones...

–¿Indiscreciones? –la voz del padre Corso vaciló.

–Sí. ¿Recuerdas al periodista español del que te hablé?

–Claro. Aquel que quiso sonsacarte sobre la Cronovisión, ¿no?

–El mismo. Pues bien, creo que ha debido de publicar algo sobre mí que ha irritado a los asesores del Santo Padre.

–En ese caso –Corso se fortaleció–, están hablando de tus indiscreciones, no de las nuestras. *Capito?*

–Está bien –admitió–, mis indiscreciones... La mala noticia es que me han citado en la *Città* para rendir cuentas. Verás –continuó–, no me gustaría que cancelasen ahora nuestro proyecto, pero temo que pueda sufrir un nuevo retraso si deciden abrirme un expediente. Nadie en Roma conoce a fondo tu implicación en esta investigación; todos los informes se han enviado en clave, y creo que podrías seguir aunque no volvieras a informarme de tus progresos. Sería peligroso.

El padre Corso –o mejor, «san Mateo»– enmudeció. Como Baldi, también él era hombre de acción, aunque mucho más prudente que su interlocutor.

–¿Me escuchas?

–Te escucho, «Lucas»... Aunque ya es tarde –musitó Corso con voz cansina.

–¿Qué quieres decir?

–Un *gorila* del Santo Oficio me llamó anoche. Me puso al

corriente de lo que piensan hacer con el proyecto y me advirtió que hemos perdido el control sobre nuestros descubrimientos. Necesitan hacerse con los avances del equipo para aplicarlos a asuntos de Iglesia.

El padre Baldi se derrumbó.

–¿Te llamaron del IOE?[3] ¿De la Congregación para la Doctrina de la Fe? –susurró.

–En efecto.

–Entonces sí, hermano. Ya es tarde...

El benedictino se dejó caer sobre sus codos, sujetando con su mano izquierda el auricular.

–*Mio Dio!* –gimió de nuevo–. ¿Y no hay nada que podamos hacer?

–Ve a Roma, «Lucas», y resuelve este asunto. Además, si quieres un buen consejo, no vuelvas a hablar jamás de este proyecto en público. Recuerda la primera vez que te fuiste de la lengua: Pío XII clasificó la Cronovisión como *riservattisima,* y aunque el papa Juan aflojara más tarde la mordaza, las cosas ya no han vuelto a ser iguales para nosotros.

–Lo recordaré... –asintió–, gracias. Por cierto, todavía no he abierto el sobre que me mandaste. ¿Qué contiene?

–Mi último informe. En él detallo cómo hemos depurado nuestro sistema de acceso al pasado. Fray Alberto obtuvo la semana pasada las frecuencias que faltaban para lograr vencer la barrera de los tres siglos. ¿Recuerdas?

–Lo recuerdo. ¿Y...?

–Un éxito rotundo.

---

3. El IOE, o Instituto para las Obras Exteriores, coordina los Servicios Secretos Vaticanos al servicio del antiguo Santo Oficio; esto es, la actual Santa Congregación para la Doctrina de la Fe. *(Nota del Editor.)*

3

DOS SEMANAS MÁS TARDE

¿Hasta qué punto podemos tener fe en alguien a quien no hemos visto nunca? ¿Dónde está la barrera que marca la diferencia entre temeridad y confianza en el Destino, o simplemente fe, cuando se trata de tomar las riendas de nuestra vida? ¿Alguno de nosotros tiene una sola prueba, siquiera un indicio, que demuestre que nuestra vida está programada de antemano por una *inteligencia suprema*? ¿Y moldea esa inteligencia los pequeños destinos de cada uno con arreglo a un *Plan General* más vasto e inalcanzable?

Carlos estaba aturdido. Nunca antes se había formulado esa clase de preguntas. Es más, hasta aquel momento –una buena mañana, entrada ya la primavera de 1991–, las cuestiones metafísicas lo traían sin cuidado. Pese a que desde niño se mostró rebelde con las explicaciones de sus profesores, empeñados en inculcarle una imagen «naturalista» y «mecanicista» del mundo, donde todo ocurre porque así lo marcan ciertas leyes inmutables, jamás se preocupó por indagar quién –o quizá, *qué*– diseñó esas normas. Para él, eso era religión y no ciencia. Aunque, eso sí, desde entonces se consagró a husmear en todo lo que transgrediera los dictados de semejantes «normas naturales».

Lo embriagaba la sensación de tener a su alcance pruebas que contradijeran lo establecido, y gozaba con el simple hecho de transmitirlas a los demás, provocándoles la inquietud de saberse en un mundo fuera de control.

Pero es que, además, Carlos era un tipo con suerte. De esos que, casi por instinto, confían plenamente en ella sin saber bien por qué. Trabajaba desde hacía tres años para una importante revista mensual de Madrid que le permitía consagrarse a ese secreto placer. Desde el principio, sus excelentes relaciones con el director del *magazine* —al que conoció en la Facultad de Ciencias de la Información, cuando era estudiante— le sirvieron para cubrir un amplio abanico de destinos. Viajaba en busca de personajes o historias curiosas. Gustaba justo de aquellos relatos que otros compañeros rechazaban por «fantasiosos», «infundados» o «deliberadamente falsos». Por su mesa de trabajo habían pasado, por tanto, desde los «imposibles» cuentos de sabios amautas del altiplano boliviano, que aseguraban atesorar un líquido capaz de ablandar la roca más dura, hasta pilotos militares que juraban haber perseguido ovnis y haber sido forzados por sus superiores a guardar silencio.

Su trabajo le fascinaba. Y sabía que la cercanía del cambio de milenio no hacía sino incrementar el número de lectores inquietos, ávidos de sus relatos.

Llevaba años recogiendo historias, sin pararse a pensar si tenían algún hilo sutil que las uniera y les diera coherencia... Hasta entonces.

Y es que durante aquel mes de abril algo torpedeó su aparente frialdad, acaso su objetividad periodística, cuando menos lo esperaba. Algo que le haría replantearse su papel en la vida como nunca antes en sus veintinueve años y que le enfrentaría a un hecho que ya consideran íntimamente probado millones de personas de todo el mundo: que los acontecimientos más importantes de la vida de un ser humano están programados de antemano. Y que, por tanto, en alguna parte se escondía el *Programador*.

Pero él –se repetía cada vez con menos convencimiento– no era de ésos.

4

¿Y adónde se supone que vamos hoy? –preguntó Txema con sorna, acostumbrado a las excentricidades de su *patrón*.

–A cazar «sábanas santas».

La respuesta de Carlos no le sorprendió. Txema, cargado con su ligera Eos 1000, su macro Compact EF de 50 mm, un aparatoso flash electrónico y su potente teleobjetivo Canon 80–200, estaba ya hecho a todo. Había acompañado a aquel *loco* por medio mundo, bajo condiciones climatológicas aún peores que las de aquella mañana y sabía que su proverbial tenacidad era capaz de sacarles casi de cualquier situación.

–Supongo que habrás escuchado la radio, ¿no? El parte meteorológico es funesto...

Carlos asintió sin demasiado convencimiento.

–Y sabrás que tu Ibiza necesitará cadenas, como cualquier vehículo, por encima de los mil metros...

El *patrón* siguió sin articular palabra.

–¿Llevas cadenas? –insistió Txema.

Carlos le miró de reojo y, mientras limpiaba con una mano el vaho del parabrisas y sujetaba el volante de su coche con la otra, acertó a contestarle:

–¿De veras crees que en pleno mes de abril puede dejar-

nos aislados una nevada? ¿Es que ya no confías en mi estrella?

Su tono sonó a reproche.

–Precisamente por eso... Te conozco y nos veo encima de cualquier monte buscando una reliquia falsa, muertos de frío, ¡y sin
cadenas! –respondió el fotógrafo con resignación.

–¡Vamos, anda! Con un poco de suerte, en la sierra de Cameros
no ha nevado y podremos ver las dos copias de la «sábana» en
tres o cuatro horas. Te prometo un buen plato de cocido, después,
para celebrarlo.

Txema receló. No creía que la nieve hubiera perdonado a los
Cameros y mucho menos a las serpenteantes carreteras de la región.
Además, tampoco entendía el porqué de aquella investigación.
«¿Puede haber algo más ridículo que visitar unas reliquias que ya
se sabe de antemano que son más falsas que Judas?»

–Ya sé, ya sé –sonrió Carlos–. Te parece que estoy perdiendo
el tiempo. ¿No es eso?

El fotógrafo se sonrojó, como si el *patrón* hubiera leído sus
pensamientos.

–... Pero me llama la atención que existan tantas copias de la
Sábana Santa de Turín a partir del siglo XVI y que, en cambio, no
haya ninguna del X o del XI.

–¿Y qué tiene eso de particular?

–Muy fácil. Para los que creen que la Síndone es una falsifica-
ción del siglo XIV, que sólo existan copias de ella a partir de esa
fecha parece confirmar su teoría.

–Bien. Y si todo apunta al fraude, ¿para qué demonios hemos
venido aquí?

–Imagínatelo. Si descubrimos que una sola de estas sábanas fue
copiada de la de Turín *antes* del siglo XIV, habremos demostrado

que la original es mucho más antigua que lo que dice el carbono-14, que la dató entre 1260 y 1390.

El fotógrafo bostezó sin disimulo.

—Ya, muy bonito. Y si no encuentras ninguna del siglo X, ¿qué pasará con tu reportaje?

—¡Nada! —exclamó triunfal Carlos—. Eso es lo mejor de todo: aunque se sabe que son falsas, se las venera porque se cree que estuvieron en contacto con la original. Bastará con que cuente las supersticiones que rodean esas telas para que...

—¿Y se puede saber por qué has dejado tus otras investigaciones por una tontería así? Nunca te habías interesado por temas religiosos. Decías que eran cosa de viejas.

Txema consiguió mudar la cara de su jefe.

—¿A qué te refieres?

—Ya lo sabes... Llevas toda tu vida esquivando las noticias religiosas, espirituales, místicas.

—Es cierto. De hecho, sólo conozco un par de excepciones que me interesen. Y una es, precisamente, la Sábana Santa.

Carlos seguía con el rictus serio, sin apartar la vista de la carretera. Acababan de abandonar el hotel Murrieta, en Logroño, un recoleto «tres estrellas» en el que habían trazado su plan del día.

—¿Y qué pasó con ese asunto de las teleportaciones? —el fotógrafo siguió a lo suyo—. ¿Recuerdas a los tipos que me llevaste a ver, que decían que entraron en una niebla espesa y aparecieron a no sé cuántos kilómetros de distancia? ¿Y la noche que pasamos en Alicante, arriba y abajo de la nacional 340, tratando de que nos teleportaran? ¿O lo de aquel cura de Venecia que hace unos meses nos dijo que era capaz de trasladarse al pasado, a cientos de kilómetros de donde se encontraba, y espiar cualquier momento histórico?

—Son cosas distintas, Txema —replicó cansino.

—A lo mejor no tanto. Y en cualquier caso, mucho más interesantes que buscar sábanas falsas. Además —remató—, si nos jugamos la piel en la carretera, me gustaría que fuera por algo más serio...

El fotógrafo arañó el orgullo de su interlocutor. Carlos, en efecto, llevaba días huyendo de otra investigación: durante los últimos meses se había empeñado en entrevistar testigos que aseguraran haber sufrido una «teleportación». Algunos le hablaron de cómo, mientras se encontraban viajando por alguna zona poco transitada, se tropezaron con un muro de niebla, penetraron en él y, tras vencerlo, se encontraron en una carretera distinta o en coordenadas muy diferentes a las que estaban recorriendo segundos antes.

En menos de un año el *patrón* localizó a una veintena que narraba prácticamente lo mismo. Habló con pilotos civiles y militares, sacerdotes, viajantes de comercio, camioneros y hasta con el ex marido de una famosa cantante. Incluso, muy propio de Carlos, llegó a establecer *leyes* que suponía regían el comportamiento de tales desapariciones.

Pero calculó mal sus fuerzas y la investigación se le quedó grande. Los fondos previstos por la revista se habían agotado, y su trabajo había llegado a punto muerto.

Se sentía fracasado. Había fallado por primera vez.

Mientras el Seat Ibiza rojo de Carlos esquivaba los charcos de una carretera cada vez más estrecha, Txema volvió a la carga.

—Si estabas tan entusiasmado por aquello, ¿por qué lo dejaste?

Carlos lo miró por el rabillo del ojo, aminoró la marcha, metió la tercera y contestó de mala gana.

—La culpa la tuvieron dos casos históricos de los que no hallé ni rastro. Por más que busqué fuentes antiguas, nada. Al final me vi persiguiendo leyendas urbanas, y lo dejé.

—¡Oh, vamos! ¿Qué casos eran ésos?

—El primero lo vivió un soldado español del siglo XVI que, mientras estaba destacado en Manila, se trasladó instantáneamente —el 25 de octubre de 1593— hasta la plaza mayor de Ciudad de México...

Txema se agitó en su asiento. Aquel muchacho tenía una memoria extraordinaria para nombres, fechas y lugares.

—... Según mis averiguaciones, aquel hombre cruzó 15.000 kilómetros de tierra y océanos, y en cuestión de segundos se plantó en el otro extremo del mundo sin que jamás pudiera explicar cómo demonios lo hizo.

—¿Y el segundo caso?

—Ése fue más espectacular: casi cuatro décadas después del «vuelo» del soldado, una monja española llamada María Jesús de Ágreda fue interrogada por la Inquisición como consecuencia de sus repetidas visitas a Nuevo México, dicen que para cristianizar a varias tribus indígenas del Río Grande.

—¿Iba y volvía a España cuando quería? —murmuró Txema incrédulo.

—Eso parece. Alguien tan poco sospechoso como una monja de clausura fue capaz de controlar esa capacidad de «vuelo» y burlar a los tribunales del Santo Oficio sin que la condenaran por brujería.

—¿Y diste con ella?

—Ni con ella ni con el soldado —su voz sonó ahora lastimera—. En el caso de la monja, tenía su nombre, pero no un lugar o un convento por el que empezar a buscar. En cuanto al soldado, conocía sus puntos de partida y llegada, también la fecha de su «viaje», pero no encontré apellidos o un documento de la época que recogiera su hazaña... De hecho, dejé el asunto aparcado. Si lo recuerdas, en mi último reportaje citaba esos dos incidentes, pero sin darles demasiada importancia, y lo archivé todo porque no veía cómo enfocarlo. Por eso decidí dedicarme a otras cosas.

—A la religión, por lo que veo.

—No sólo.

—También publicaste lo del cura de Venecia...

—Sí, es verdad. Hablé de su idea de poder alcanzar imágenes del pasado desde nuestro presente, pero tampoco eso me condujo a nada.

—Ya.

El motor diesel del Ibiza renqueaba cada vez más. Tal como había vaticinado el fotógrafo, el paisaje se recrudecía por momentos. Las temperaturas debían de estar bajo cero. Para colmo, la pequeña emisora de onda corta que llevaban encima había dejado de funcionar. Txema se apeó del coche en un par de ocasiones para revisar la antena y cada pocos minutos intentaba infructuosamente contactar con alguien.

—Nada —cedió al fin—. Ni ruido de estática siquiera. La emisora ha muerto.

—No es tan grave, hombre. Esta tarde, con suerte, estaremos otra vez en Logroño y la llevaremos al técnico.

—Dime una cosa, ¿falta mucho para que lleguemos?

—Una hora, quizá.

—¡Si nos teleportáramos! —bromeó Txema.

5

A Carlos se le provocaba con poca cosa. Bastaba con sugerirle un tema o un asunto en el que hubiera estado implicado para que, de inmediato, recitara su retahíla de datos y anécdotas. Por eso Txema, aunque nunca lo reconociera, disfrutaba viajando con él. Es más, disfrutaba dejándose llevar por su visionaria forma de trabajar y de relacionar la información más inconexa.

Antes de llegar a Laguna de Cameros, donde les esperaba una de las copias mejor conservadas de la Sábana Santa, Carlos explicó a su compañero las posibilidades de que se produjera realmente una teleportación. No es que le gustara revolver en las sombras de su fallido proyecto, pero se sentía en la obligación de aclararle un par de puntos. Y es que, según contó, algunos físicos teóricos, en su mayoría norteamericanos, ya habían hecho públicas fórmulas para, de momento sobre el papel, trasladar instantáneamente materia de un punto a otro del universo. De hecho, esos mismos físicos habían hecho desaparecer partículas elementales en sus grandes aceleradores de California y Suiza, sin que nunca hubieran averiguado adónde habían ido a parar.

Txema escuchaba.

–¿Se teleportaron estas partículas? –se preguntaba Carlos en voz alta, sin ni siquiera mirar a su compañero–. ¿Podrán hacerlo también organismos complejos en un futuro inmediato y bajo un riguroso control científico?

Tan lejos llegaron sus interpretaciones que el *patrón* terminó incluso analizando sucesos de actualidad bajo aquella óptica. Explicó a Txema que muchas desapariciones, como las de Juan Pedro Martínez —el «niño de Somosierra», de julio de 1985—, o la de David Guerrero Guevara —más conocido como el «niño pintor» de Málaga, en abril de 1987—, pudieron deberse a teleportaciones espontáneas. Éstos, tras volatilizarse, tal vez reaparecieron en algún lugar inaccesible. Desde allí —especulaba sin inmutarse— a estos niños les había resultado imposible regresar, desvaneciéndose para siempre.

Se mostraba convencido, en definitiva, de que nuestro universo se encuentra sembrado de «fallas» en su estructura que se abren ocasionalmente, engullendo lo que encuentran a su alrededor y expulsándolo en otro lugar de esta u otras galaxias. Ni siquiera el indicador que anunciaba la llegada a Laguna de Cameros a la vuelta de una gran curva le devolvió a la realidad.

—Mira, Txema. Piensa por un momento en lo que te he dicho. En caso de que existan esa especie de puertas, que se tragan todo lo que tengan cerca y lo expulsan en otro punto del planeta, por puro cálculo estadístico tienes más posibilidades de caer en medio del océano que en tierra firme... Y, por supuesto, de desaparecer para siempre.

—¿Y cómo sabes si esas «puertas» existen?

—¡Eso es lo mejor! ¡No lo sé! El caso es que Einstein concibió un modelo de universo maleable, sembrado de brechas que unen lugares distantes en el cosmos. Los astrofísicos hablan de «agujeros de gusano» cuya entrada es un agujero negro, y su salida un agujero blanco, o un quásar, que expulsa materia en otros puntos del universo. Ya te hablé de lo que sucede a nivel de partículas elementales, así que ¿por qué no habría de suceder algo así a escala humana?

Mientras Carlos exponía su hipótesis, ambos se internaron en el pueblo. El coche enfiló su calle más ancha, en pendiente, protegido por casas de piedra de dos o tres pisos de altura, cubiertas con tejados de madera. El *patrón* todavía tuvo reflejos para esquivar un perro flaco que le salió al paso y aparcar junto a un montón de leña. El lugar, a hora tan temprana, parecía deshabitado.

—Lección número uno del día —murmuró—: En los pueblos, el cura lo sabe todo. Busca al cura.

Para Txema y Carlos, establecer su primer contacto con don Félix Arrondo, un sacerdote de mediana edad, vestido de paisano, chaparrete y de buen carácter, fue tarea fácil. Y más aún que el párroco se volcara de inmediato en la búsqueda de una reliquia que él ya casi había olvidado.

—¿Y cómo saben ustedes que yo tengo una sábana de ésas? —repetía una y otra vez, mientras se dirigía al campanario acompañado por sus visitantes—. ¡Hace años que no la ve nadie!

—¡Porque usted es el cura! —exclamó Txema.

—¿Por eso?

—No, hombre —intervino Carlos—. En realidad, «su» sábana se cita en libros sobre reliquias españolas del siglo pasado, y queríamos comprobar si esa información sigue siendo válida.

Don Félix tardó unos minutos en mostrársela, porque la sábana, primorosamente plegada en el interior de una caja forrada de terciopelo, llevaba no menos de quince años escondida bajo el campanario. Cuando sacó el estuche al porche de la iglesia y desplegó la tela frente a ellos, sus ojos brillaron de emoción. Nunca antes el cura había sentido la necesidad de husmear en esa caja, ni había visto la anotación bordada en uno de los extremos del lienzo, que fechaba la tela en ¡1790! Ahora su rostro se iluminaba como si poseyera un tesoro que interesaba, incluso, a gente de Madrid.

La Canon de Txema no perdió detalle. Disparó un carrete de 36 diapositivas, al tiempo que Carlos se esmeraba en tomar buena nota de sus medidas, de las inscripciones cosidas en la base de la sábana y hasta de los comentarios de asombro del propio don Félix.

–¿Puedo sugerirles algo? –preguntó el cura al terminar de contemplar su reliquia.

–Claro, usted dirá.

–Me gustaría que se quedaran hasta la hora de comer, después de misa. Así celebraríamos nuestro hallazgo. ¿Qué les parece? No todos los días sucede algo así, y se «descubre» un trozo de historia en el pueblo...

El generoso ofrecimiento les pilló desprevenidos.

–Verá, padre –el tono de voz de Carlos afiló el gesto del párroco–, nuestra intención es visitar hoy otra sábana que creemos se encuentra en La Cuesta, a pocos kilómetros de aquí...

–¿La Cuesta? ¿Otra sábana en La Cuesta? –don Félix no salía de su asombro.

–Sí. En la provincia de Soria. No nos gustaría que el frío nos dejara aislados lejos de una carretera nacional. Debemos aprovechar las horas de sol. Lo entiende, ¿verdad?

–Naturalmente –se resignó–. Entonces, otra vez será, ¿no?

–Desde luego, padre.

Con cierto desánimo, el padre Arrondo les tendió la mano, deseándoles suerte. Acto seguido, sin pestañear, se dio media vuelta, descolgó la sábana de la puerta de la iglesia, la plegó tal y como estaba y la guardó en su cofre. Después, mientras los periodistas se alejaban, aún acertó a gritarles algo.

–Si la carretera no les deja continuar, ¡vuelvan! Esta sierra no bromea.

Carlos y Txema se despidieron con el brazo. Tan pronto pusieron en marcha su vehículo, apretaron el acelerador en dirección a la salida del pueblo.

El *patrón* fue el primero en hablar.

–¿Ves ese banco de niebla allá delante?

–Sí.

–Nos va a dar problemas. El cura tiene razón cuando dice que la sierra no bromea. Sólo he estado aquí una vez, hace dos inviernos, y vi cómo un coche volcaba después de resbalar sobre el firme...

Aquellas eran tierras altas, de esas que discurren entre barrancos y cañadas que impresionan cada vez que se trata de distinguir su fondo.

–Vaya... –suspiró Txema–, es un consuelo. Por lo menos sabrás hacia dónde vamos, ¿no?

–Supongo que sí: hacia la niebla.

–¿Supones?

–Compruébalo tú mismo. Abandonamos Laguna de Cameros, y desde entonces los carteles indicadores que hemos visto están sepultados bajo la nieve.

–Ya...

–Y además, tu radio sigue sin funcionar y así no va a haber forma de orientarse.

–¿Y qué se supone que vas a hacer?

–Lo único posible: seguir adelante hasta que desemboquemos en una carretera más grande o demos con una gasolinera en la que preguntar el camino hacia La Cuesta. Y comprar cadenas. ¿Te parece bien?

Txema sabía lo bueno que era su compañero conduciendo. Lo vivió en Italia, donde se adaptó al infernal tráfico romano, o en Portugal, donde su pericia salvó al vehículo de una costosa reparación. El fotógrafo reconocía sus méritos, pero ignoraba los límites de su paciencia ante un camino que debía recorrer a velocidad de tortuga.

Durante la siguiente media hora, Txema y Carlos no mediaron palabra. Uno confiaba en salir lo antes posible de aquella ruta, el otro soñaba con comprobar que también la sábana de La Cuesta había resistido el paso de los años...

6

Eran las 9.50 de la mañana. De eso daba fe el cuaderno de campo de Carlos, una libreta con tapas de corcho en la que garabateaba las incidencias de su ruta. Entre ellas, cómo no, la temperatura, que lejos de caldearse con las luces del día, parecía recrudecerse por momentos.

Durante kilómetros no encontraron ni un alma. No había pueblos, ni granjas o refugios, y la radio del coche seguía incapaz de sintonizar alguna emisora que les informara de la evolución del tiempo. De vez en cuando, Carlos se detenía en el arcén para propinar un par de patadas a los guardabarros inutilizados bajo masas compactas de nieve, tomaba un par de notas de situación –del estilo «9.55, desesperado en medio de una nada de color blanco»–, y volvía a pisar el acelerador ante la mirada provocativa de su fotógrafo.

–¿Qué? ¿Dónde has dejado hoy tu estrella? –preguntó socarronamente Txema en una de aquellas «escalas».

–No es cosa de risa. A veces, la suerte cambia de repente. Para bien o para mal.

–Hoy para mal...

Carlos no contestó.

Apenas terminó Txema de bromear sobre la suerte, una señal

roja de «stop» se dibujó entre la niebla. Estaba allí, a escasos cien metros de ellos, indicándoles un cruce con otra carretera. Quizá una nacional desprovista de hielo.

—¿Y si...?

El fotógrafo no terminó la frase.

En efecto, cuando el Ibiza se detuvo frente al indicador, otro cartel en forma de flecha, al otro lado de la calzada, rezaba: «N-122. Tarazona».

Carlos no lo dudó. Giró a la izquierda, tomó la nueva carretera y pisó a fondo. Quería dejar atrás el infierno helado de los Cameros y adentrarse en Soria, algo más al sur, en una ruta despejada de hielo. La Cuesta, por cierto, no debía de andar lejos.

Pronto descubrió lo equivocado que estaba. Y es que, en aquellos primeros minutos sobre la N-122, ni él, ni Txema, podían imaginar siquiera lo que estaba a punto de cruzarse en su camino...

Todo ocurrió *según lo previsto*.

Fue cuestión de un segundo. El tiempo suficiente para que el cerebro del *patrón* procesara el contenido del indicador que acababa de dejar atrás. Estaba sepultado por la nieve, hundido en la cuneta, pero lo suficientemente visible para mostrar su contenido: siete grandes letras negras, gruesas, que liberaron una corriente eléctrica en su espina dorsal que a punto estuvo de hacerle perder el control del vehículo.

—¿Tú has visto eso?

El brusco frenazo de Carlos empotró a Txema en su asiento.

—¿Estás loco? —gritó—. ¿Qué haces?

—¿Que si lo has visto? —insistió.

—¿Ver qué? ¿El cartel?

—Ese cartel, sí. ¿Lo has leído?

–¿A qué viene esto? –protestó el fotógrafo–. Claro que lo he leído: «Ágreda».

–¡Santo Dios! –bramó Carlos excitado–. ¿No te das cuenta? ¡Es el apellido de la monja de la que te hablé!

–¿La que viajaba a América siempre que quería?

–¡Esa misma! –volvió a gritar haciendo aspavientos con las manos.

–Tranquilízate, ¿quieres? Que nos vas a matar. Y sujeta el volante, ¡coño! Sólo a ti se te ocurren esas cosas. Es una maldita casualidad.

–¡Cómo que casualidad! ¿Es que no lo ves? –sus ojos estaban ahora abiertos como platos–. He sido un estúpido integral. En el siglo XVII, y mucho antes, a mucha gente célebre se la conocía por su lugar de nacimiento... En el caso de sor María Jesús de Ágreda, ese «de Ágreda» podría indicar su apellido... ¡o su pueblo natal!

–Demonios del infierno. Hace frío. Te has parado en seco en medio de una carretera principal. Haz lo que quieras, Carlos. Nos desviamos, entramos en el pueblo y preguntamos a quien te apetezca. ¡Pero mueve el coche de aquí!

–¿Cómo no me habré dado cuenta antes? –fue su respuesta.

Txema lo miró severo.

–Diablos –añadió–. Esto no puede ser casualidad. No puede serlo.[1]

---

1. En efecto. Meses más tarde, Carlos descubrió con asombro que la probabilidad de tropezarse por azar con Ágreda era muy remota: una entre 35.618, para ser exactos. Esa cifra se corresponde, según el último *Censo de Población y Viviendas* publicado por el Instituto Nacional de Estadística en su *Nomenclátor* de 1993, con el número exacto de núcleos de población existentes entonces en España.

7

A menos de dos mil kilómetros de Ágreda, a esa misma hora, la ciudad de Roma sufría su habitual colapso circulatorio.

A Giuseppe Baldi no le importó. Cruzó la plaza de San Pedro a toda prisa, recién llegado en el tren de las once. No tenía un minuto que perder.

El plan del veneciano era sencillo. Nadie sospecharía que allí, bajo el impresionante obelisco egipcio levantado por Domenico Fontana en el corazón del Estado Vaticano, iba a transgredirse el principal protocolo de «los cuatro evangelistas».

La norma de aquel equipo científico de élite era contundente: nunca, bajo ninguna circunstancia, dos o más «evangelistas» –esto es, los responsables de los cuatro grupos que integraban su programa de trabajo– podrían reunirse sin la presencia de los asesores científicos del Santo Padre o en el marco de un comité especial constituido al efecto. Se pretendía garantizar así la fidelidad al proyecto y dificultar filtraciones a terceras personas ajenas a la Iglesia.

¿No reunirse bajo ninguna circunstancia?

A Baldi, escrupuloso amante del orden, su inminente «pecado» no parecía remorderle la conciencia. Se había hecho más fuerte su necesidad de encontrarse con el padre Luigi Corso que la férrea disciplina vaticana. Sentía que aún estaba a tiempo. Que podía aclarar con el «primer evangelista» ciertas cosas antes de acudir a la audiencia a la que, con carácter de urgencia, había sido convocado. Baldi estaba seguro de que «san Mateo» disponía de información privilegiada sobre la Cronovisión; datos que, por alguna razón, nadie había querido o podido compartir con él desde su tropiezo con el periodista español, y que quizá lo ayudarían a salir airoso del expediente disciplinario que se cernía sobre él.

Mientras dejaba atrás la columnata de Bernini, una turbia sensación empañó sus pensamientos: ¿por qué así, de un día para otro, el Santo Oficio se había interesado por las investigaciones del padre Corso, del equipo de Roma, y había decidido interrumpirlas? ¿Qué había descubierto «san Mateo» en sus laboratorios que mereciera un traslado de competencias tan repentino?

En las horas anteriores a su llegada, Baldi trató de obtener respuestas releyendo el último informe de «san Mateo». En vano. Ni allí, ni en las cartas de «san Marcos» y «san Juan», halló las claves del conflicto. Cuando aquellos textos le fueron enviados, ni el padre Corso ni los «evangelistas» de Londres y Madrid podían siquiera intuir el inminente secuestro del proyecto por parte del IOE.

Se imponía, por tanto, transgredir la norma de no reunión.

Mientras sorteaba los puestos de postales, refrescos, monedas conmemorativas y helados, y se abría camino en dirección al obelisco, Baldi abrió bien los ojos. No quería que nadie reventara su encuentro con «san Mateo». Había cuidado hasta el mínimo detalle: incluso el telegrama en el que Baldi emplazó a Corso había sido cifrado con exquisita minuciosidad.

«Tranquilo –se repetía–. Todo saldrá bien.»

No podía negar lo evidente: estaba nervioso, y mucho. Empezaba a creer, no sin cierta razón, que la carta que recibió de la Secretaría de Estado citándole en Roma y la intervención del trabajo del padre Corso podían ser los primeros pasos de una caza de brujas contra los «evangelistas». ¿Paranoia?

Tampoco pudo evitarlo. Al situarse a pocos pasos del obelisco, un escalofrío le recorrió la espalda. Ése era el lugar fijado y aquélla la hora prevista. Ya no podía fallar nada.

¿O sí?

¿Habría recibido «san Mateo» su telegrama? Y sobre todo, ¿lo habría comprendido? ¿Estaría también él dispuesto a violar la ley número uno del proyecto? Y aún quedaba una posibilidad peor: ¿lo habría delatado Corso en un intento de congraciarse con los nuevos responsables de la Cronovisión?

Circunspecto, «san Lucas» aminoró la marcha según se acercó al lugar. Decidió sentarse a esperar apoyado en uno de los pilones de piedra que flanquean el obelisco. Corso debía de estar al caer.

Tragó saliva.

Con cada segundo de retraso, nuevas incógnitas sacudían la mente del padre Baldi: ¿reconocería a «san Mateo» después de tantos años? ¿Sería él alguno de los curas que a esa hora transitaban por la plaza de San Pedro, rumbo a la basílica?

—¡Jesucristo!

Impaciente, echó un vistazo a su reloj: las 12.30. «Es la hora —pensó—. Cuestión de minutos.»

Desde su mirador, el benedictino era capaz de distinguir a cualquier persona que cruzase el atrio y descendiera por sus escaleras. Allí estaban cuatro carilargos *sampietrini* con sus vistosos uniformes de época, armados con lanzas de acero y madera. Custodiaban otras tantas puertas menores situadas bajo las graderías. «¡Ah! La fiel guardia suiza de la que no ha querido desprenderse ningún papa», murmuró el «tercer evangelista» para sí.

También detectó la presencia de patrullas de *carabinieri* entre los turistas y hasta se distrajo observando a los grupos de estudiantes extranjeros que se admiraban de la belleza de la columnata o de la solidez del obelisco.

Pero ni rastro de «san Mateo».

–¡Maldito tráfico romano! –estalló para sí.

La situación era ridícula: él, que venía de Venecia, había llegado puntual a su cita y su colega, que residía en un barrio céntrico de Roma, llegaba con retraso.

A las 12.43 Baldi seguía allí, en pie y sin novedad.

La espera empezaba a hacérsele insoportable.

–Si no podía quedar a esta hora, debió decírmelo –refunfuñó–. A no ser que...

La impuntualidad era para «san Lucas» peor que cualquier pecado capital. No se la perdonaba a nadie: ni a sus alumnos en el conservatorio, ni a sus hermanos en el monasterio... y mucho menos a los amigos. Creía que Dios nos mandaba al mundo con un cronómetro que contaba hacia atrás nuestro tiempo de vida y que, por tanto, era un insulto al Altísimo desaprovecharlo en esperas.

«Si los bastardos del servicio secreto hubieran interceptado mi telegrama... a estas alturas ya me habrían detenido –se consoló planteándose la peor de las opciones–. Debe de haber otra razón para el retraso.»

Su alivio duró lo que un suspiro.

A las 12.55 en punto, el «tercer evangelista» no resistió más. Se levantó de un brinco y, sin mirar más que al frente, dirigió sus pasos hacia una de las salidas de la plaza. Cruzó la Vía de Porta Angélica en dirección a la Galería Savelli, la gran tienda de recuerdos de la manzana, y buscó el discreto teléfono público de su interior. Baldi estaba dispuesto a salir de dudas.

Fue cuestión de un minuto. El tiempo necesario para buscar algunas liras y marcar el número del «primer evangelista».

—Por favor, ¿podría hablar con el padre Corso?

La voz masculina y agria que siempre atendía aquel abonado le pidió que esperara. Tras desviar la llamada a otra extensión, el aparato fue descolgado con rapidez.

—Dígame... ¿Con quién hablo? —respondió una voz ronca, desconocida.

—Uh... Usted no es el padre Corso, creo que se han equivocado.

—No, no se han equivocado. El padre Corso... —dudó— no puede ponerse ahora. ¿Quién es usted?

—Un amigo.

Baldi decidió probar suerte y forzó a su escueto interlocutor.

—¿Sabe si ha salido?

—No, no. Él está aquí. Pero ¿quién le llama? —repitió el «ronco».

El veneciano se extrañó. Su insistencia por identificarle no era habitual.

—¿Y usted? ¿Quién es usted?... ¿Y por qué no le pasa el auricular al padre Corso?

—Le digo que no puede ponerse.

—Está bien, llamaré más tarde —respondió airado.

—¿Quiere que le deje algún recado? —insistió el «ronco».

—Sólo dígale que le llamó... —recapacitó— el «tercer evangelista».

—¿El «tercer evangeli...»?

«San Lucas» colgó y abandonó la tienda sin esperar a que el teléfono le devolviera las monedas sobrantes; necesitaba tomar aire y despejarse del sofoco. «¡Será cretino!»

Pero Baldi, de repente, comprendió que allí había algo que no encajaba. Si Corso había quedado con él a las doce y media bajo el obelisco de San Pedro, debía haber salido hacía un buen rato de su residencia... y allí no sólo no le respondieron con un lacónico «ha salido», sino que un extraño insistía en afirmar que Corso no podía ponerse y trataba de identificarlo a toda costa. ¿Estaba enfermo? ¿Quizá retenido? Y en ese caso, ¿por quién?

¿Otra paranoia?

¿O, sencillamente, un nuevo indicativo de que la «caza», como se temía, ya había comenzado?

La cabeza de Baldi iba a estallar.

No tenía alternativa: por su propia salud mental debía resolver aquel asunto en persona. En mitad de la calle rebuscó algo en la pequeña cartera que llevaba consigo. Hurgó casi como si la acabara de robar, hasta dar con un pequeño fajo de cartas atadas con una goma elástica. En uno de los sobres debía figurar la dirección de «san Mateo». La encontró:

S. Matteo
Vía de Cestari, 25
Roma

–¿Cestari? Eso no está lejos de aquí –le indicó un *carabinieri*.

–¿Puedo ir caminando?

–Tardará una media hora, pero puede hacerlo –sonrió el agente–. Siga por la Vía della Conciliazione hasta el final, allí gire a la derecha y continúe recto hasta el puente de Amadeo. Cuando llegue a la *piazza* Navona, pregunte usted, que ya estará cerca.

–Perfecto. Gracias.

El paseo llevó al padre Baldi cuarenta y tres minutos. Se

detuvo un par de veces por el camino para preguntar de nuevo y confirmar que llevaba el rumbo correcto, dejándose empapar por la belleza serena de las fuentes de la plaza Navona y los olores a pasta fresca que despedían las *Trattorias* a esa hora. Todavía no podía comprender la falta de noticias de «san Mateo»... aunque empezaba a temerse lo peor: si no era cosa del IOE, ni del tráfico romano, entraba dentro de lo razonable que hubiera eludido su cita ateniéndose al maldito voto de obediencia. Lo que explicaría su indisposición para coger el teléfono.

Pronto saldría de dudas.

8

Cuando «san Lucas» llegó a la Vía de Cestari –la calle que desemboca en el Panteón de Agripa– extremó su cautela. Pese a que nadie lo había visto por allí, quería asegurarse de que pasaría desapercibido. La conversación con el «ronco» lo había llenado de dudas.

Mal día, sí señor.

Treinta segundos más tarde, Baldi estaba delante de su objetivo. El número 25 era un edificio macizo de aspecto gris, con fachada de piedra, amplias cornisas de madera y pequeñas ventanas, provisto de una puerta enorme que conducía a un lóbrego patio interior.

A simple vista era difícil distinguir si se trataba de un bloque de apartamentos, una residencia de estudiantes o un albergue para religiosos. Y más aún si se tenía en cuenta que dos Fiats Tipo de la *Polizia* romana bloqueaban el portón de acceso.

El rostro del padre Baldi se ensombreció. ¿Policías? «Bueno, al menos no es uno de los Citröen Xantia negros del servicio secreto –se alivió–. Pueden estar ahí por cualquier cosa. Tranquilo.»

«San Lucas» trató de serenarse.

Tras reunir la poca sangre fría que le quedaba cruzó la calle y, en cuestión de segundos, atajó los escasos metros que le separaban de los coches patrulla y el inmueble. Un vistazo le bastó para descubrir, empotrada en el corredor, una ventanilla de la que escapaba un fino hilo de luz. «Residencia Santa Gemma», rezaba el cartel.

–*Buona sera...* ¡Cuánto movimiento! ¿Ha pasado algo?

El padre Baldi, forzando un gesto inocente, carraspeó antes de formular su pregunta. Se había asomado a la portería, descubriendo en el interior a un hombre de mediana edad, cabellos rubios y escasos, arrugas prominentes en la frente y dentadura destrozada, vestido con un hábito pardo. El fraile mataba su tiempo con un destartalado transistor.

–Sí... –contestó tras bajar el volumen del aparato–. Si lo dice por la policía, es porque esta mañana uno de nuestros hermanos se ha suicidado. Se arrojó al patio desde el quinto piso.

El «tercer evangelista» identificó aquella dicción. Era el hombre de la voz agria que solía coger el teléfono cada vez que llamaba a «san Mateo». Jamás se lo hubiera imaginado así.

–¿Un suicidio? –se inquietó Baldi–. *Santa Madonna!* ¿Y a qué hora fue eso?

–Alrededor de las once –contestó compungido–. Sólo oí un golpe seco y al asomarme, vi a nuestro hermano con la cabeza abierta en medio de un charco de sangre. Creo que murió en el acto.

–Y dígame, ¿puede decirme quién era?

–El padre Luigi Corso. Nuestro bibliotecario. ¿Lo conocía usted?

Baldi palideció.

–Somos... éramos viejos amigos –rectificó–. ¿Está seguro de que fue un suicidio?

El portero mudó de expresión. Lo interrogó en silencio con sus ojos oscuros, tratando de encajar la sugerencia de aquel desconocido. Salió del paso como pudo.

–¡Hombre!, la policía está allá arriba, en su habitación, tratando de reconstruir lo sucedido. Les puede preguntar a ellos, si quiere. Llevan aquí más de una hora, registrando sus pertenencias, y me han pedido que les pase todas las llamadas para el padre Corso. Podría avisarlos ahora mismo y...

–No será necesario –lo interrumpió Baldi–. Era sólo curiosidad... ¿Y le han explicado por qué les tiene que pasar las llamadas?

–Simple rutina, dicen.

–Ah, ya. Naturalmente.

–Padre –lo abordó ahora el portero con cierta solemnidad–, usted debe saber si suicidarse es pecado mortal...

–En principio, lo es.

–Entonces, ¿cree que Dios salvará al padre Corso?

Aquello lo pilló desprevenido.

–Eso sólo Él lo sabe, hijo mío.

El veneciano se despidió como pudo, dio media vuelta, empotró el puente de sus gafas contra la nariz y se alejó caminando calle arriba. El «primer evangelista» había muerto una hora antes de su cita. Y lo que era peor: con él acababa de esfumarse su único punto de apoyo en Roma antes de la audiencia. Aquel difunto era el principal coordinador del proyecto de la Cronovisión y su fallecimiento se producía justo cuando alguien en el Vaticano había decidido echar cerrojo a su proyecto.

¿La enésima paranoia?

9

A más de diez mil kilómetros de Roma, al otro lado del Atlántico, en una ciudad de nombre evocador –Los Ángeles–, una mujer de edad indefinida, pequeña estatura y media melena de color azabache, dormía en su apartamento. Acababa de sufrir una extraña crisis epiléptica que la había dejado exhausta, una más desde que abandonó su trabajo como «psíquica» del Departamento de Defensa de su país. Había sido un empleo bien remunerado, poco reconocido y nada protegido, que dejó en cuanto comenzó a obsesionarse con la idea de que los militares estaban jugando con su cerebro. Fue justo después cuando llegaron los ataques. Eran crisis rápidas, en las que su cerebro parecía abandonar el cuerpo de forma brusca, proyectándose más allá de las brumas del espacio y el tiempo. Algo raro de verdad.

Ellos, naturalmente, negaron cualquier relación con aquellos ataques. Es más, los justificaban diciendo que Dios dio cinco sentidos a los hombres: la vista, el oído, el olfato, el gusto y el tacto. Pero que a otros, como a los *profetas epilépticos* Daniel o Jeremías, y hasta al famoso carpintero de Nazaret, José, les dio un sexto. Uno que les permitió saber del pasado y del futuro a través de sus sueños, y que cientos de años después, habían heredado personas como ella.

La morena nunca los creyó. No era una mujer de fe. Sin embargo, desde que había apartado a los militares de su vida, extraños sueños la invadían por las noches. Eran vívidos, casi reales, y siempre empezaban por una ubicación geográfica específica y una fecha.

GRAN QUIVIRA, NUEVO MÉXICO, NOVIEMBRE DE 1623

Cuando *hotomkam*, las tres estrellas en fila de la constelación de Orión, estuvo encima del poblado, Gran Walpi,[1] el jefe del Clan de Pamösnyam o de la Niebla, convocó a los líderes de su grupo a una reunión secreta en la kiva.[2]

La construcción, un recinto circular de unos seis metros de diámetro, semienterrada y cubierta por un techo de madera sostenido por cuatro columnas que simbolizaban los cuatro pilares en los que descansa el mundo, era la mayor de las nueve kivas del pueblo. Estaba situada casi a las afueras de la colina, donde se erigían las viviendas de piedra de más de trescientas familias jumanas.

A la hora prevista, justo cuando *hotomkam* gravitaba sobre la vertical de la kiva, los diez hombres del clan se acomodaron sobre la arena del recinto. Gran Walpi parecía dispuesto a hablarles. Tenía el semblante serio. Las arrugas que cruzaban su rostro parecían más profundas de lo habitual. El tímido fuego que les alumbraba

1. «Montaña grande.»
2. Cámara ceremonial semisubterránea en la que numerosas tribus indias del sudoeste de Estados Unidos celebraban sus rituales religiosos.

no hacía sino alimentar la impresión de que iba a comunicarles algo funesto.

—El mundo está cambiando a gran velocidad, hermanos de Pamösnyam —susurró con voz gutural el anciano.

Sus hombres asintieron, expectantes.

—Si lo recordáis, justo hoy se cumplen veinticinco inviernos desde la recepción de la primera señal de ese cambio —continuó—. Fue otro día *hotomkam* cuando nuestras llanuras recibieron la visita de los hombres de fuego.

Gran Walpi alzó uno de sus temblorosos brazos hacia un agujero redondo, perfecto, que se abría en el techo de la kiva y que permitía ver las tres luminarias del «cinturón» de Orión brillando en todo su esplendor.

—Aquellos hombres de piel clara, que traían consigo brazos que escupían truenos y caparazones como los de las tortugas que les hacían inmunes a nuestras flechas, causaron gran dolor a nuestro orgulloso pueblo.[3]

—¡Mataron a nuestros hermanos! —exclamó uno de los reunidos desde el otro lado del fuego.

—Perdimos tres batallas en tres temporadas —murmuró otro.

Gran Walpi clavó sus ojos en los rostros de cada uno de aquellos hombres. A continuación, como si siguiera un extraño ritual, dejó que su vista se perdiera en el baile que dibujaban las pequeñas llamas y prosiguió:

—Ayer tuve un extraño presentimiento. Meditaba frente a nuestro espíritu *kachina,* cuando escuché dentro de mí una voz que me habló alto y claro.

---

3. Gran Walpi se refiere a la llegada de don Juan de Oñate. Entre 1598 y 1601, jumanos y españoles libraron al menos tres batallas en el actual Nuevo México. Los extranjeros se impusieron siempre por las armas.

–¿Una voz? –uno de los hombres del clan, un indio de pequeña estatura, tuerto pero fuerte como un búfalo, ahogó sin éxito
sus palabras.

Gran Walpi le miró muy serio.

–Fue una voz de mujer. Me advirtió que nuestro poblado pronto será visitado por un gran espíritu. Una presencia del más allá
que no necesita de caminos de polvo de maíz para acercarse y que
presagiará la llegada de nuevos cambios. Dijo también que no se
mostrará sólo a los iniciados, sino a todo aquel que pase las noches
de *hotomkam* a la intemperie.

El tuerto, todavía atravesado por la poderosa mirada del anciano, se sintió obligado a preguntar:

–¿Dijo por qué vendrá ese espíritu?

–No –Gran Walpi arrastró su mano derecha sobre la arena, en
un gesto rápido y violento–. Sólo dejó claro que no será ninguno
de nuestros familiares *kachinas*...

–¿Y cómo lo distinguiremos de ellos?

–Por su extraña manera de hablar. La voz insistió en que existe un Dios más fuerte que todos los demás, que creó a los indios
para que se amasen entre sí, y para que amaran y respetaran incluso a sus enemigos.

–¡A los enemigos hay que combatirlos, no amarlos!

–También a mí me sorprendió aquello...

Después de observar complacido el remolino de polvo que había dejado el anciano, se levantó con solemnidad y derramó un
puñado de arena blanca sobre la hoguera. Cuando ésta terminó
de escurrirse, alzó el rostro y remató su discurso.

–... Por eso pido vuestra ayuda, para que os preparéis y os
enfrentéis a esa visita.

Un silencio sepulcral se extendió por la kiva.

–¿Y cómo habremos de enfrentarnos a un ser tan poderoso?

La pregunta de Sahu, un indio corpulento con el rostro surcado por tres rayas verticales tatuadas a fuego, sumió a Gran Walpi en un profundo abatimiento.

–El *hotomkam* brillará sobre nosotros durante ocho días más –respondió enigmático–. Puede ser en este tiempo o en el que viene, eso lo sabremos en su momento. Pero sea como fuere, debemos estar alerta. Tenemos el tiempo justo para nuestra purificación.

Ninguno de los hombres rechistó. Sabían bien a qué les estaba empujando su jefe de clan, y su juramento de fidelidad a él y a la fuerza que representaba los obligaba a seguir sus órdenes. *Sabían* que el orden cósmico estaba en peligro.

Todo siguió los cauces previstos por Gran Walpi.

Durante ocho jornadas, los diez hombres del Clan de la Niebla permanecieron encerrados en su kiva. Dos veces al día, sus esposas se acercaban hasta el pequeño orificio circular practicado en su parte superior y, sin asomarse, les deslizaban cestas con mazorcas de maíz hervido y un gran cántaro de agua.

Ni ellas, ni ninguno de los integrantes de los otros clanes, estaban al corriente de la clase de ceremonias que se llevaban a cabo allí dentro. Cada clan tenía sus ritos, sus formas ancestrales de comunicación con los espíritus, y su conservación era el secreto mejor guardado por cada una de esas sociedades. Los que no pertenecían al Clan de la Niebla sólo intuían que aquellos hombres estaban preparándose para alguna misión importante.

En el interior de la kiva se quemó leña durante ocho largas jornadas. Fuera de día o de noche, Gran Walpi y sus hombres permanecían en penumbra, entonando lánguidas melodías. A medida que transcurrían los días, el ambiente en el interior se fue espesando. Sólo Gran Walpi llevaba la cuenta del tiempo y administraba los quehaceres: durante horas los hombres limpiaban y acicalaban máscaras horrendas de afilados dientes y ojos enormes, a veces coronadas por plumas y otras por pinchos que imitaban el rostro de sus espíritus protectores y que pronto deberían usar en alguna danza ritual. También se tensaban las pieles de los tambores o se meditaba junto al *sipapu,* un pequeño agujero horadado en el centro de la kiva, que creían comunicaba su poblado con los seres del inframundo. El resto del tiempo, su misión se reducía a soñar en busca de algún mensaje, de alguna voz cristalina como la que había prevenido a Gran Walpi de la llegada del espíritu.

Pero nada sucedió. Como si el gran espíritu que estaba por venir hubiera espantado a sus dioses en el más allá, el silencio fue la única respuesta que recibieron sus valerosos durmientes.

Durante las noches, cuatro hombres, apostados en el exterior, vigilaban la kiva. Eran los kékelt,[4] jóvenes no iniciados aún por el Clan de la Niebla, pero perfectamente adiestrados como guerreros. Ellos sabían que durante la purificación nadie, salvo los espíritus benignos, podía acercarse hasta la kiva. Si alguien transgredía esa norma y no respondía al santo y seña fijado, los guardianes debían dar muerte al intruso, despedazarlo en cuatro partes iguales y enterrarlas lejos del pueblo, lo más alejadas posibles unas de otras.

La octava noche, cuando *hotomkam* brillaba más fuerte que nunca, algo se agitó en el cubículo subterráneo de los jumanos. Gran Walpi, con el rostro húmedo de sudor, asomó su cabeza por enci-

---

4. «Halconcitos.»

ma de la cubierta. Los ojos se le salían de las órbitas y parecía muy alterado. De un brinco, saltó fuera de la kiva y tras comprobar que no había nadie cerca, se alejó a unos pasos del lugar. Sus siguientes movimientos fueron calculados, casi felinos. Esquivó con astucia a los inexpertos kékelt y, armado con una vara, se perdió maleza adentro.

Actuaba como si estuviera poseído. Como si siguiera las invisibles instrucciones de alguien capaz de guiarle en la oscuridad. Como si, por fin, los signos geométricos que se había tatuado en su juventud a modo de protección estuvieran cumpliendo su cometido.

Poco antes de su huida, un extraño relámpago azul había caído al oeste del campamento. Si alguien hubiese podido observar la escena desde fuera, habría deducido que entre meteoro e indio existía cierta complicidad. Mientras el primero todavía refulgía en el horizonte, el segundo corría como un antílope hacia él.

Al aproximarse, todo empezó a cambiar.

Un extraño silencio se apoderó de la pradera. El suave balanceo del océano de hierba que rodeaba la montaña se detuvo de repente. Los grillos dejaron de cantar. Y hasta el inconfundible sonido del manantial del zorro, que el anciano atravesó como una exhalación, detuvo su inconfundible murmullo.

Gran Walpi no se apercibió de nada; sus sentidos estaban ausentes de aquel mundo, concentrados en el otro.

–*Chóchmingure!*[5]

Por instinto, el anciano cayó de rodillas. Su vara rodó unos metros ladera abajo antes de detenerse, al tiempo que su mirada se tornaba vidriosa.

---

5. «¡La Madre del Maíz!»

Entonces la vio.

Una joven bella, de rostro pálido y refulgente, apareció a escasos metros de él. Irradiaba luz por los cuatro costados, iluminando parcialmente el suelo sobre el que se deslizaba. Vestía una larga túnica blanca, oculta en parte por una capa azul celeste. Al verlo llegar, aquella dama sonrió.

—Ya estás aquí. Te esperaba.

Aquellas palabras, pronunciadas en correcto dialecto *tanoan*, lo dejaron estupefacto. En ningún momento vio que aquella joven moviera sus labios. Ni siquiera gesticuló. Sin embargo, sus palabras sonaron tan limpias y transparentes como las que había escuchado días atrás.

—Ya sólo faltabas tú —le dijo.

—¿Yo?...

Gran Walpi tragó saliva antes de atreverse a abrir la boca:

—Dime, mujer, ¿qué clase de espíritu eres?

La voz del guerrero jumano sonó temblorosa.

—Soy la que soy. Mi identidad no importa. Pero presta mucha atención a mi procedencia y mi destino.

Gran Walpi, que se había postrado de bruces contra el suelo, elevó sus ojos hacia el resplandor. Contempló a la mujer con detenimiento: mantenía los brazos caídos, como si deseara mostrarle que su actitud no era hostil. Sus pies, cubiertos por las sandalias más extrañas que había visto jamás, se hundían ligeramente en la arena... ¡Y no proyectaba sombra! Era, en definitiva, igual que los espíritus kachinas que Gran Walpi conocía tan bien.

—Vengo del cielo —prosiguió—, y traigo una noticia importante para vuestro pueblo. Pronto, muy pronto, llegarán a estas tierras hombres de remota cuna que os traerán relatos de un nuevo y poderoso dios.

—¿... Un nuevo dios? —Gran Walpi abrió los ojos de par en par.

—Un dios que se hizo hombre. Que se encarnó en un carpintero y que murió hace mucho tiempo para salvar a sus semejantes. Un dios que sólo se alimentó de amor y no de sangre.

El jefe del Clan de la Niebla no entendió ni una palabra. ¿Cómo podía un dios tomar el débil cuerpo de un hombre y dejarse morir después? ¿Qué clase de espíritu era aquella mujer luminosa que traía semejante mensaje? ¿Y por qué lo había elegido para transmitirle esa información? ¿Por qué lo había despertado, incitándole a abandonar la kiva a espaldas de sus guerreros?

—No te asustes —la dama de azul se adelantó a las dudas del jumano—. Cuando lleguen los hombres de los que te hablo, correrás a buscarlos. Les pedirás que os enseñen la religión que traen consigo y aceptarás sus designios.

—Pero nosotros...

—Pronto no dudarás —lo atajó—. Me verás más veces. Te traeré pruebas de lo que digo, y desearás seguir mis instrucciones.

Antes de que Gran Walpi replicara, un trueno rompió el silencio en el que estaba sumergida la aparición. Fue un fragor extraño, casi hueco, que el anciano no pudo comparar con ningún otro. Después, el cielo se rasgó en dos dando paso a una especie de calabaza refulgente que proyectó su sombra sobre la dama y el jumano y que abotargó las extremidades de Gran Walpi hasta petrificarlas.

Un terror indescriptible se apoderó entonces del guerrero. Sintió su cuerpo paralizado mientras observó a aquella joven elevarse y dirigirse hacia la «corteza voladora». A continuación, el fulgor azulado cesó de repente. Y con él, todos los rumores nocturnos de la pradera volvieron a cobrar vida.

–¿Eres tú, Gran Walpi?

El anciano nunca supo cuánto tiempo había transcurrido desde que la luz desapareció, pero pronto una voz suave sonó a sus
espaldas. Poco a poco, el guerrero recobró la movilidad en brazos
y piernas, y al incorporarse descubrió el rostro redondo de uno de
los kékelt.

–¡Sakmo! ¿Lo has visto?

El anciano agarró por los hombros al joven, tratando de disimular su confusión.

–Sí.

–Era una mujer, ¿verdad? –insistió nervioso.

–Era la Dama Azul... Ha venido aquí todas las noches que el
Clan de la Niebla lleva encerrado en la kiva.

Gran Walpi se estremeció.

–¿Y ha hablado también contigo?

–Me llamó y vine. La Dama me prometió que regresaría más
veces.

–... Sí, también a mí.

–¿Qué puede significar, Gran Walpi?

El guerrero perdió su mirada entre las estrellas.

–Que pronto nada será como antes, hijo.

10

L e dolió.

El maldito zumbido del despertador perforó sus entrañas como nunca lo había hecho antes. «¿Estaré enferma? –se preguntó alarmada nada más abandonar su extraño sueño invadido de indios del Nuevo México–. Esos bastardos del Departamento de Defensa no pueden tener razón...» La mente de la morena se puso en marcha de inmediato. «¿Un sexto sentido? ¿Eso es todo lo que se les ocurrió diagnosticarme? ¡Qué estupidez! ¿De quién iba yo a heredar semejante cosa?»

Sin pensárselo dos veces, saltó de la cama y se dirigió al salón para tratar de localizar el parte médico de Fort Meade y aquella casete que grabó meses atrás en Roma, en la consulta de un neurólogo al que visitó para pedirle ciertas respuestas. Necesitaba comprobar que su diagnóstico no era otro maldito sueño. Y no lo era. El informe había sido inequívoco: «La paciente padece una extraña variante de epilepsia que se conoce como epilepsia extática o de Dostoievski. Debe someterse a observación y extremar las cautelas en su trabajo para el INS-COM».[1]

---

1. Siglas de Intelligence and Security Command. *(Nota del Editor.)*

¿Epilepsia extática? La morena –ahora sí– recordaba perfectamente aquellas frases. De hecho, fueron las que la obligaron a tirar por la borda su carrera militar y regresar, o más bien huir, de nuevo a la vida civil. En cuanto a la cinta, después de acariciarla durante unos segundos, se decidió a escucharla.

Un par de crujidos metálicos dieron paso a la voz apergaminada del doctor Buonviso. Tenía gracia. Su divertido inglés con acento italiano le situó de nuevo en medio de la charla informal que mantuvieron en la cafetería del *Ospedale Generale di Zona Cristo.*

–La enfermedad por la que me pregunta no es nada común, señorita –se lamentaba el doctor Buonviso.

–Lo supongo, doctor –su voz le pareció extraña en la grabación–. Pero algo podrá decirme, ¿no?

–Bien... El paciente de la epilepsia de Dostoievski suele tener sueños o visiones muy vívidas. Se inician con una luz deslumbrante, que precede a un súbito bajón del nivel de atención del paciente a los estímulos que lo rodean. Después, por lo general, el cuerpo se queda inmóvil, rígido como una tabla, y termina sumergiéndose en alucinaciones muy reales que desembocan en un estado de bienestar. Más tarde llega la extenuación física absoluta.

–Conozco los síntomas... Pero ¿puede tratarse?

–En realidad, no sabemos cómo. Considere que sólo tenemos una docena de casos documentados en todo el mundo.

–¿Sólo?

Un segundo en blanco impresionó la casete.

–Ya le he dicho que es una enfermedad muy rara. Rebuscando en los anales históricos, algunos especialistas han creído descubrir sus síntomas en personajes como san Pablo (¿recuerda la luz que le asaltó camino de Damasco?), Mahoma o Juana de Arco...

—¿Y Dostoievski?

—Claro, él también. De hecho, se la llama así porque en su novela *El idiota* describió sus síntomas con una precisión extraordinaria. Los atribuyó a uno de sus protagonistas, el príncipe Mishkin. Ahí están explicadas todas las características de esta epilepsia...

—En resumen, doctor, que no sabe cómo tratarla —lo atajó.

—Si tengo que serle sincero, no.

—¿Y sabe si es una enfermedad hereditaria?

—Sin duda lo es. Aunque tampoco la llamaría enfermedad. En el pasado era tenida casi como un don divino. Incluso se llegó a decir que santa Teresa de Jesús la padeció, y que fue esa dolencia la que le abrió su camino hacia la comunión extática con Dios.

—Comprendo, doctor... Gracias.

—*Prego.*

Otro crujido metálico dio por finalizada la conversación. Tampoco aquella grabación la satisfizo demasiado. Aunque había recordado los términos exactos de su charla con el *dottore* Buonviso, seguía embargada por esa extraña sensación de vacío que le dejaba el saber que había heredado esa enfermedad visionaria... sin saber de quién.

Forzando la memoria delante de sus álbumes familiares, la morena pasó toda la mañana repasando sus últimos años de vida. Su graduación en la Universidad Estatal de Arizona, su reclutamiento para la investigación en los umbrales de la percepción del Stanford Research Institute (SRI), y hasta la conferencia que la convenció para presentarse voluntaria a los experimentos de telepatía que la llevaron a los oscuros pasillos del Departamento de Defensa.

Eran imágenes recientes.

Recordaba como si fuera ayer que fue un hombre excepcional, un «psíquico» llamado Ingo Swann, quien la convenció para que aceptara aquel trabajo. Nadie como Swann era capaz de describir un lugar lejano sólo concentrándose en unas coordenadas predeterminadas; ni de influir en los semáforos de una calle para cambiarlos de color a voluntad, e incluso de deshacer cúmulos nubosos a su antojo con sólo fijar en ellos su mirada. Aquella especie de «atleta mental» insistía en que el mérito no era suyo, que había heredado sus poderes de una bisabuela, una «mujer medicina» sioux que se los había transferido desde el más allá.

«¿Y si a mí...?»

La morena sonrió. Aquella conferencia, aquellas fotos, la hacían rejuvenecer casi diez años. Después de ser reclutada para el SRI primero, y para el Departamento de Defensa menos de diez meses después, recordó sus flirteos con varios miembros del INSCOM. Todos ellos, sin excepción, estaban entonces convencidos de que el comportamiento psíquico obedece a causas genéticas. De hecho, aseguraban que en familias de sensitivos predispuestos a los «viajes astrales», los sueños premonitorios o la telepatía, el «psíquico» destacaba siempre por su comportamiento inestable, neurótico o histérico. El suyo era un mal que saltaba de una generación a otra.

«Y ésa soy yo, sí señor.»

La morena cerró de golpe su álbum de fotos. Debía hacer una llamada a Phoenix, Arizona. Acababa de tener una corazonada... Una de esas raras ideas «inyectadas» de las que tan a menudo le habló Swann.

—¿Mamá?

Una voz indiferente contestó al otro lado del teléfono.

—Cariño, te tengo dicho que llames por las noches —la reprochó—. Te acabas de quedar sin trabajo y la tarifa nocturna es mucho más barata...

–Sí, sí. Lo sé. Pero necesito preguntarte algo de la familia.

–¡Otra vez!

–No te preocupes –suspiró–. No tiene nada que ver con papá.

–Menos mal.

–¿Tú no sabrás si alguien de la familia ha padecido alguna vez epilepsia?

–¡Pero qué cosas preguntas, niña! ¿Epilepsia?

–Responde sí o no.

Un segundo de silencio ocupó la línea.

–Bueno... recuerdo que cuando yo era niña, a mi madre la preocupaban los ataques que sufría mi abuela. Pero murió antes de que yo cumpliera los diez y no estoy segura de qué clase de ataques hablaban.

–¿Tu abuela?... ¿Mi bisabuela?

–Sí. ¡Uf!, y debió de ser una mujer de carácter. Era de origen indio, ¿sabes? Sus antepasados vivieron cerca del Río Grande. Por eso siempre me entretenía con cuentos de su tribu...

–Nunca me has dicho nada de esto.

El tono de la morena sonó a reproche.

–Soy muy mala para esas cosas, cariño. Además, eran cuentos increíbles. De espíritus protectores, visitas de los dioses kachinas y ese tipo de historias... ¡Te habrías asustado!

–Eres un desastre, mamá. ¿Y no sabrás de qué tribu descendía tu abuela?

–No, lo siento. Sé que fue una especie de hechicera, y que la familia emigró a Arizona porque tuvieron muchos problemas con su parroquia.

La voz al otro lado del teléfono tomó aire antes de continuar.

–¿Por qué te interesa tanto tu abuela, niña?

–Por nada, mamá.

–Ya... Que sepas –rió– que tu abuela, cuando naciste, lo primero que dijo es que te parecías mucho a la «bruja».

–¿A mi bisabuela?

–A la misma.

–Gracias, mamá.

Colgó el teléfono con un extraño sabor en la boca. Acababa de descubrir –así, casi sin querer– que tenía más en común con su admirado Ingo Swann de lo que nunca hubiera pensado. Ambos compartían un pasado indio... ¡y una abuela bruja! ¿Acaso explicaba eso su extraño sueño? ¿Y su diagnóstico de «epilepsia de Dostoievski»?

Swann regresó a sus recuerdos. En algunos lugares de América, le explicó un buen día en el INSCOM, a ese tipo de hallazgos les llamaban «tener al ángel de cara».

11

Carlos tomó aire antes de arrancar de nuevo el motor de su coche. Siguiendo las instrucciones de Txema, se había echado al arcén para reponerse de la impresión que le había causado su descubrimiento. Le resultaba difícil aceptar que existiera un pueblo llamado igual que el «apellido» de una monja cuya pista no había sido capaz de seguir en su momento, y ahora se reprochaba no haber confirmado antes aquel extremo.

—Las cosas llegan cuando así está dispuesto... —susurró Txema, confundiendo deliberadamente sus palabras con el ronroneo del motor.

—¿Qué quieres decir?

—Que tal vez cuando empezaste tu trabajo con las teleportaciones, no estabas preparado aún para desarrollarlo.

—Eso es filosofía barata —protestó Carlos.

—Piensa lo que quieras, pero yo creo que existe un Destino para cada uno de nosotros. Y a veces su fuerza nos empuja con más ímpetu que un huracán.

Las palabras del fotógrafo le parecieron extrañas, como si no las hubiera pronunciado él, sino un antiguo oráculo. Carlos nunca le había oído hablar de aquel modo —en realidad, dudaba incluso de que fuera capaz de albergar esa clase de sentimientos—; sin embargo, aquellas frases agitaron algo en su interior. Fue curioso: allí mismo, al dejar atrás la cuneta helada de la N-122, supo que no tenía elección, que debía desviarse de su ruta, abandonar su persecución de sábanas santas, alterar el orden de prioridades en su lista de asuntos pendientes y hacer algunas averiguaciones en Ágreda. Quién sabe –pensó– si aquel guiño del Destino no resucitaría del letargo su investigación sobre teleportaciones.

El acelerón lo devolvió a la realidad. Cerró el cuaderno de notas que tenía en el regazo, encargó a Txema que plegase el mapa de carreteras, volvió a situar su mirada sobre el asfalto y se adentró con decisión en el corazón de Ágreda, siguiendo las indicaciones que guiaban al centro.

Aquella mañana sus calles estaban tan húmedas y vacías como las de Laguna de Cameros. Los parabrisas de los coches aparcados a ambos lados de la avenida de Madrid aparecían cubiertos por una gruesa capa de hielo, y sólo algunos hilos de humo rompían la monotonía de los tejados de sus escasas viviendas habitadas.

–¿Adónde piensas dirigirte? –tanteó Txema con suavidad. Su compañero todavía lucía el rostro de trance que tanto lo había alertado minutos atrás.

–A la iglesia mayor, ¿adónde si no? Si hubo una monja mística en este pueblo, el cura debería saberlo.

–Es probable.

El Ibiza culebreó durante un par de minutos por las calles de Ágreda. Resultó ser un pueblo grande, mucho más de lo que aparentaba desde la carretera. Por fortuna, la iglesia que buscaba Carlos, levantada junto a un edificio que parecía el ayuntamiento, y empotrada en el lado oeste de una gran plaza rectangular, apareció antes de lo esperado. La rodeó con tiento y aparcó a apenas una decena de metros de su gran portón.

–¡Cerrada! –balbuceó impotente Txema.

–Quizá haya otra abierta...

–¿Otra?

–Sí, mira allí.

Justo a sus espaldas, detrás de un edificio de cuatro plantas, se alzaba la inconfundible silueta de otro gran campanario barroco. Sin prisa, se apearon del coche, atravesaron a pie la plaza del ayuntamiento y descendieron la pequeña cuesta que conducía a su magnífico pórtico.

–También cerrado –volvió a lamentarse el fotógrafo–. Aquí no hay nadie, y hace un frío de mil demonios...

–Es raro, ¿verdad? Hasta los bares están cerrados.

–Bueno, es domingo y con esta temperatura es normal que sus parroquianos no lleguen hasta dentro de un buen rato. Quizá a las doce, cuando toquen a misa mayor...

La insinuación de Txema hizo saltar al *patrón*.

–¿Las doce? ¡No podemos quedarnos aquí parados! ¿Y si nos acercamos a La Cuesta y luego, por la tarde, regresamos para hacer algunas preguntas?

–Me parece bien –estaba tiritando–. ¿Regresamos al coche?

Cuando el Ibiza se puso en marcha de nuevo, una nube de humo blanco inundó la plaza. En el interior, Txema todavía se frotaba las manos, tratando de entrar en calor.

–A lo mejor te precipitaste.

–Seguramente –admitió Carlos–. En cualquier caso, no me negarás que es mucha casualidad haber dado con este pueblo...

–Y a ti estas casualidades te sacan de quicio, ¿me equivoco?

–No. No te equivocas.

–Oye, ¿y por qué te resistes a aceptar que hay cosas en tu vida que están programadas y que pueden escaparse a tu control?

Carlos sujetó el volante con fuerza, haciendo equilibrios para no rozar los vehículos mal aparcados en aquellas callejuelas.

–¡Vaya pregunta! –respondió al fin–. Porque admitir eso es como aceptar que en alguna parte vive alguien que ha trazado las líneas maestras de nuestras vidas. Y de ahí a aceptar la existencia de Dios, sólo va un paso.

–¿Y por qué no admitirla sin más? –presionó el fotógrafo.

–Porque tengo la impresión de que Dios es una etiqueta que se aplica a todo aquello que no se entiende, y nos evita el esfuerzo de pensar...

–¿Y si tras el esfuerzo concluyes que existe?

Carlos no contestó. De repente, sus brazos se habían quedado rígidos sobre el volante y su mirada volvía a ser vidriosa. Detuvo el Ibiza, manteniendo el motor al ralentí.

–¿Qué pasa ahora?

–Nos... hemos equivocado de carretera –contestó en voz baja el *patrón*.

–¿Y bien?

–Nada... nada.

Cuando las extremidades de Carlos recuperaron parte de su flexibilidad natural, hizo avanzar el coche hasta el indicador que marcaba el límite del término municipal de Ágreda. Allí quitó la llave del contacto. Un simple vistazo bastó a Txema para darse cuenta de que, en efecto, aquélla no era la N-122. Era un camino mal asfaltado, lleno de socavones y demasiado estrecho para permitir una circulación de doble sentido.

El fotógrafo seguía sin entender.

Ido, Carlos descendió del vehículo, lo cerró de un portazo y cruzó la calzada rumbo a un edificio de piedra que descansaba junto a un pequeño campanario. «Quizá necesite tomar más aire»,

barruntó su compañero. Desde el interior del coche, Txema observó sus pasos vacilantes.

–¡Es aquí! ¡Baja! –gritó de repente.

El fotógrafo se estremeció. Sacó la bolsa de sus cámaras de
debajo del asiento, y saltó fuera del coche.

–¿Qué ocurre?

–¡Mira!

Txema tembló. El *patrón* señalaba al edificio. O más exactamente, a una especie de foso que se abría junto a la carretera, en
cuyo fondo se adivinaban un par de puertas. Una de madera, con
un extraño escudo de piedra sobre él, y otra resguardada por cuatro arcos de medio punto, protegida por fuertes barrotes de hierro.

–¿Qué quieres que mire?

–Ahí. ¿No lo ves?

De nuevo, Txema paseó la vista por el foso. La estatua de piedra de una monja con los brazos abiertos y una cruz en una de sus
manos lo sobresaltó.

–¡Es un convento! ¿Lo ves? ¿Qué mejor sitio para preguntar
por una monja?

–Sí..., desde luego. ¿Bajamos?

Los dos descendieron por una rampa de tierra hasta el centro
del foso y se plantaron frente a aquellas puertas. Pronto se perca-
taron de que el edificio era mucho más grande de lo que habían
calculado desde arriba. En realidad, tenía aspecto de fortaleza. Su
fachada estaba salpicada de minúsculas ventanas de madera y por
algunas cruces oscuras, numeradas, de madera, que conformaban
un paupérrimo vía crucis.

–Tienes razón, debe de ser un convento –murmuró Txema.

Carlos no lo escuchó. Estaba de rodillas sobre la nieve, frente
al pedestal de cemento sobre el que descansaba la estatua que tan-

to le había llamado la atención. Transcribía en su cuaderno la leyenda que acababa de descubrir cincelada en la peana.

—¿Lo ves? —exclamó al fin—. Mira lo que han escrito aquí.

Txema forzó su mirada y descubrió la misma inscripción:

A la venerable madre Ágreda,
con santo orgullo.
Sus paisanos.

—¿Crees que se trata de *tu* monja?

Su pregunta encerraba cierta trampa.

—¿Y quién si no?

—Olvida lo que te dije antes del Destino —susurró—. Ahora conviene que no nos precipitemos. Tú mismo dijiste que era costumbre poner el nombre del pueblo a las personas célebres que nacieron en él, y ésta podría ser otra monja famosa de otra época. ¿No te parece?

—Otra vez demasiada casualidad.

—Sólo una más.

Carlos miró al fotógrafo de reojo. Txema continuó.

—Además, si es la monja que acabó con tu paciencia cuando lo de las teleportaciones, pronto saldremos de dudas... Pero si no lo fuera, me harás un favor: nos olvidaremos de este asunto y volveremos derechitos a Madrid. ¿Vale?

—Vale.

Carlos se incorporó, y con paso firme se encaminó hacia la puerta que tenían más cerca. Estaba abierta.

—¡Entra! —lo animó Txema.

Tras atravesar el umbral y adecuarse a la penumbra, vieron confirmadas sus primeras sospechas. Se encontraban en un pequeño recibidor con las paredes forradas de madera y adornado con motivos religiosos. El torno, empotrado en la pared derecha, no dejaba lugar a dudas: aquello era un convento.

Una mesilla cubierta con un mantel de ganchillo y algunas hojas parroquiales antiguas, una campanilla, un viejo interruptor atornillado a un baldosín a la altura de los ojos, y el inconfundible cilindro de madera que conectaba la clausura con el mundo exterior, completaban la austera decoración de aquella antesala.

—¿Llamas tú? —preguntó Txema en voz baja.

—Claro.

Al presionar el timbre, un agudo chirrido retumbó por todo el edificio.

Instantes después, los goznes de una puerta crujieron en algún punto detrás de aquel tiovivo de madera.

—Ave María Purísima —rompió el silencio una voz al otro lado del torno.

—Sin pecado concebida... —Carlos dudó.

—¿Dígame? ¿Qué desea?

Su invisible interlocutora lo interrogó con extraordinaria suavidad. Por un momento, el *patrón* barajó la posibilidad de improvisar una historia inocente que justificara su visita y enmascarara lo que empezaba a ser ya una indigerible secuencia de azares, pero se dejó llevar explicándole *parte* de la verdad.

—Vera usted, madre: somos dos periodistas de Madrid que estamos haciendo un reportaje sobre las reliquias de algunas parroquias de los Cameros, y el temporal de nieve y el mal estado de las carreteras nos han arrastrado hasta aquí...

—¡Qué nos va a decir usted de la nieve! —replicó espontánea aquella mujer.

—Bueno... lo que nos gustaría es saber si aquí vivió una monja llamada María Jesús de Ágreda. ¿Sabe? Fue una religiosa del siglo XVII, y no sé si guardarán memoria de ella. Hace unas semanas la mencioné por casualidad en un reportaje sin saber si...

Un codazo del fotógrafo lo dejó con la frase a medias...

—¡Cómo no vamos a haber oído hablar de ella! ¡Si es nuestra fundadora!

Aquello los sorprendió. Y la monja, ajena a su reacción, añadió:

—Seguro que están aquí porque ella los ha llamado. ¡Es muy persuasiva! Tiene fama de milagrosa, y seguro que algo de ustedes la debe de haber interesado cuando han llegado aquí con la que está cayendo.

—¿*Es*? —preguntó Carlos alarmado.

—Bueno, *era*... —admitió.

—¿Y qué quiere usted decir con que nos «ha llamado», hermana?

—Nada, nada... Coja la llave que dejo en el torno; abra la puerta pequeña de la derecha y atraviese el pasillo hasta el fondo. Llegará a una puerta de cristal que tiene otra llave puesta; crúcela y enciéndase la estufa, que ahora mismo bajará alguna hermana para atenderlos.

Las suaves órdenes fueron tan precisas que no les cupo otra que obedecer. De hecho, antes de que se dieran cuenta, el torno ya giraba mostrándoles una pequeña llave de acero cosida a un llavero amarillo. Era su pasaporte al interior del convento.

12

Carlos siguió al pie de la letra las instrucciones recibidas. Detrás, con paso más vacilante, Txema se preguntaba si tras todo aquello no habría algo milagroso... A fin de cuentas, él era un hombre de fe. Discreta, sí, pero fe al fin y al cabo.

Pronto llegaron a un saloncito con un amplio vano enrejado por el que se vislumbraba otra estancia del interior de la clausura. Aquel modesto recinto estaba decorado con lienzos antiguos. En uno se apreciaba la imagen oscurecida de una religiosa que sostenía en su mano derecha una pluma, mientras que la izquierda descansaba sobre un libro abierto. Les llamó la atención una Inmaculada como las de Murillo, y un curioso tapiz que representaba la aparición de la Virgen de Guadalupe, en México, al indio Juan Diego, en pleno siglo XVI. Pero, sobre todo, los cautivó una tela moderna, de colores vivos y estilo naíf, que representaba a una monja vestida de azul, rodeada de indios y animales domésticos.

–¿Tú crees que...? –murmuró Txema.

–¿Y qué puede ser si no?

–Pero parece un cuadro muy reciente.

–¡Y lo es!

Una voz femenina sonó a sus espaldas. Procedía del otro lado del enrejado, que ahora abierto dejaba ver a dos monjas vestidas con hábitos blancos.

—Fue pintado por una hermana de Nuevo México que estuvo dos años viviendo con nosotras —aclaró una de ellas.

Las religiosas se presentaron como sor Ana María y sor María Margarita. Parecían caídas de otro mundo, como si pertenecieran a otra época.

—¿Y en qué podemos ayudarlos? —terció una de ellas, tras invitar a los periodistas a tomar asiento.

—Queremos saber algo sobre sor María Jesús de Ágreda.

—¡Ah! ¡La venerable!

En el rostro de la hermana María Margarita se dibujó una amplia sonrisa, pero fue la otra quien, desde el principio, tomó las riendas de la conversación.

Sor Ana María daba la impresión de ser una mujer pausada, serena. Su mirada amable y su porte elegante cautivaron a los huéspedes. La hermana María Margarita, en cambio, se reveló como su reflejo especular. Menuda, inquieta, con ojos vivaces y voz saltarina y punzante, tenía aspecto de revoltosa.

Las dos los miraban con curiosidad y ternura, ajenas al entusiasmo que comenzaba a anidar dentro de ellos.

—¿Y qué les interesa saber exactamente de la madre Ágreda? —los interrogó sor Ana María, tras atender las explicaciones de sus visitantes.

Carlos se incorporó en su silla, y la miró fijamente.

—Bueno... —titubeó—. Nos gustaría confirmar si realmente la madre Ágreda estuvo en dos lugares a la vez. Ya saben: si se bilocó.

Sagaz, el fotógrafo volvió la mirada hacia el cuadro donde se veía a una monja rodeada de indios. Las religiosas se miraron divertidas.

–¡Naturalmente! Ésa fue una de sus primeras «exterioridades» místicas, y la vivió cuando era muy joven. Fue poco después de profesar como religiosa en este convento –se apresuró a explicar sor María Margarita señalando el cuadro que examinaba Txema–. Debe usted saber que fue un caso muy bien estudiado en su época, y que incluso superó un juicio de la Inquisición.

–¿Ah, sí? –respondió el *patrón*.

–Desde luego.

–¿Y cómo fue? Quiero decir, ¿dónde se aparecía la madre Ágreda?

–Bueno, en realidad, como usted ha dicho, se bilocaba –precisó sor Ana María–. Creemos que se dejó ver en Nuevo México, donde visitó algunas tribus a lo largo del Río Grande. Un informe publicado en 1630 recoge los hechos tal y como ocurrieron.

Carlos arqueó sus cejas, interrogándola con la mirada. La monja continuó.

–Lo redactó un franciscano llamado fray Alonso de Benavides, que predicó en aquellas tierras en el XVII y se encontró con la sorpresa de que muchos de los poblados indios que visitó ya habían sido catequizados por una misteriosa mujer que se había dejado ver a aquellos indios.

–¿Que se había dejado ver? –repitió Txema sorprendido.

–¡Imagíneselo! –interrumpió la monja, más exaltada que antes–. ¡Una mujer sola, entre indios salvajes, que les enseñó la doctrina de Nuestro Señor!

Los cuatro sonrieron ante aquel arrebato pasional. La hermana Ana María prosiguió.

–Lo que el padre Benavides consignó por escrito fue que muchas noches se presentaba ante los indios una mujer vestida con hábitos azules, que les hablaba del hijo de Dios que murió en la cruz y que prometió la vida eterna a quienes creyesen en él. Incluso les anunció que pronto llegarían representantes de ese Salvador a sus tierras para traerles la buena noticia.

–¿Y dice usted que ese informe se publicó?

–Sí, claro. Fue impreso en 1630 en Madrid, en la Imprenta Real de Felipe IV. Se rumorea, incluso, que llegó a interesar al mismísimo rey.

–Pero dijo antes que lo de las bilocaciones fue sólo la primera «exteriorización» de la madre Ágreda...

–Exterioridad –matizó. Y continuó–: Bueno, la madre pidió en sus oraciones que Dios la librara de aquellos fenómenos. Por su culpa estaban corriendo rumores por toda la provincia y ya acudían demasiados curiosos a verla entrar en éxtasis.

–¡Ah! ¿También entraba en trance? –Carlos iba de sorpresa en sorpresa.

–Desde luego. Y éstos no desaparecieron cuando cesaron las bilocaciones. Años más tarde, se le apareció Nuestra Señora para dictarle su vida, de la que hasta ese momento apenas sabíamos nada por los Evangelios.

–Prosiga, por favor.

–La redactó en ocho gruesos volúmenes escritos a mano que todavía conservamos en nuestra biblioteca, y que después se editaron bajo el título de *Mística Ciudad de Dios*.

–¿Mística Ciudad de Dios?

–Sí. En ese libro revela que Nuestra Señora es, en realidad, la ciudad donde mora el propio Padre Celestial. Es un misterio tan grande como el de la Trinidad.

–Ya... Perdone, hermana, pero hay algo que no me encaja. Cuando intenté obtener información sobre su fundadora, consulté diversas bases de datos y catálogos de libros antiguos para ver si hallaba alguna obra suya y, la verdad, no encontré ninguna... salvo que cometiese alguna torpeza o error.

La monja sonrió.

–Tiene usted mucha suerte. El libro acaba de ser reeditado, aunque seguramente le interesará más uno de los tomos de su edición antigua donde se cuenta la vida de nuestra hermana, ¿verdad? –sor Ana María interrogó con dulzura al *patrón*.

–Si fuera posible...

–¡Claro! –sonrió la monja de nuevo–. No se preocupe; nosotras buscaremos ese tomo y se lo enviaremos donde nos diga.

Carlos agradeció el ofrecimiento y tras anotar en un papel el número de su apartado de correos, disparó una última e inocente pregunta.

–Aclárenme otra cosa que tampoco me cuadra. No recuerdo haber encontrado su nombre en ningún santoral, ¿cuándo fue declarada santa sor María Jesús?

Para qué formularía aquella cuestión. Los ojos de sus interlocutoras se ensombrecieron de golpe. Las dos bajaron la cabeza al unísono, ocultaron las manos bajo sus hábitos y dejaron pasar un interminable segundo de silencio antes de responder. Finalmente, fue sor María Margarita quien lo hizo.

–Verá usted –carraspeó–. La madre Ágreda reveló en su libro que la Virgen concibió inmaculada a Nuestro Señor y, como sabrá, ése era en aquella época un tema muy discutido entre los teólogos y una idea herética. Además, la hermana se inmiscuyó en los asuntos políticos de Felipe IV, con quien se escribía con frecuencia y de quien llegó a ser su verdadera asesora espiritual.

–¿Y...? –preguntó Carlos intrigado.

–Pues que esas cosas no gustaron en Roma, que lleva tres siglos reteniendo su proceso de beatificación. Lo único que conseguimos

fue que el papa Clemente X permitiera su culto privado, conce-
diéndole el título de Venerable pocos años después de su muerte.
Fue, déjeme ver –dijo hojeando un folleto que tenía a mano–, el
28 de enero de 1673.

–¿Es cosa de Roma?

–Del Vaticano.

–¿Y no se puede hacer nada para corregir ese error?

–Bueno –contestó sor Ana María–, hay un sacerdote de Bilbao,
el padre Antonio Tejada, que está llevando el papeleo de la causa
de beatificación para rehabilitar a la Venerable.

–Entonces, no está todo perdido.

–No, no. Gracias a Dios, el padre Tejada tiene mucha fuerza
de voluntad. Él ha trabajado en la reedición de los textos de nuestra madre; también él es un hombre santo.

Los ojos de Carlos se encendieron. «¡Un experto!», pensó. Su
fotógrafo rió para sus adentros cuando le vio preguntar con voz
trémula:

–¿Creen ustedes que podría entrevistarme con él?

–Claro. Vive en la residencia de los padres pasionistas de Bilbao, junto a un colegio de enseñanza primaria.

–¿Un colegio?

–Sí. Aunque él es profesor de Universidad –aclaró sor María
Margarita con su voz cantarina.

–Si fuera a verlo, llévele nuestro recuerdo y anímelo a seguir
adelante –rogó su compañera–. Las causas de los santos son cosas
difíciles en las que Dios pone a prueba la paciencia de los hombres...

–Lo haré, pierdan cuidado.

–Que Dios lo bendiga, entonces –murmuró la monja mientras
se santiguaba.

13

Al filo de las 14.30 el padre Baldi se encontraba otra vez junto a la plaza de San Pedro. Allí se sentía seguro, a salvo de sus temores. Un taxi lo había llevado hasta la esquina del Burgo de Pío IV con la Vía de Porta Angélica, frente a una de las más concurridas «entradas de servicio» de los funcionarios pontificios al recinto vaticano. A esa hora, la mayoría se reincorporaba a sus despachos tras el almuerzo.

Baldi comprendió que aquélla era su oportunidad para no regresar a Venecia con las manos vacías. La inoportuna muerte de «san Mateo» lo había dejado en una situación comprometida, que debía resolver cuanto antes.

Decidido, «Lucas» se mezcló con el torrente de empleados, atravesó las garitas de seguridad de los *sampietrini* y se adentró en aquel laberinto de oficinas, rumbo a los despachos de la Secretaría de Estado. Su fachada, un pequeño bloque de contraventanas grises y tejas negras, acababa de ser restaurada. El inmueble presentaba un aspecto impecable. La placa de cobre, con la tiara y las llaves de Pedro grabadas en negro, brillaba más que nunca.

El interior del edificio era otro cantar: pasillos de color plomo y puertas contrachapadas con los nombres de cardenales y otros miembros de la curia pegados con celo daban a entender que la puesta a punto había sido sólo superficial.

–¿En qué puedo ayudarlo?

Una hermana de cara redonda, vestida con hábito azul oscuro y toca de ganchillo, lo abordó desde el mostrador.

–Desearía ver a Su Eminencia Stanislaw Zsidiv.

–¿Tiene cita con él? –indagó la religiosa.

–No. Pero monseñor me conoce bien. Dígale que el padre Giuseppe Baldi, de Venecia, está aquí. Es urgente. Además –dijo blandiendo la carta que había recibido de él hacía dos semanas–, me ha hecho venir.

Aquello fue definitivo.

La monja apenas tardó unos segundos en oprimir las teclas de la centralita, y transmitir el mensaje al otro lado de la línea telefónica. Tras un estudiado «está bien, lo recibirá», que Baldi encajó con satisfacción, ella misma lo guió por los corredores que llevaban al despacho del cardenal polaco.

Nada más entrar, al cura del Venetto le llamó la atención que desde sus ventanales se distinguiera la cúpula de San Pedro e incluso algunas de las 140 estatuas de la columnata de Bernini. Una vista que se completaba con los impresionantes tapices con motivos paganos que decoraban la estancia.

–¡Giuseppe! *Mio Dio!* ¡Cuánto tiempo!

Zsidiv era de mediana estatura, enfundado en una relumbrosa sotana morada, de rostro afilado y ojos azules escondidos tras los gruesos cristales de unas gafas rectangulares. El cardenal se levantó de su butaca de cuero negro y a grandes zancadas salvó los escasos metros que lo separaban de su visita.

Baldi besó su anillo y la cruz que llevaba al cuello, y después se fundieron en un abrazo. Luego tomó asiento frente a su mesa. Estiró su sotana antes de cruzar las piernas y echó un rápido vistazo a las carpetas y sobres que se interponían entre él y el cardenal, más por costumbre que por curiosidad. No hicieron falta demasiados prolegómenos. Su Eminencia y el benedictino se conocían desde hacía años, desde sus tiempos de seminaristas en Florencia, donde habían compartido su interés por la prepolifonía. Es más, había sido monseñor Zsidiv, nacido en Cracovia y amigo personal del Papa, quien presentó a Baldi a los coordinadores del proyecto de la Cronovisión allá por los años cincuenta, cuando éste todavía estaba en mantillas. También contribuyó a que lo incorporasen como miembro de pleno derecho en su seno. Por eso su conversación fluyó en seguida.

—Es una suerte que hayas venido —dijo monseñor—. No sabía cómo localizarte para ponerte al corriente de lo que le ha ocurrido a «san Mateo» esta misma mañana...

El cardenal bajó el tono de voz.

—De eso precisamente quería hablarte.

—¿Ah, sí? —se sorprendió—. ¿Ya estás al tanto?

—Lo he sabido hace una hora, cuando he visto a la policía aparcada frente a su casa.

—¿Has pasado por su casa? —Zsidiv mudó el gesto. Aquello violaba claramente el código ético de los «cuatro evangelistas».

—Bueno... en cierta medida tu carta ha tenido la culpa. Y esa orden seca para que viniese a Roma a rendirte cuentas por lo que me sucedió con el periodista español. Porque es eso, ¿no?

—Me temo que sí.

—Pues te juro que yo no...

El cardenal lo paró en seco.

—Nada de eso importa ahora, Giuseppe. Con la muerte del «primer evangelista» las cosas van a cambiar mucho. El Papa está preocupado por la Cronovisión. Teme que se escape de nuestro control y que se descubran cosas que es mejor que sigan enterradas. ¿Lo entiendes?

Monseñor se agarró a los reposabrazos de su butaca, impulsándose por encima de los papeles que los separaban.

—Lo peor de este incidente —prosiguió— es que todavía no sabemos si su muerte ha sido accidental o provocada. La policía no ha tenido tiempo de concluir su informe, y la autopsia no se le practicará hasta última hora de la tarde. Pero lo que más me preocupa es que él estaba al corriente de ciertos asuntos relacionados con la Cronovisión que tú ignoras, y que podrían haberse filtrado fuera de nuestro círculo.

—¿Filtrado? —el rostro del padre Baldi se desencajó.

—Eso nos tememos. Alguien borró de su ordenador todos los ficheros y tenemos razones para suponer que ha desaparecido de su estudio documentación de valor.

—¿Qué clase de documentación?

—Papeles antiguos, aunque también apuntes que recogían detalles de sus experimentos.

Ante la mirada de incredulidad de «san Lucas», Zsidiv cambió de tono.

—Te teníamos en cuarentena, ¿entiendes? No podíamos correr el riesgo de que filtraras información a la prensa, aún menos la de «Mateo», y que descubrieras nuestro proyecto.

—¿Sospechas ahora de alguien?

—Manejo varios candidatos. Los chicos de la Congregación para la Doctrina de la Fe echan chispas con este asunto. Como sabrás, desde que Pablo VI, con sus ánimos reformistas, les quitó competencias, andan a la caza de cualquier investigación que les suene a «herética». Han intentado echar tierra a la Cronovisión desde que se enteraron de su existencia, y la publicación de tus declaraciones en la prensa les ha venido como anillo al dedo... Aunque ignoro hasta dónde habrán llegado.

Zsidiv tomó aire y continuó:

—La otra posibilidad es que haya sido obra de nuestros socios. Pero en el estado actual de nuestras relaciones diplomáticas, no podemos ni insinuar esa posibilidad.

—¿Socios? ¿Qué socios? —saltó Baldi.

—Eso es parte de lo que los evangelistas y yo hemos evitado deliberadamente que supieras. Ahora, en cambio, la urgencia por recuperar la documentación robada a «san Mateo» me obliga a restituirte mi confianza.

Monseñor alzó su mirada por encima de las gafas.

—Espero no equivocarme al contar contigo de nuevo.

Las palabras del cardenal sonaron graves. Baldi se limitó a asentir. Se quedó allí, clavado en su silla, aguardando a que su interlocutor explicara qué había estado ocultándole durante esos últimos meses para poder juzgar mejor su situación.

Stanislaw Zsidiv se levantó. Se acercó a las impresionantes ventanas de su despacho y, de espaldas a Baldi, armó un relato sorprendente. Le contó que el Vaticano llevaba más de cuarenta años colaborando con los servicios de inteligencia norteamericanos a través de una organización tapadera de la CIA conocida como El Comité o, para ser más precisos, el American Committee for a United Europe (ACUE). Se trataba de una organización fundada en 1949 en Estados Unidos y dirigida por hombres de la antigua Office of Strategic Services (OSS), precursora de la CIA, con la intención de consolidar unos Estados Unidos de Europa tras la guerra.

Al principio, recalcó Zsidiv, El Comité intentó controlar a todos los curas de tendencia comunista que pudieran encubrir actividades subversivas prosoviéticas en Europa, pero en los últimos años se había ganado la confianza del Sumo Pontífice al destapar un par de operaciones de alto nivel que planeaban atentar contra su trono.

–En definitiva –continuó monseñor–, nada que el propio Santo Padre no sospechara. Desde el Concilio Vaticano II han sido muchos los planes para propinar un golpe mortal a la Iglesia.

Baldi abrió los ojos de par en par.

–¿Y esto qué tiene que ver con «san Mateo»?

–Mucho –lo atajó el secretario de Su Santidad–. En estos años El Comité no se ha limitado a las actividades políticas, sino que se ha interesado por algunos de nuestros programas de investigación, en especial por el de la Cronovisión. Nos pusieron al corriente de que una de sus organizaciones, el INSCOM, había creado hacía años una sección destinada a preparar a hombres con habilidades extrasensoriales muy desarrolladas, capaces de atravesar con su mente las barreras del espacio. Querían convertirlos en una división de espionaje psíquico. De alguna forma descubrieron que nosotros trabajábamos en algo parecido con la ayuda de música sacra y de tus estudios de prepolifonía, y nos asignaron un colaborador, un delegado con el que intercambiar puntos de vista sobre nuestros avances mutuos...

–Uno de sus hombres. Un espía.

–Llámalo como quieras. Pero lo destinaron a la cabeza de su equipo en Roma para que trabajara con «san Mateo». Y ambos desempolvaron hace sólo un mes el dossier de la «Dama Azul». Creyeron encontrar en él algo importante.

–¿La «Dama Azul»?

Baldi no había escuchado nunca aquel nombre.

—¡Ah! ¡Es cierto! Pobre Giuseppe...

Monseñor Zsidiv se volvió, miró con benevolencia al padre Baldi, y con las manos cruzadas a la altura del pecho, regresó pausadamente a su mesa de trabajo.

—Déjame explicártelo. En los archivos del Santo Oficio, Mateo y el «gringo» descubrieron unas actas de hace tres siglos que hablaban de una monja española que experimentó varias experiencias de bilocación muy espectaculares.

—¿Unas actas? ¿Qué actas?

—Se las conoce como el *Memorial de Benavides*. Las redactó un franciscano llamado así, y en ellas aseguraba, entre otras cosas, que esa mujer había logrado trasladarse *físicamente* de un lugar a otro. Le atribuyó incluso la evangelización de varias tribus indias del sudoeste de Estados Unidos... Y eso fue lo que en seguida interesó a los americanos. Vieron en ese caso una vía de estudio para poder enviar hombres instantáneamente a cualquier rincón del mundo, ya sea para averiguar secretos, robar documentos comprometedores, eliminar enemigos potenciales o cambiar cosas de lugar sin dejar huella alguna. En suma, el arma perfecta: discreta e indetectable.

—¿Querían militarizar un don divino?

Baldi estaba perplejo.

—Sí. Con la ayuda de sonidos o música como los que provocaron los éxtasis y bilocaciones de aquella «Dama Azul». ¿O no es eso lo que tú llevas tanto tiempo estudiando, Giuseppe?

—¡Pero no existe ninguna frecuencia de sonido conocida que permita hacer eso! —protestó.

—Eso mismo dijeron los otros «evangelistas». De hecho, el análisis de los documentos relativos a esa monja no arrojó ni una sola prueba de que fuera ella la responsable de esas remotas visitas a los indios.

–¿Entonces?

–No lo sé. Tal vez lo que vieron los indios fue algo más importante. Quizá una manifestación de Nuestra Señora. El Papa considera seriamente esa posibilidad, y cree que nadie más que la Virgen pudo aparecerse en gloria y majestad a aquellos indios, preparando la evangelización de América. De hecho, «san Mateo» y su ayudante se obsesionaron con ese tema hasta extremos inimaginables, y se empecinaron en reunir toda la información posible.

–¿Crees que esa obsesión ha tenido que ver con su muerte?

–Sí. Estoy convencido. Sobre todo, después de que desaparecieran sus archivos. Es como si alguien se hubiera enterado de sus avances y estuviera interesado en borrar del mapa todo el dossier.

–¿Y el ayudante del padre Corso? ¿El delegado de los americanos no ha podido dar ninguna pista a la policía?

Monseñor Zsidiv comenzó a jugar con su abrecartas de plata con empuñadura de delfín.

–No. Y tampoco me sorprende. Mira, Giuseppe, ese hombre no es trigo limpio. Creo que el INSCOM lo incorporó a nuestro proyecto para que husmease en los avances del «primer evangelista» y los mantuviera informados... Aunque, a Dios gracias, también ha hecho alguna contribución a la Cronovisión.

–¿Por ejemplo?

–Bueno... Tú sabes mejor que nadie lo delicado que es este proyecto. Es ciencia por un lado, pero fe por otro. De ahí nuestros conflictos. De algún modo, la Cronovisión es aceptable a partir de la certeza bíblica de que hubo profetas y grandes hombres del pasado a los que Dios dotó con el don de transgredir el tiempo. Por eso creamos una máquina que desafía esa dimensión al estimular a voluntad estados visionarios como los de los antiguos patriarcas...

–Puedes ahorrarte los prolegómenos, Stan.

–Está bien –sonrió–. Tú fuiste quien aportó a los «evangelistas» la idea, acertada, de que ciertas notas de música sacra sirvieron a muchos de nuestros místicos para vencer esas barreras del tiempo, y de que la clave para abrir esa cueva de la mente era el sonido, como el «¡ábrete sésamo!» de Alí Babá. Pues bien –monseñor dejó el abrecartas a un lado y se frotó las manos–, este gringo conocía un sistema aún más depurado que el tuyo, pero dentro de tu misma línea de trabajo.

El padre Baldi se quitó las gafas y, tratando de disimular su sorpresa, comenzó a limpiarlas con una pequeña bayeta.

–¿Qué clase de sistema? –preguntó al fin.

–Verás, Giuseppe: cuando El Comité asignó ese nuevo compañero de trabajo a «san Mateo», registramos y duplicamos todo el material que trajo consigo. En sus diarios de campo se mencionaban los avances de un tal Robert Monroe, un empresario norteamericano especializado en la instalación de emisoras de radio, que había diseñado un método para enseñar a «volar» fuera del cuerpo a cualquiera que se lo propusiera.

–¿Un método... serio? –preguntó extrañado Baldi.

–Bueno, a nosotros nos sorprendió. Al parecer, después de la segunda guerra mundial ese hombre sufrió varias experiencias involuntarias de salida fuera del cuerpo, y en lugar de encajarlas como algo anecdótico, como habían hecho tantos antes que él, quiso destripar la «física» de su funcionamiento. Esos cuadernos decían que Monroe descubrió que sus «viajes» estaban directamente relacionados con ciertas longitudes de onda en las que trabaja el cerebro humano, y que éstas se podían inducir fácilmente mediante el uso de la hipnosis o, aún mejor, mediante la aplicación de ciertos sonidos directamente a los oídos.

–Eso no es nuevo para nosotros...

–No, en teoría. Después averiguamos que ese individuo estaba tan convencido de su hipótesis que, en los años setenta, fundó un instituto en Virginia para provocar «viajes astrales» a voluntad. Desarrolló una revolucionaria tecnología de sonido a la que llamó Hemi–Sync... ¡que lo conseguía!

–¿Hemi–Sync?

–Sí, abreviatura de «sincronización de hemisferios». Al parecer, su método consiste en equilibrar la frecuencia en la que funcionan nuestros hemisferios cerebrales, y aumentarla o reducirla al unísono, llevando al sujeto hasta los umbrales límite de su percepción gracias a la audición de ciertos sonidos «sintéticos». Por lo que sabemos, Monroe estableció incluso una especie de tablas de sonido que marcaban hasta dónde se puede llegar gracias a las frecuencias que administra a sus «pacientes» a través de auriculares.

–¿Unas tablas? ¿Qué clase de tablas?

Monseñor Zsidiv revolvió en sus notas. En cuestión de segundos localizó unos apuntes tomados de la lectura de los diarios «robados» al huésped norteamericano de «san Mateo». Tras examinarlos, continuó:

–Aquí está –dijo–. Monroe descubrió que si se suministra a un paciente un sonido con una vibración de 100 hertzios (o ciclos por segundo) en un oído, y otro de 125 hertzios en el otro, el sonido resultante, aquel que «entiende» el cerebro del paciente, lo obtiene de la diferencia de ambos. Es decir, «escucha» un sonido «inexistente» de 25 hertzios que, además, percibe a través de ambos hemisferios cerebrales a la vez. Monroe bautizó ese tipo de sonido como «binaural» e insistió en que son los únicos capaces de generar estados de conciencia alterados con éxito, como el que favorece la separación del cuerpo astral...

–¿Y en qué han variado estos hallazgos nuestro proyecto?

–¡Imagínatelo! Hemos pasado de entrenar a personas sensibles para ver cosas más allá del tiempo y el espacio a considerar seriamente la posibilidad de proyectarlos fuera de sus cuerpos para recoger esa información allá donde esté...

–Casi como se cree que hacía esa «Dama Azul», ¿no?

–¡Exacto! Eso fue lo que pensaron el padre Corso y su ayudante. Por eso opino que se volcaron tanto en ese caso. Tal vez creyeron que investigándolo a fondo encontrarían nuevas claves para proyectar a alguien al pasado.

–Y justo entonces muere «san Mateo».

–Así es.

Monseñor bajó la mirada, afectado.

–Él era... –continuó– un amigo.

Sus labios comenzaron a temblar, como si de un momento a otro fuera a romper a llorar. Pero se contuvo.

–Está bien, Stan. Sé que no he hecho muy bien las cosas últimamente, pero quizá ahora tenga la oportunidad de redimir mis errores. Si lo estimas oportuno, podría hacerme cargo de los laboratorios del «primer evangelista» y tantear a su ayudante para tratar de averiguar si sabe más de lo que dice...

Zsidiv tosió con aspereza; intentaba aclarar su garganta y no emplear un tono de voz demasiado afectado.

–Es lo que quería proponerte. Podrías tomar las investigaciones de «san Mateo» justo donde él las dejó. Así seguirías en el equipo, al menos hasta que el IOE decida intervenir otra vez.

–Por cierto, si me reincorporo al equipo, ¿qué sucederá con la audiencia de mañana?

–No te preocupes. Yo mismo la desconvocaré. Si mantienes la boca cerrada, no hará falta que pases por ella. El Santo Padre lo comprenderá.

–Gracias, eminencia. Haré lo que esté en mi mano.

–Ten mucho cuidado –le advirtió Zsidiv ya en la puerta de su despacho–. Todavía no sabemos si «san Mateo» se suicidó o lo suicidaron. ¿Me comprendes?

–¿Por dónde debo empezar a buscar?

–Ve a los estudios que el padre Corso tenía en Radio Vaticana. Allí centralizó sus trabajos durante el último año, y allí localizarás a su ayudante.

–¿Por quién pregunto?

–Por fray Alberto. Aunque en realidad su nombre es Albert Ferrell. Agente Albert Ferrell.

14

La lata de cerveza rodó suavemente sobre el entarimado, después de resbalar de una de sus regordetas manos. Sin embargo, ni siquiera el ruido al chocar contra la mesa del televisor logró despertar a la morena. Volvía a soñar. Y esta vez con algo ocurrido seis años después de su último «salto onírico», relativamente cerca de las tierras de los jumanos... ¿Otra vez emergían sus genes indios? Ella, en ese estado, no lo sabría decir.

ISLETA, NUEVO MÉXICO, JULIO DE 1629

Una inesperada corriente de aire tórrido azotó el *camino real* de Santa Fe, arrastrando consigo una gran nube de arena. La polvareda atravesó los juníperos crecidos al borde de la vía y, en cuestión de segundos, desdibujó el horizonte.

–¡Cubríos! –gritó una voz grave.

Al unísono, una decena de frailes de la orden de San Francisco, que marchaban a pie por el sendero a orillas del Río Grande, alzaron sus mangas marrones y se cubrieron el rostro. La arena, fina como alfileres de acero, atravesó sus ropas y se estrelló contra sus cuerpos.

–¡Aguantad! –exclamó otro.

La tormenta se cebó en los frailes unos minutos más. De repente, alguien exclamó:

–¡Jesús santísimo! ¡Oigo música! ¡Oigo música!

–¿Quién oye música? –bramó una nueva voz, desde la cabeza del pelotón, con tono autoritario.

–¡Yo! ¡Fray Bartolomé! ¿No la oís, padre?

Fray Esteban de Perea, hermano comisionado meses atrás por el arzobispo para tomar las riendas del programa de evangelización de Nuevo México, entornó ligeramente los ojos tratando de distinguir la silueta casi circular de fray Bartolomé. Frunció el ceño como sólo él podía hacerlo –ese mismo gesto, frecuente en él, le había valido el sobrenombre de *Halcón* entre los suyos–, y su mirada penetró aguda en las tinieblas.

–¿De dónde viene? –gruñó el padre Perea.

–¡Del sur! ¡Viene del sur!

Aunque sólo un tímido eco de sus palabras llegó a oídos de Perea, todos los frailes, sin excepción, aguzaron el oído, al tiempo que trataban de mantenerse en pie, resistiendo el embate del temporal.

–¿No la oís? ¡Viene de allí delante! –insistió fray Bartolomé a gritos.

Tras unos segundos de escucha, los misioneros percibieron la melodía entre los agudos silbidos del viento. De no encontrarse en medio del desierto, a cinco jornadas a pie de Santa Fe, hubieran jurado que se trataba de un coro entonando un *Aleluya*.

El espectáculo, sin embargo, duró poco. Antes de que pudieran distinguir una sola frase inteligible en aquel galimatías de viento, arena y cánticos, la tormenta cambió de rumbo, llevándose con ella la música. Después, un silencio casi mortal rodeó al grupo.

Fray Bartolomé se encogió de hombros, el *Halcón* pareció ignorar el asunto, y el resto cruzó algunas miradas de incredulidad. ¿Un coro? Decidieron no tentar las burlas del demonio. Avergonzados, como si acabaran de ser testigos de un espejismo acústico, se sacudieron los hábitos, cargaron de nuevo sus petates sobre los hombros, y reanudaron la marcha en la misma dirección sin hacer un solo comentario.

Querían alcanzar cuanto antes la misión de San Antonio de Padua, uno de los asentamientos franciscanos más antiguos de la región. Fray Esteban deseaba establecerse allí durante unos días para comprobar por sí mismo algo que en México le había dejado perplejo: sólo en ese lugar, en los últimos veinte años, y según datos de fiar manejados por el arzobispo, se habían convertido al cristianismo cerca de ochenta mil indios. Es decir, casi la totalidad de todos los habitantes de una región cuyos horizontes se dice que se pierden en los confines del mundo creado por Dios.

El caso era único en América. Ni en México, ni en los reinos del Perú, ni en Brasil se había registrado una cristianización tan rápida y limpia.

Ninguna razón explicaba de modo convincente la docilidad de los indios. Más bien todo lo contrario, pues a aquellas cifras de conversos les acompañaba el persistente rumor de que alguna clase de «fuerza sobrenatural» había instado a los nativos a aceptar la fe en Cristo.

A Perea, hombre bien entrenado del Santo Oficio, aquello no le gustaba. Sentía una propensión natural a recelar de todo lo etiquetado con el marchamo de milagroso; sobre todo en unas regiones donde cada día era más difícil discernir entre religión y superchería.

—¡Escuchadme! —gritó el *Halcón*, sin aminorar el paso—. Si mi mapa es exacto, debemos estar a punto de llegar a la misión de San Antonio.

El júbilo recorrió la formación de frailes.

—A partir de este momento —continuó— quiero que estéis atentos a cualquier comentario que escuchéis de los indios. No importa lo extraño que os parezca. Quiero saber por qué se hicieron cristianos, si alguien los obligó o instruyó, y si vieron algo fuera de lo normal que los empujara a convertirse a nuestra fe.

—¿Qué quiere decir «algo fuera de lo normal»?

La pregunta de fray Tomás de San Diego, agudo lector de teología de la Universidad de Salamanca, alivió las inquietudes de la mayoría. El *Halcón* no titubeó.

—No sabría explicároslo, hermano Tomé. En el Arzobispado de México escuché rumores sobre espíritus de las praderas que han empujado a los clanes de esta región a pedirnos el bautismo...

—¿Espíritus? ¿Qué clase de espíritus?

—¡Hombre de Dios! —fray Esteban pareció disgustado por la insistencia del fraile—. Vos deberíais saber mejor que nadie que las gentes de estas tierras no han recibido educación, y que explican con sus pobres palabras lo que han visto. Otra cosa es que sus calificativos sean los más adecuados y que respondan a la realidad de los hechos.

—Entiendo. ¿Quiere eso decir que los espíritus podrían ser ángeles? ¿Buscamos huellas que acrediten un milagro?

El fraile empleó un tono que irritó definitivamente al *Halcón*.

—No puedo deciros más sobre algo que ignoro, hermano —respondió secamente—. Pero sí os ruego, y al resto de los padres también, que seáis escrupuloso con vuestra misión. Nuestro objetivo es determinar qué movió a estas gentes a convertirse, y si eso ha sido obra de Dios o del Diablo.

Durante las dos horas siguientes, el grupo caminó sin detenerse a recuperar el aliento. El ritmo que marcaba el *Halcón* no era fácil de seguir, y menos bajo un sol de justicia como aquél. Fray Bartolomé Romero, el obeso franciscano que había dado la alarma del *Aleluya* en medio de la tormenta, había olvidado ya el incidente, y concentraba sus fuerzas en no perder el paso. Fray Diego López, un joven lego incorporado a la misión en el último momento, lo animaba desde atrás, impidiendo que se derrumbara en cualquier recodo del camino, y lo empapaba con agua siempre que lo veía desfallecer.

Pese al esfuerzo, el ánimo del grupo era excelente. Los cinco días de caminata no eran nada en comparación con las cincuenta y tres jornadas de navegación entre Sevilla y Ciudad de México, en la Nueva España, o los ocho meses de caravana que los separaban desde su salida de México y su llegada a Santa Fe en abril de aquel mismo año. Su ritmo era ahora fuerte, sí, pero seguro.

Justo cuando el sol alcanzó el lugar más alto, el *Halcón* se detuvo por primera vez. Puso la mano izquierda a modo de visera, y escrutó el paisaje, cubriendo un arco de sesenta grados.

Su rostro se tornó exultante.

—¿Os ocurre algo, padre?

Uno de los frailes se adelantó para informarse de la razón de aquel brusco «descanso» bajo la solana. Fray Esteban le ignoró.

—¿Estáis buscando algo? —insistió el religioso.

—¿Es que no lo veis? ¡Allí delante está San Antonio!

El largo brazo del padre Perea señaló un lejano requiebro del Río Grande. En el centro de aquella curva, si se forzaba la vista, se distinguía la oscura silueta de algo parecido a un castillo. Dos grandes torres, unidas entre sí por un muro alto y macizo, despuntaban por encima de la llanura ocre y oro, rompiendo la línea del horizonte. Al lado de esa estructura, los más linces pudieron divisar pequeñas construcciones, bajas y frágiles.

—No importa si no la veis —bramó el *Halcón* satisfecho de su agudeza visual—. No tardaremos ni una hora en llegar.

Exactamente a una hora a pie de allí, bajo aquellas lejanas torres, tenía lugar en ese preciso momento una singular escena. Fray Juan de Salas escuchaba atentamente a un indio al que llamaban Pentiwa.[1] El chiyáuwipki —que significa «hombre del pueblo del cabello estrecho»— era un personaje venerado en el asentamiento. Con fama de hechicero, desde la llegada de Salas a aquella misión de frontera diecisiete años atrás, había tratado de congraciarse con él, invitándolo a compartir la influencia sobre sus paisanos. Al cura —decía— le correspondía la sanación de las almas, a él la de los cuerpos. Pentiwa era un chamán, un «hombre medicina».

Fray Juan decidió recibirlo en privado aquel mismo mediodía, en la modesta sacristía de su iglesia. El indio deseaba ponerlo al corriente de algo «de extrema gravedad».

—Anoche soñé.

Pentiwa, sentado en el suelo con las piernas cruzadas, habló modulando sus palabras, como si evaluara el efecto que causarían en su interlocutor. Había aprendido la lengua de los castellanos en poco tiempo y se expresaba con admirable fluidez. Su dentadura mellada lo hacía sisear como las serpientes, dándole una imagen amenazadora. Pero fray Juan sabía que era inofensivo.

—¿Y bien?

—Fue la pasada medianoche cuando desperté y recordé lo que

---

1. «Pintando máscaras kachinas.»

oí de mi abuelo, y éste del suyo, muchos años atrás. Luego comprendí que tenía que contároslo lo antes posible.

El chamán chiyáuwipki gesticulaba mucho, como si tratara de dibujar sus pensamientos en el aire.

—Mis antepasados me contaron que un día, tiempo antes de la llegada de los españoles, los habitantes de Tenochtitlán recibieron la visita de un hombre muy extraño. Lucía grandes barbas rojas y tenía un rostro alargado y triste. Sus ropas le llegaban hasta los pies, y se presentó a las autoridades como un enviado del «hijo del Sol». Les anunció el final de su imperio, la llegada de otro que vendría de muy lejos y la decadencia de sus dioses sedientos de sangre...

—¿A qué viene esto, querido Pentiwa?

La mirada grave del fraile lo incitó a dejar los rodeos.

—Está bien, padre. Iré al grano: ese sueño me ha hecho recordar que algo muy parecido sucedió también a mi pueblo.

—¿De qué me hablas?

—De algo en lo que ningún hombre de mi tribu os será más explícito. Y no lo hará por miedo a represalias. Pero os doy mi palabra de que también aquí fuimos visitados por una «hija del Sol», una hermana del personaje que visitó a Moctezuma antes de su derrota. Era tan hermosa como la luna y supo hacerse entender por todos...

—¿Aquí? ¿En Isleta?

—¿De qué os extrañáis? Estas tierras pertenecieron a los espíritus de nuestros antepasados; ellos las velaron y protegieron para que un día las heredáramos. Después, aquel orden sagrado se alteró con la llegada de los encomenderos de Castilla, y perdimos lo único que poseíamos.

—No te entiendo, Pentiwa.

–Es muy sencillo. Mi pueblo siempre ha estado protegido por esos espíritus. Seres azules, como el color del cielo, que velaban por nuestro bienestar y que todavía se dejan ver en las llanuras, o en nuestros sueños, y nos previenen de desgracias futuras.

Fray Juan se mesó las barbas, tratando de analizar las palabras del indio.

–Pero eso es cosa de los ángeles, Pentiwa –murmuró al fin–. Ellos, como el que habló con María antes de concebir a Jesús, se aparecen a los hombres para anunciarnos cosas que están por suceder... ¿No sería un ángel de la guarda aquella «hija del Sol» que visteis?

El chamán chiyáuwipki no le quitó la vista de encima.

–La he vuelto a ver.

–¿A quién? ¿A la «hija del Sol»?

Pentiwa asintió:

–Ha anunciado la llegada de más hombres como vos. Será en esta estación. Hombres con hábitos largos como los de aquel visitante de Tenochtitlán, y largas barbas como la vuestra.

–¿Y alguien más la ha visto?

–No me creáis a mí. Atended a su anuncio –lo atajó el «hombre medicina»–. Vendrán hombres que tratarán de arrancarnos el secreto de esas visitas. Pero ya os prevengo de que no lo conseguirán.

–¿Y soñaste todo esto?

–Sí.

–¿Y siempre se cumplen tus sueños?

El indio asintió de nuevo.

–¿Y a qué se debe ese recelo por la llegada de nuevos misioneros? Deberías estar contento de que...

–Nuestra vida ya ha cambiado demasiado desde que llegaron

los primeros frailes –lo atajó–; no queremos que la alteren más. Lo comprendéis, ¿verdad? Hemos visto cómo se castiga a los acusados de brujería o a quienes todavía creen en los dioses antiguos. Habéis quemado las máscaras de nuestros kachinas, incluso torturado a mujeres y ancianos en Santa Fe y en las tierras del sur para que confesasen su idolatría. Y todo en nombre de la nueva religión.

Un destello de rabia iluminó los ojos del indio Pentiwa. El fraile titubeó.

–¿Es tu última palabra?

–En cierto modo, sí. Sólo quiero que sepáis que cuando lleguen esos hombres nuestro pueblo no contará nada. No se expondrá al peligro que se reserva a los que no creen en el Dios blanco.

–... Eso si llegan –apostilló Salas meditabundo.

–Llegarán. Y pronto.

15

Jamás el cumplimiento de un vaticinio le había parecido al padre Salas tan fulminante como aquél. Y es que, apenas el chiyáuwipki abandonó la sacristía, un grupo de niños entró en tropel. Excitados, lo rodearon y tiraron de sus hábitos hacia afuera.

–Tenemos visita. Tenemos visita –gritaban los pequeños alborozados.

Fray Juan les acarició la cabeza, mientras intentaba mantener el equilibrio. Muchos eran alumnos suyos. Los había enseñado a hablar en castellano, y los veía crecer en los márgenes de la nueva fe.

–¿Una visita? ¿Qué visita? –preguntó.

–Son muchos, y han preguntado por vos –respondió el mayor de ellos.

Antes de formular otra pregunta, el padre Salas cruzó el umbral de la misión, deslumbrado ante el cambio de luz. Tardó unos segundos en adaptarse al sol de mediodía, pero cuando lo hizo, se quedó petrificado. Frente a la puerta de su iglesia, una comitiva de once frailes de la orden de San Francisco, con los cabellos y las barbas blanqueados por el polvo del desierto, aguardaban en pie.

–¿Padre Salas?

Fray Juan respondió con un hilo de voz.

–Sí, soy yo, yo mismo. Pero ¿quiénes...?

–Soy fray Esteban de Perea, futuro custodio de estas tierras y, por tanto, sucesor de fray Alonso de Benavides al frente de estos territorios. Y deseo... –vaciló– pediros en su nombre que nos acojáis en vuestra santa casa.

Fray Juan, mudo de asombro, lo examinó de arriba abajo.

–¿Os ocurre algo, padre?

–No. No es nada. Sólo que no esperaba ver a tantos hermanos juntos. Hace años que no recibo visita...

–Nos hacemos cargo.

El *Halcón* sonrió. De hecho, su futuro superior no tardó en tenderle ambos brazos en señal de bienvenida.

–¡Santo Dios! Pero ¿qué hacen aquí vuestras paternidades? –reaccionó al fin el padre Salas.

–Hace tres meses que llegué a Santa Fe acompañado por veintinueve frailes de nuestra orden.

–¿Veintinueve?

–Sí –asintió complacido el *Halcón*–. Nos envió el mismísimo rey don Felipe IV. Desea potenciar las conversiones de nativos en Nuevo México.

Su anfitrión lo observó con atención. Intentaba disimular su sorpresa, provocada no tanto por la súbita llegada de sus correligionarios, como por el acertado vaticinio de Pentiwa, el chamán.

–¿Y por qué nadie me anunció vuestra visita?

–Porque no se trata de un viaje pastoral. Todavía no he tomado posesión de mi cargo y no pienso hacerlo hasta dentro de dos meses.

–Está bien –suspiró fray Juan–. Vuestra paternidad y sus frailes podéis quedaros en esta misión el tiempo que deseéis. Tenemos pocas comodidades, pero vuestra estancia será motivo de alegría para los cristianos de esta villa.

–¿Sois muchos?

–Muchos. Tantos que creo que Su Majestad perderá el tiempo y los doblones si desea cristianizar a más indios, pues todos son devotos ya de Nuestro Señor Jesucristo.

–¿Todos?

–Sí –asintió fray Juan–. Pero pasad, y dejad que vuestros hombres se recuperen de tan largo viaje.

Fray Esteban y sus frailes lo siguieron hasta el interior de la misión. Recorrieron la gran iglesia de adobe que los indios habían levantado años atrás y se internaron por un pequeño pasillo junto al altar mayor.

Fray Juan les explicó que aquellas habitaciones habían sido utilizadas como granero en tiempos de guerra, ya que el edificio, además de la casa de Dios, era una auténtica fortaleza. Había sido construida con muros de tres metros de grosor; carecía de ventanas y su nave podía albergar a más de quinientas personas. También les advirtió de que anduvieran con cuidado cuando salieran al pequeño patio que separaba las cinco habitaciones en que se dividía el local, ya que unas viejas tablas ocultaban uno de los pocos pozos de agua potable del pueblo.

–Los indios –refirió el padre Salas– prefieren tomar el agua directamente del río, pero en tiempos de sitio, aquí dentro podrían abastecerse y resistir cualquier ataque.

La segunda mención al aspecto defensivo de su misión indujo a los frailes a interesarse por la situación de la región.

–¿Os atacan a menudo, padre? –preguntó fray Francisco de Letrado, un monje de mediana edad y generosas hechuras de Talavera de la Reina, con gesto de temor dibujado en el rostro.

–¡Oh, vamos! ¡No tenéis de qué preocuparos! –fray Juan quitó hierro al asunto–. Hace mucho que no recibimos visitas hostiles de apaches. Las sequías los han obligado a buscar caza y silos que saquear más al oeste.

–Pero podrían volver en cualquier momento, ¿no es así? –terció el *Halcón*.

–Naturalmente. Por eso el pueblo mantiene esta iglesia en perfecto estado de conservación. Es su seguro de vida.

El padre Salas les señaló dónde podrían quitarse de encima el polvo del camino y los emplazó a reunirse con él después, para celebrar los oficios de vísperas.[1] Zanjó con una reverencia sus explicaciones y abandonó la iglesia. Justo después, tomó el camino del río. Necesitaba meditar sobre las revelaciones del indio Pentiwa. ¿Cómo había podido adelantarse así a los acontecimientos? ¿Acaso alguno de sus guerreros lo había alertado de la llegada del padre Perea? ¿Y serían ciertos sus temores de que el recién llegado tenía la intención de arrancarles el secreto de las visitas de esa extraña «hija del Sol» de la que hablaba? ¿Y cómo diablos podría estar Pentiwa al tanto de todo aquello?

Fray Juan caminó por una pequeña ribera poblada de sabinas. Allí solía dormitar en las tardes de calor o leer fragmentos del Nuevo Testamento. Pero aquel paseo iba a ser distinto.

–Fray Juan, estabais aquí...

El fraile, ensimismado en sus pensamientos, ignoraba que el *Halcón* había estado voceando su nombre por todo el poblado.

–Me gusta venir a este lugar a hablar con Dios, padre Perea. Es un sitio tranquilo, donde es fácil meditar sobre los problemas... –el tono de fray Juan sonó cansino.

---

1. Las seis de la tarde, en esa época del año.

–¿Problemas? Espero no supongamos un problema para vos, ¿verdad?

–No, no. Por favor. Nada de eso. ¿Queréis acompañarme?

Fray Esteban de Perea asintió. Y los dos, caminando bajo las sombras alimentadas por el Río Grande, se observaron con disimulo, midiendo cómo iniciar su charla.

–Así que habéis venido a reemplazar a fray Alonso de Benavides... –Salas fue el primero en abordar a su interlocutor.

–Sólo cumplo instrucciones de nuestro arzobispo. Rezo cada día a Nuestra Señora para que me permita estar pronto al frente de mis responsabilidades, antes de que llegue el invierno.

–Y decidme, padre –prosiguió fray Juan sibilino–, ¿os habéis detenido en esta misión por alguna razón especial?

El *Halcón* dudó.

–En cierto modo, sí.

–¿En cierto modo?

–No debería hablaros de ello, pero dado que vos sois el único cristiano viejo que puede ayudarme en esta región, no me queda otro remedio. Verá: monseñor Manso y Zúñiga me encomendó en México una tarea que no sé por dónde comenzar...

–Vos diréis.

Fray Esteban adoptó una actitud confidente. Mientras seguían caminando por la orilla, le explicó que lo que iba a referirle no lo sabían con tanto detalle ni los frailes que lo acompañaban.

–Antes de partir, el arzobispo me puso al corriente de ciertos rumores que hablan de conversiones multitudinarias de indios en estas regiones. Según me explicó, tras esos arrebatos de fe parece que se esconde la intervención de fuerzas sobrenaturales. Poderes que han convencido a los nativos para que nos encomienden sus almas.

–¿Y por qué os interesáis por unos simples rumores?

–Bien sabéis que en el Santo Oficio somos muy celosos de cuanto se refiere a lo sobrenatural. Sólo en Ciudad de México monseñor Manso ha tenido que extremar las precauciones después de que comenzaran a surgir por todas partes indígenas que aseguran haber visto de nuevo a Nuestra Señora de Guadalupe...

–¿Y vos les dais crédito?

–Ni lo doy ni lo quito, padre.

–¿Y creéis que aquí ha podido suceder lo mismo?

–No lo sé. Aunque comprenderéis que ese tipo de afirmaciones, en labios de unos conversos tan recientes, son sospechosas. Mi obligación es investigarlas, ¿vos no lo estimáis oportuno? –el *Halcón* espió a su anfitrión de reojo.

–Estimado padre Perea, sólo me remito a los hechos. No puedo deciros que haya visto fenómeno sobrenatural alguno, porque os mentiría, pero debéis entender que quizá sea el menos indicado de cuantos vivimos aquí para presenciarlo.

–¿Qué queréis decir, padre?

–Pues que ya gozo del don de la fe, y estos indios no. Y si ellos vieron u oyeron algo que los incitó a pedirme el bautismo, ¡bendito sea Dios! Sólo me remito a los resultados, a cosechar sus almas, y no a averiguar las causas de su conversión. ¿Me comprendéis, verdad?

Fray Juan se detuvo un momento para mostrarle algo a su huésped. Desde aquella ribera se divisaba una hermosa panorámica de la misión y de las casas que se arremolinaban a sus pies. Todas estaban coronadas con pequeñas cruces de madera, que imitaban a los dos crucifijos de hierro que remataban las torres de la iglesia pero que también, a juicio del padre Salas, daban una idea de lo muy cristianas que se sentían aquellas gentes.

–Todo eso está muy bien, fray Juan, pero mi objetivo es determinar las causas de su masiva conversión. Comprended que en
México estén sensibilizados por esa cuestión...

–Naturalmente.

Pentiwa tenía razón, y su acierto hizo que un escalofrío des-
templara al padre Salas. ¿Debía referir lo que el «hombre medicina» le había contado del «relámpago azul»? ¿Y para qué? –lo
pensó mejor–. ¿Para que luego ningún indio corroborara su historia y se presentaran como buenos cristianos? No. Era más prudente
callar.

–Está bien –resopló fray Esteban–. Habladme de las cifras de
conversos en la zona. ¿Son tan altas como se dice?

–No sabría precisároslo. Dispongo de números aproximados.
Todavía no he podido poner al día los libros de bautismo. Pero
oscilan entre las ocho mil almas convertidas en 1608, a los casi
ochenta mil bautizados en estas fechas... –el padre Salas templó la
voz–. Pensad que el año pasado el propio arzobispo de México
accedió a que se constituyese la Custodia de la Conversión de San
Pablo[2] para que pudiéramos administrar mejor a todos estos nuevos cristianos.

–Ya –asintió el *Halcón*–. ¿Y no os parecen unos resultados exagerados para tan poca mano de obra franciscana?

Su comentario, acompañado de una sonrisa cínica, sonó casi
a burla.

–¿Exagerados? ¡De ningún modo! Aquí está pasando algo mara-

---

2. Con este nombre se conoció, en círculos eclesiásticos, a la región de Nuevo
México que se extendía a lo largo del Río Grande. Sólo el nombre indica la cada vez
más generalizada creencia de que las conversiones de aquella región, como la del
propio san Pablo en los Evangelios, se produjeron mediante alguna intervención
milagrosa. Pero me resisto a adelantarme a los acontecimientos...

villoso, casi divino. Pero ignoro sus causas. Desde que construimos la misión y la noticia de nuestra llegada se extendió, casi no tuvimos que esforzarnos en llevar la Palabra de Dios a estas gentes; fueron ellos los que vinieron a nosotros, y nos pidieron catequesis. ¡Contemplad vos el efecto!

–Y decidme, padre Salas, ¿a qué creéis que se debe el interés de estos indios por nuestra fe y que, sin embargo, unos cientos de millas más al oeste, otros nativos hostiguen y den muerte a nuestros hermanos?

Fray Esteban trataba de provocarlo. Y lo consiguió.

–Al principio creí que los indios vinieron en busca de seguridad. Aquí, antes de que llegáramos, tribus sedentarias como los tiwas o los tompiros eran saqueadas por los apaches. Por eso, erróneamente, creí que asentándose junto a la iglesia, estas gentes se sentirían a salvo bajo la protección de nuestros soldados.

–¿Erróneamente?

–Sí. Fue un desliz lamentable. Estaba tan ocupado instruyendo a aquellas primeras avalanchas de indios que no presté atención a sus historias. Hablaban de voces que retumbaban en los cañones, o de extrañas luces en las orillas de los ríos que les ordenaban abandonar sus pueblos en esta dirección.

–¿Unas voces? ¿No os contaron nada más de ellas? –fray Esteban intentó controlar su entusiasmo.

–Ya digo que no concedí importancia a sus cuentos. Supongo que creerían que se trataba de los espíritus de sus antepasados, o de alguno de sus numerosos ídolos paganos...

–¿Y creéis que podría interrogar a alguno que haya escuchado esas voces? Eso nos ayudaría a salir de dudas.

–No. No lo creo.

Fray Esteban lo miró sorprendido.

–Los indios son muy discretos al hablar de sus creencias. Temen que se las arranquemos en nombre de Jesucristo, y sólo las refieren cuando toman mucha confianza. Ahora bien –remató fray Juan–, acaso pueda sonsacarles si aplica algo de estrategia.

–Lo haré, vive Dios.

16

El *Halcón* y sus hombres permanecieron en Isleta tres días más. Siguiendo las instrucciones de su superior, los diez frailes que lo acompañaban dejaron sus aposentos en la misión fortificada de San Antonio al amanecer del segundo día y buscaron alojamiento en el seno de algunas familias del poblado. Pronto comprobaron que el carácter de los indios era hospitalario y que les complacía recibir forasteros en sus casas.

La estrategia de fray Esteban eran bien simple: una vez dentro de cada clan familiar, y con ayuda de los más pequeños que ya hablaban castellano, los frailes tratarían de sonsacarles las razones íntimas de su conversión. Para lograrlo, abonarían el terreno con explicaciones más o menos grandilocuentes de episodios bíblicos, como la aparición del ángel a José en sueños, o de sucesos más recientes, como las apariciones de la Guadalupana al indio Juan Diego hacía menos de cien años.

El plan del *Halcón* funcionó a medias. Y es que a los linajes de Isleta les interesaban más otras cosas. Sin ir más lejos, casi todos sus coloquios valoraban lo seguros que se sentían bajo la tutela de fray Juan, cuyos buenos oficios –que ellos atribuían a su «conexión directa con el Dios de la cruz»– habían logrado detener los saqueos y matanzas de los apaches,[1] la peor plaga de las llanuras.

Sólo los niños refirieron, en su ingenuidad, otra clase de episodios a los frailes de Perea. Hablaban de los extraños espíritus que se habían manifestado a sus progenitores, y que los instaron a aliarse con los hombres llegados del otro lado del mar. Algunos pequeños aseguraron, temblando de miedo, que esos espíritus todavía podían verse en parajes no muy lejanos de allí. ¿Imaginación? ¿Cuentos para críos? ¿O algo más? Los frailes debatieron mucho su testimonio. ¿Qué crédito se le podía dar a un niño?

Fray Esteban anotó con cuidado aquellas «pistas». Lo hizo en los pliegues en blanco que sobraban de su ejemplar de la Biblia. Ése era su particular diario de ruta. Sin embargo, pese a su meticulosidad, ninguna de las informaciones que consignó en aquellas páginas le ayudaría a resolver el misterio. En realidad, se necesitaba un milagro, una señal, para que la actitud de los indios adultos cambiara.

...Y el prodigio llegó al cuarto día, justo cuando los frailes hacían los preparativos para abandonar Isleta. Corría el domingo 22 de julio de 1629.

Aquella jornada, festividad de santa María Magdalena, los hombres de fray Esteban y el padre Salas convocaron a la impresionable feligresía a una misa solemne. El *Halcón* intuía que los oficios religiosos sensibilizarían a algunos nativos, y que un buen

---

1. Conviene que el lector sepa que, históricamente, tanto los franciscanos como los primeros colonos españoles que llegaron a Nuevo México utilizaron el miedo de los indios a los ataques apaches en beneficio de sus propios intereses. Los primeros ofrecían cierta seguridad a cambio de la renuncia de los nativos a sus prácticas poligámicas o sus cultos paganos. Los segundos, a cambio de protección militar de los *raids* apaches, requerían una vez al año mano de obra indígena, gratuita, para trabajar en las encomiendas o fincas españolas.

sermón desde el altar y rodeado de frailes los convencería para que hablasen.

Fray Esteban pensaba hablar a los fieles de los miedos de sus hijos a las «voces» del desierto, y urdió una homilía que les llegaría al alma.

Cuando el último requiebro de la campana grande retumbó en la misión, la iglesia estaba a rebosar. Los listones de madera del suelo crujían al paso de la multitud, y tanto el templo como el coro elevado sobre la puerta de acceso estaban a rebosar. Doce frailes iban a oficiar un rito que habitualmente sólo conducía uno, lo que, sin duda, había sobredimensionado las expectativas de los nativos.

–Ya puede emplearse a fondo, padre Esteban –murmuró fray Juan mientras se embozaba la casulla–. Nunca he visto tanta gente en una sola misa...

–No se preocupe. Todo está preparado.

Cuando, dos minutos más tarde, los frailes vestidos de blanco salieron de la sacristía hacia el altar, el silencio se adueñó de la iglesia. Todos se fijaron en la comitiva que iba tomando posiciones alrededor del sagrario. Y todos se estremecieron cuando desde el coro emergió el *Introito* en latín.

A los indios les maravillaba el poder encerrado en aquel lugar. Apenas hubieron sonado los primeros acordes, la atmósfera del recinto cambió de densidad; se creó una extraña sensación de ligereza en los presentes. Aunque no entendían una palabra del ceremonial, sentían mejor que nadie en la cristiandad aquel agridulce estremecimiento, casi olvidado desde los cercanos tiempos en que las kivas ocupaban el lugar de las iglesias.

El padre Perea llevó el peso de la ceremonia, captando la atención de los presentes. Tras la lectura del Evangelio, el *Halcón* inició su sermón:

–Poco después de que Jesús fuera crucificado, dos de sus discípulos caminaban hacia Emaús comentando la extraña desaparición del cuerpo del *rabbí*. Hablaban de las mujeres que habían descubierto su tumba vacía, y de su encuentro con un ángel que aseguró que el Maestro vivía...

Los indios no pestañeaban. Adoraban que les contasen historias maravillosas. Y aquélla parecía salida de las entrañas de su desierto. El *Halcón* prosiguió:

–... De improviso, se les unió un hombre al que no conocían, y les preguntó qué era aquel asunto que los traía tan ocupados. Ellos, extrañados de que no conociera la historia de Jesús, se la contaron en detalle. Al oírla, el desconocido les recriminó su falta de fe. Después cenaron con él, y al verle partir el pan, lo reconocieron. Era el Maestro resucitado quien los había acompañado. Pero antes de que pudieran formularle alguna pregunta, se desvaneció frente a sus ojos.

Algunos indios, entre ellos el mismo Pentiwa, intercambiaron miradas de sorpresa.

–¿Sabéis por qué no lo reconocieron? –continuó el *Halcón*–: Porque confiaron en sus ojos y no en su corazón. Los dos discípulos comentaron después que, en presencia de aquel extraño, sintieron arder sus corazones. Es decir, en sus entrañas sintieron que era alguien divino, pese a no reconocerlo. Y ésa es la lección que debemos aprender de ellos: si un día encontráis a alguien que hace arder vuestros corazones, ¡no lo dudéis!, será alguien del cielo quien os habla.

Un murmullo creció en la retaguardia del templo. Casi nadie lo advirtió, y el padre Perea tampoco le prestó demasiada atención. Tardaron en descubrir que la causa estaba en la llegada de un grupo de varones de piel tatuada y oscurecida por el desierto, que comenzó a abrirse paso entre los congregados. Habían llegado en silencio, deslizándose con discreción entre la feligresía, y se habían situado casi en el centro del templo, de pie, entre el resto de los parroquianos.

Fray Esteban prosiguió con su sermón.

–Nuestro Señor tiene muchas formas de dejarse sentir, y una es mandar a sus emisarios para, como les sucedió a los apóstoles camino de Emaús, poner a prueba nuestra sensibilidad. Para identificarlos basta con estar atentos a las señales que reciba vuestro corazón. ¿Acaso no habéis sentido ya ese fuego en las entrañas? ¿No lo han percibido vuestros hijos? Yo sé que sí...

Nadie pestañeó. Las familias tiwa, chiyáuwipki o tompiro escuchaban absortas las «acusaciones» del franciscano, sin reaccionar. Mientras, los recién llegados escrutaban a su alrededor como si el sermón no fuera con ellos. De hecho, no dijeron ni palabra; tampoco entonaron el *Deo Gratias* ni el *Pater Noster* que siguió a la homilía del padre Perea –probablemente, no eran capaces de hacerlo–, y aguardaron pacientes a que la ceremonia finalizase.

Curiosamente, su presencia no extrañó a nadie. Los nativos identificaron a los recién llegados como un grupo de guerreros jumanos, como los que con cierta frecuencia visitaban la región para intercambiar turquesas y sal por pieles y carnes. Solían escoltar a pequeños grupos de mercaderes, a los que protegían de los asaltos.

Cuando terminó la misa, el jefe de aquel grupo, un indio menudo, rapado, con varias espirales concéntricas grabadas sobre el pecho y tuerto, se acercó hasta el altar, dirigiéndose al padre Salas. Le habló durante casi un minuto en *tanoan*, que Salas comprendió sólo a medias, aunque lo suficiente para que le mudase el rostro.

−¿Qué sucede, padre?

El *Halcón* se dio cuenta de que algo no iba bien.

−Es un jefe jumano −murmuró Salas mientras secaba un cáliz de plata−. Acaba de explicarme que lleva más de dos semanas de travesía por el desierto, al frente de cincuenta de sus mejores hombres, y que desea hablar con nosotros.

−Si lo que necesitan es agua y comida, ayudémoslos...

−No se trata de eso, padre. Este indio asegura que hace algunas semanas una señal les indicó que aquí encontrarían a muchos hombres de Dios. Dice también que algunos de ellos les predicarían la nueva fe venida más allá de la tierra de los pastos infinitos...

−¿Una señal? ¿Qué señal?

El rostro de fray Esteban se iluminó y, algo nervioso, exigió nuevos detalles a su interlocutor. El indio menudo accedió. Gesticulaba mientras hablaba: primero acarició sus caderas y luego alzó los brazos por encima de su cabeza. El padre Salas, ducho también en el lenguaje de signos, interpretó aquellos ademanes lo mejor que supo.

−Este hombre asegura que una mujer descendió de los cielos hasta su poblado. Tenía el rostro blanco como la leche, tan radiante como la luz del cielo y llevaba una especie de capa azul que la cubría de pies a cabeza. Fue ella la que les habló de la presencia de padres aquí.

−¿Ha utilizado la palabra «padres»? −balbuceó Perea.

−Sí. Y dice también que la Madre del Maíz nunca les habló de ese modo. Por eso creen que se trata de otra diosa, y piden a vos que les digáis quién es...

−¿Diosa?

−Bueno, el «capitán tuerto» dice algo más: que aquella mujer les ordenó nombrar una representación de los mejores guerreros para venir a buscarnos y para que nos escoltasen hasta su pueblo, donde les administraríamos el bautismo.

El indio hablaba muy rápido, como si se le agotara el tiempo. Acariciaba nervioso una tosca cruz de corteza de pino y tartamudeaba al hablar, lo que, por fortuna, no impidió que el padre Salas tradujera sus palabras a la perfección. Era como si se conocieran. ¿De dónde si no sacó el padre Salas aquel extraño apelativo de «capitán tuerto»?

Las aparatosas muecas del jumano no aclararon ese extremo: el «capitán» apuntaba al cielo con el índice, y después lo descendía con parsimonia, trazando tirabuzones en el aire.

—Pero ¿sabe este indio lo que es el bautismo? —increpó finalmente el *Halcón* a fray Juan.

—Algo sabe, padre. Debéis considerar que el «capitán tuerto» lleva años pidiendo a esta misión que envíe un predicador a su pueblo. Como siempre he estado solo, sin ayuda pastoral, nunca he podido atender su solicitud. Aunque quizá ahora...

—¿Y le habíais contado alguna vez lo de la mujer que bajó de las alturas? —lo atajó.

—No, nunca.

—Preguntadle si pudo ver a esa Dama Azul —ordenó Perea.

Fray Juan tradujo a una serie de sonidos guturales la pregunta del *Halcón,* y en cuestión de segundos tradujo al castellano la respuesta del indio.

—Dice que él no, pero que algunos de los que lo acompañan la han visto en varias ocasiones, siempre al caer la tarde.

—¿En varias ocasiones? Ésta sí es buena...

Fray Juan no dejó que el *Halcón* rematara el comentario.

—¿Se da cuenta? —exclamó alborozado—. ¡Es otra señal!

—¿Otra señal? —fray Esteban receló. El júbilo de su interlocutor acrecentaba sus dudas: aquel monje le había ocultado información.

–Está claro, padre –continuó fray Juan–. Aunque ninguno de mis feligreses quiera contaros qué les hizo aceptar a Jesucristo, éstos lo harán. ¿No lo veis? El «capitán tuerto» no conoce de tribunales, no teme al Santo Oficio, casi no sabe ni de los mismos españoles, pero os cuenta la historia de una mujer vestida de azul que los ha empujado hasta vos... ¡Y llega justo ahora!

–Tranquilizaos, hermano –ordenó el *Halcón*–. Si es lo que parece, actuaremos con precaución. Y si no lo es, atajaremos para siempre esta clase de supercherías.

–Según vos, entonces, ¿qué puede ser? ¿Un milagro de Nuestra Señora? ¿Otra aparición de la Guadalupana? –fray Juan se exaltaba por momentos–. ¿No describió Juan Diego a la Virgen de Guadalupe como una Dama Azul?[2]

–¡Válgame Dios, padre! No os precipitéis, os lo ruego.

Fray Esteban lo taladró con la mirada.

–¿Qué creéis que debemos hacer? –repuso el padre Salas.

–Decidle a este hombre que estudiaremos hoy mismo su caso, y que decidiremos si mandamos o no a una delegación para que predique en su pueblo... –el *Halcón* lo miró de hito en hito–. Mientras tanto, aseguraos de que os explique bien hacia dónde deberíamos dirigirnos y cuántas jornadas de camino nos separan de su asentamiento; después, convocad a la comunidad en el refectorio. ¿Me habéis entendido?

2. La apresurada apreciación del padre Salas era correcta. Un texto conocido como Nican Mopohua (c. 1545-1550) refiere que en diciembre de 1531 un indio mexica llamado Juan Diego (también conocido como Cuatlactoatzin o «el que habla como un águila») tuvo varios encuentros con una extraña señora luminosa, cubierta por un manto azul celeste, junto a un cerro llamado Tepeyac, cerca de la antigua ciudad azteca de Tenochtitlán, en el valle de México. También entonces, aquella señora pidió a Juan Diego que se dirigiera a los misioneros franciscanos para que edificasen una iglesia en aquel lugar sagrado. Desde entonces se la conoce como Nuestra Señora de Guadalupe o, más popularmente, la Guadalupana.

17

El lunes 15 de abril de 1991, Carlos estaba ya repuesto de su viaje por la sierra de Cameros y Ágreda. Tras abandonar el convento el día anterior, no sólo olvidó visitar la sábana santa de La Cuesta, sino que en lugar de regresar a Logroño como tenía previsto, enfiló la N-122, y después la Nacional II, en dirección a Madrid.

Una vez hubo dejado a Txema en su casa de Carabanchel, puso rumbo a su «cuartel general» cerca de El Escorial, donde durmió como un lirón hasta bien entrada la mañana siguiente. Estaba tan agotado que olvidó escuchar su contestador automático. Tampoco llamó a Clara, la estupenda pelirroja que había conocido meses atrás en la presentación de su último libro.

El *patrón* había abandonado Ágreda con una extraña sensación en el cuerpo. Era una idea pegadiza, casi atormentada, la rara certeza de que Txema tenía razón cuando hablaba de la existencia del Destino. ¿Qué si no le «había guiado» por la serranía de Cameros hasta Ágreda? ¿Qué si no le había llevado a las puertas del convento fundado por María Jesús de Ágreda más de trescientos años antes y le devolvía a una investigación que ya había dado por cerrada?

Por primera vez en su vida, Carlos se sentía como si el suelo se moviera bajo sus pies.

—¡No te imagino detrás de las faldas de una monja! —estalló José Luis Martín en la barra de Paparazzi, su restaurante favorito, cerca del campo del Real Madrid.

José Luis fue la primera persona con la que Carlos se reunió tras su encontronazo en Ágreda. Tenía cierta confianza en él, y además, reunía varias cualidades que lo convertían en el candidato ideal al que exponer sus dudas: había estudiado psicología en la Universidad de Navarra; fue cura castrense durante veinte años en el acuartelamiento de Cuatro Vientos hasta que colgó los hábitos por Marta, su mujer, y ahora trabajaba como asesor del grupo 12 de la brigada de información de la policía, en la comisaría de la calle La Tacona. Era un hombre meticuloso, ordenado, lo cual compensaba su proverbial falta de memoria, y era tenido por el mejor asesor policial en materia de crímenes religiosos, sectas y movimientos esotéricos de sospechosas filiaciones legales y políticas... Un «pequeño detalle» que, dicho sea de paso, había ayudado mucho a cimentar una sólida amistad entre ambos.

—¿Has pensado que tal vez fuiste tú quien atrajo a esa monja?

José Luis decidió «entrar a matar» nada más sentarse a la mesa. Todavía no se había recuperado de la sorpresa de ver a su amigo periodista envuelto en temas religiosos, y lo observaba con una mezcla de curiosidad y preocupación.

—Eso es lo que me gusta de ti, José Luis: tienes ideas todavía más extrañas que las mías —respondió Carlos divertido—. ¿Qué quieres insinuarme esta vez?

—Muy sencillo. Ya sabes que a mí la psicología convencional no me va; que prefiero estudiar los textos de escritores malditos como Jung que leer un manual conductista...

—Ya, ya... por eso estás en la policía y no en una consulta.

—No te rías. Jung llamaría a lo que te ha pasado en Soria «sincronicidad», que es una bonita manera de decir que las casualidades no existen y que todo lo que le sucede a una persona tiene una causa oculta. En tu caso —prosiguió el policía—, Jung diría que el artículo que publicaste sobre teleportaciones mencionando a la monja, y tu obsesión por el tema, te predispusieron para vivir un «sincronismo».

José Luis no dejó replicar a Carlos.

—Tú sabes mejor que nadie que los fenómenos de percepción extrasensorial no se limitan a tontos experimentos de telepatía con cartas zener. La percepción extrasensorial es algo más complejo que se manifiesta con mayor fuerza cuando hay emociones de por medio... ¿Es que nunca has soñado con algún ser querido y a la mañana siguiente has recibido una carta suya? ¿Jamás ha sonado tu teléfono y te has encontrado con la voz de una persona en la que estabas pensando un segundo antes?

Carlos asintió. De repente recordó que no había telefoneado a Clara. «¡Soy un desastre!», se reprochó. El policía prosiguió:

—Pues bien, en todos esos fenómenos intervienen las emociones, que, según Jung, son el motor de los fenómenos psíquicos.

—Sigo sin entender ni palabra —replicó el *patrón* divertido.

—En el fondo es muy sencillo: cuando te tropezaste en la carretera con aquel indicador de Ágreda, probablemente estabas inmerso en un estado mental disociado. Por un lado, gozabas de tu «estado normal» o «probable» y por otro, de un estado «crítico» del que no eras consciente, pero que tenía que ver con tu obsesión por las teleportaciones. Y fue precisamente este estado, esa especie de «otro yo», el que rastreó la existencia de ese punto geográfico, que debiste de ver en el mapa sin darte cuenta, y el que te llevó hasta allí haciendo creer a tu «yo normal» que todo era fruto de un extraño azar.

–¿Y ese estado «crítico» me guió después hasta el convento de las franciscanas?

–Por supuesto.

José Luis apuró satisfecho su copa de cerveza. Estaba seguro de haber hecho diana recurriendo a las curiosas teorías de la «sincronicidad» esbozadas por el psicólogo suizo Carl Gustav Jung medio siglo antes. Incluso, en un alarde de complicidad raro en él, confesó al periodista que, «sincrónicamente», acababa de terminar una obra suya sobre el azar que a Carlos le vendría muy bien estudiar, ya que su lectura le demostraría que no hay más inteligencia planificadora, ni Destino, ni Providencia, que la que cada ser humano alberga dentro de sí.

Su pragmatismo, sin embargo, no tardó en derrumbarse.

–Aceptemos tu hipótesis por un momento, y admitamos que todo ha sido fruto de un tremendo autoengaño, que no hubo tal «viaje guiado» –Carlos pudo explicarse por fin–. Entonces, ¿quién o qué lanzó varias toneladas de nieve sobre la sierra de Cameros, dejando abierta precisamente la ruta hacia Ágreda? Y una cosa más, ¿también fue mi estado anímico el que me llevó, sin preguntar a nadie (porque no encontré al cura ni en la iglesia ni en su casa parroquial), hasta el convento? ¿Y cómo pudo mi «otro yo» orientarse dentro de Ágreda si nunca antes había visto un plano de esa ciudad?

El policía rodó su vaso de vino entre los dedos. Luego fijó su mirada en los ojos del *patrón*.

–Escúchame bien, Carlos... Además de en las sincronicidades, hubo un tiempo en que creí en los milagros. Si todo esto no obedece a una casualidad junguiana y tampoco tiene que ver con la percepción extrasensorial, deberían salirte al paso nuevas evidencias de que todo está guiado.

–¿Qué clase de evidencias?

José Luis se puso serio:

–Lo ignoro. Cada vez son diferentes, créeme. Pero si no te surgieran, ¡exígelas! En comisaría veo mucha mierda todos los días. Asisto a los interrogatorios de la mayoría de los detenidos y evalúo los perfiles psicológicos de los peores delincuentes. Y esto, un día tras otro, te hace perder la fe en la trascendencia del ser humano y en que haya nadie ahí arriba... Ahora bien, si logras demostrar que lo que te sucedió en Ágreda fue un incidente preparado por alguna clase de inteligencia sobrehumana, y que ésta es capaz de responder a tus demandas...

–¿Qué?

–Pensaré en retomar los hábitos. Necesito recuperar mi fe.

–¿Hablas como psicólogo o como ex sacerdote? –sonrió el *patrón*.

–Como hombre que un día buscó a Dios, Carlos, que pasó veinte años entre quienes creía que eran sus ministros, y no lo encontró. Por eso tu trabajo en este caso podría ser importante.

José Luis dejó el vaso sobre la mesa, miró al periodista con rictus pétreo, y le devolvió la palabra con una pregunta incómoda.

–¿Tú eres creyente?

Carlos se quedó helado.

–¿Te refieres a si soy católico practicante? –respondió a la gallega.

José Luis asintió con la cabeza.

–No –balbuceó.

–Entonces quizá puedas encontrar la Verdad sin que te ciegue una fe preconcebida.

–¿La Verdad? ¿Con mayúsculas?

–Sí. Es una energía aplastante, que siempre sale a relucir, aunque tarde siglos en hacerlo, y que reconforta y sana cuando se la encuentra. Es algo... –bajó de repente el tono de voz; temía encontrar la mirada curiosa de algún comensal– que tiene que ver con Dios.

18

No pasaron ni cuarenta y ocho horas antes de que el *patrón* volviera a reunirse con José Luis. Fue en circunstancias que en ese momento no hubiera podido ni imaginar. Durante ese tiempo, Carlos se empleó en la búsqueda de más información sobre María Jesús de Ágreda. Ahora sabía, al menos, por dónde empezar.

Primero debía consultar los fondos de la Biblioteca Nacional. En los archivos halló numerosas referencias a fray Alonso de Benavides, el hombre que en 1630 investigó las presuntas bilocaciones de la madre Ágreda y quien elaboró un extraño documento, plagado de referencias vagas a una Dama Azul que evangelizó varias tribus indígenas antes de la llegada de los primeros franciscanos.

Tras dos días de gestiones burocráticas, solicitudes y permisos, el miércoles 17 de abril, en la sala de manuscritos de la Biblioteca Nacional, Carlos recibió el texto que necesitaba. La sala era un rectángulo de más de cien metros de longitud, de suelo enmoquetado y sucio, con más de cincuenta pupitres, férreamente vigilada por una bibliotecaria con cara de pocos amigos. El trabajo de aquella mujer de aspecto marcial consistía en acercarse de vez en cuando a los montacargas que comunicaban los archivos con la sala y comprobar si les servían las obras solicitadas.

MEMORIAL

QVE FRAY IVAN

DE SANTANDER DE LA

Orden de san Francisco, Comiſſario General
de Indias, preſenta a la MageſtadCatolica
del Rey don Felipe QVARTO
nueſtro Señor.

HECHO POR EL PADRE FRAY ALONSO
de Benauides Comiſſario del Santo Oficio, y Cuſtodio que ha
ſido de las Prouincias, y conuerſiones del
Nueuo-Mexico.

TRATASE ENEL DE LOS TESOROS ES-
pirituales, y temporales, que la diuina Mageſtad ha manifeſtado
en aquellas conuerſiones, y nueuos deſcubrimientos, por
medio de los Padres deſta ſerafica Religion.

CON LICENCIA

En Madrid en la Imprenta Real. Año M. DC. XXX.

Memorial de fray Alonso de Benavides publicado en Madrid en 1630.

–Memorial de Benavides –leyó de una ficha rosa, por encima del hombro de Carlos.

–Sí, lo pedí yo.

La bibliotecaria observó al periodista con desagrado.

–Ya sabe que sólo puede escribir con lápiz. Use sólo lápiz, ¿me ha entendido?

–Sí, señora. Sólo lápiz.

–Y a las nueve cerramos.

–También lo sé.

La funcionaria dejó la obra sobre la mesa del periodista. Se trataba de un libro de 109 páginas, impreso en un papel amarilleado por los siglos, y en cuya desgastada portada, sobre un tosco grabado de la Virgen coronada de estrellas, sosteniendo en pie al niño Jesús, podía leerse: «Memorial que fray Juan de Santander, de la orden de San Francisco, comisario general de Indias, presenta a la Majestad Católica del rey don Felipe Cuarto nuestro señor». Y a renglón seguido: «Hecho por el padre fray Alonso de Benavides, comisario del Santo Oficio y custodio que ha sido de las Provincias y conversiones del Nuevo México».

Carlos sonrió satisfecho. Aunque abrió el libro con toda precaución, el lomo crujió como la madera vieja.

Tras hojear algunas páginas, el *patrón* se hizo pronto una idea de su contenido: su autor explicaba a un jovencísimo Felipe IV los logros obtenidos desde 1626 hasta la fecha de impresión, por una expedición de doce misioneros franciscanos encabezada por el mismísimo Benavides y destinada a evangelizar los territorios de Nuevo México.

En el barroco estilo del momento, fray Alonso se deshacía en halagos a Dios Nuestro Señor y a su Fuerza *(sic)*, a la que atribuía el descubrimiento de minas, la rápida erradicación de la idolatría, la conversión de miles de almas en tiempo récord y, sobre todo, la imparable labor de edificación de iglesias y monasterios. «En sólo un distrito de cien leguas –copió el periodista en su cuaderno de notas–, la orden ha bautizado más de ochenta mil almas y construido más de cincuenta iglesias y conventos.»

Pronto Carlos tuvo claro que el *Memorial de Benavides* era la típica obra de propaganda de su siglo. Se veía a la legua que buscaba el favor económico del rey para reforzar las posiciones avanzadas por los franciscanos en América y financiar los viajes de nuevos misioneros.

En cualquier caso, el escrito disfrazaba su objetivo de forma elegante. Pasaba revista una por una a todas las tribus que los hombres de Benavides habían encontrado: apaches, piros, senecus y otros muchos pueblos eran descritos con extraordinaria candidez.

–Todo un documento, sí señor –murmuró Carlos para sus adentros.

Pero el *patrón* descubrió también algo que no esperaba: el nombre de María Jesús de Ágreda no aparecía impreso en ninguna página. No se la citaba como responsable de ninguna conversión y tampoco se mencionaba el término bilocación. Es más, si de alguien se hablaba era de la Virgen, de la ayuda que prestó a las conversiones y de cómo «los favores de Nuestra Señora» impulsaron el imparable avance cristiano en Nuevo México.

¿Cómo era posible? ¿Le habían suministrado una pista falsa las monjitas de Ágreda? ¿Estaban confundidas sobre la verdadera naturaleza de aquel texto?

Tentado estuvo Carlos de dar carpetazo al informe Benavides. Sólo lo detuvo el semblante canino de la bibliotecaria. Su cara de pocas concesiones lo invitó a agotar su tiempo en la sala de manuscritos y a hacer una segunda lectura, esta vez más atenta, del

Memorial. Su «suerte» –aquella misma *fuerza* que le había guiado por la sierra de Cameros días atrás– lo llevó esta vez derecho a la página 83.

–Pero ¿será posible...?

La exclamación del *patrón*, aunque apenas audible, recorrió la sala semivacía, retumbando entre las estanterías atestadas de catálogos e inventarios.

Había una razón para aquel «despropósito»: delante de él, bajo el sugerente epígrafe «Conversión milagrosa de la nación Jumana», se podía leer un extraño relato. Mencionaba a un tal fray Juan de Salas que, hallándose en tierras de los tiwas al frente de un grupo de misioneros, recibió la visita de algunos miembros de la tribu de los jumanos, también llamada de los salineros por la proximidad de sus asentamientos a importantes minas de sal, que le rogaron encarecidamente que mandara a un misionero a predicar a su pueblo. Al parecer, según explicaba Benavides, esa misma petición había sido realizada ya en años anteriores, pero nunca atendida dada la carencia de frailes destinados en Nuevo México. «Y antes de que fuesen –leyó Carlos–, preguntando a los indios la causa por la que con tanto afecto nos pedían el bautismo y que los religiosos los fueran a adoctrinar, respondieron que una mujer como aquella que allí teníamos pintada (que era un retrato de la madre Luisa de Carrión) les predicaba a cada uno de ellos en su lengua. Les decía que fuesen a llamar a los padres para que les enseñasen y bautizasen, y que no fuesen perezosos.»

Fue una revelación.

Carlos transcribió aquella historia en su cuaderno y añadió en los márgenes algunas anotaciones. Ése era el único pasaje del informe Benavides susceptible de ser atribuido a una monja bilocada (de hecho, se mencionaba una, desconocida para Carlos: la madre

Luisa de Carrión); pero dejaba abiertas un sinfín de dudas. Sin ir
más lejos, ¿cómo podía estar seguro de que el *Memorial* se refería
a las presuntas apariciones de la madre Ágreda? ¿No habrían sido
las monjitas del convento de Soria demasiado vehementes al atri-
buir a su fundadora semejante prodigio? Y en caso contrario, ¿dónde habría aprendido la buena religiosa «bilocada» a comunicarse
con los indios en sus propias lenguas? ¿Era éste otro prodigio –conocido como xenoglosia o don de lenguas, entre los católicos– a sumar
al de la bilocación? Pero es que, además, ¿no era aquella descripción
más parecida a cualquier aparición de la Virgen que a una extra-
vagancia como la bilocación?

El asunto iba ganando en interés por momentos. Lástima que
la feroz bibliotecaria echase a Carlos tres minutos antes de que el
antediluviano reloj del recinto diera las nueve en punto.

–Puede usted seguir mañana, si lo desea –rezongó–. Le aparta-
ré el libro.

–No. No será necesario.

19

Lejos de Madrid, un sueño relacionado con aquel *Memorial* ocupaba la mente de una mujer. Desde fuera sólo se percibía su cuerpo menudo convulsionándose sobre la cama. Desde dentro, todo era distinto. Ella no entendía nada; «sufría» aquellos sueños de manera espontánea, como si formaran parte de una misma historia y «alguien» se los dosificara cada noche, después de cada ataque epiléptico.

El tercero la preocupó. Sobre todo cuando recordó lo que decían los antiguos de los sueños: que eran el vehículo de las divinidades para comunicarse con los hombres. Que servían para manifestar cosas ocultas. Pero ¿qué cosas eran ésas? ¿Y a quién podía interesar un sueño como éste?

ISLETA, TARDE DEL 22 DE JULIO DE 1629

La llamada de fray Esteban retumbó en los muros del templo. Al principio, ninguno de sus frailes comprendió las prisas del *Halcón* por atender la extraña petición de aquel indio semiciego, pero pronto les quedó claro. Su premura obedecía a la alusión del «capitán tuerto» a esa misteriosa mujer que los obligó a cruzar el desierto.

Fray Esteban parecía abrumado, como si hubieran caído sobre su conciencia los mismos fantasmas que habían obligado al arzobispo de México a encomendarle la investigación de cualquier «actividad sobrenatural» en la zona.

—¿Os pasa algo, padre?

Fray Bartolomé Romero, solícito como de costumbre, tanteó al *Halcón*.

—No es nada... —contestó fray Esteban, distraído, mientras se quitaba la casulla y la plegaba—. Pensaba que si los jumanos salieron hace dos semanas de su poblado, en la región de la Gran Quivira, entonces...

—¿Entonces qué, padre?

—Entonces, la Dama Azul les ordenó ponerse en camino casi una semana antes de que yo decidiera visitar esta misión. ¿Lo entendéis ahora, hermano Bartolomé?

—¿Y de qué os extrañáis? —interrogó otra voz al *Halcón*—. ¿Acaso es el tiempo, o el conocimiento del futuro, algo que esté vetado a Dios o a la Virgen?

Aquellas palabras dejaron estupefactos a los dos franciscanos. Y es que si, como todo parecía indicar, una misteriosa dama había alcanzado el territorio jumano hacía dos semanas, no debía de ser una mujer corriente. No sólo se había internado en un área hostil a la condición femenina, sino que poseía la rara habilidad de adelantarse a los acontecimientos.

—Piensen vuestras paternidades lo que quieran, pero a mí no me extrañaría nada que la dama fuera alguna manifestación de Nuestra Señora, que hasta podría haberles señalado el mejor camino para llegar a nosotros, y que los ha protegido durante su travesía.

Nadie replicó a fray Juan, que ni siquiera se detuvo junto a sus hermanos para defender sus argumentos. Dirigió sus pasos hacia la salida del templo para comunicar al «capitán tuerto» que su petición había sido escuchada.

—Un tipo raro, ¿verdad? —susurró fray Bartolomé al oído del padre Esteban, mientras se alejaba su anfitrión.

—El desierto hace extrañas a las gentes...

Cuando fray Juan de Salas terminó de explicar al jefe jumano la decisión de los frailes recién llegados, el indio cayó de rodillas, y entre sollozos, agradeció al misionero su diligencia. Después, sin despedirse del religioso, corrió al encuentro de sus hombres, que habían acampado a unos cientos de metros de la misión, detrás de la primera línea de casas de adobe.

También ellos acogieron la noticia con alborozo. Pero ni siquiera fray Juan se dio cuenta de que la razón de su contento iba más allá de aquel éxito diplomático. Y es que la consideración de los frailes confirmaba los augurios que les había hecho la Dama Azul en las jornadas precedentes, y los reafirmaba en su creencia de haberse encontrado con una «mujer de poder». A fin de cuentas, tal como ella vaticinó, había más padres en la misión de San Antonio de Padua en aquel momento y cabía la posibilidad de que pudieran regresar al reino de la Gran Quivira acompañados por algunos de ellos...

Siguiendo órdenes precisas, poco después de la hora nona, los franciscanos se dieron cita en un improvisado refectorio, primorosamente organizado por los tiwas en la trastienda de la misión.

El rancho iba a ser el de costumbre: judías cocidas con sal, una generosa mazorca de maíz hervida y algunas nueces de postre. Todo acompañado de agua y media docena de hogazas de pan de centeno recién horneadas.

Dos minutos más tarde, tras la bendición de los alimentos, el *Halcón* tomó la palabra:

–Como sabrán vuestras paternidades, esta mañana un grupo de indios jumanos, o «rayados», ha llegado a las puertas de esta misión. Nos han pedido ayuda para que llevemos el Evangelio a su pueblo.

Fray Esteban tosió levemente.

–Nos corresponde, pues, determinar qué debemos hacer. O bien permanecemos unidos hasta nuestro regreso a Santa Fe, o comenzamos a asignar misioneros a otras regiones como la Jumana. –Y añadió–: Por supuesto, la decisión depende del interés que tengamos por comenzar a predicar sin más dilaciones.

Los frailes se miraron unos a otros y comenzaron a murmurar entre sí. La propuesta de disolver la unidad de su pequeña expedición los sorprendió. Y aunque sabían que antes o después algo así tendría lugar, no pensaban que la asignación fuera a llegar tan pronto.

–¿Y bien? –insistió el *Halcón*.

Fray Francisco de Letrado, el orondo sacerdote de Talavera de la Reina, fue el primero en pedir la palabra. Se alzó con cierta solemnidad, y entonó un discurso apocalíptico. Según él, todos aquellos «cuentos de indios» no podían ser sino obra del demonio, que buscaba dispersar a los predicadores enviándolos a regiones remotas con escasas garantías de éxito y con muy pocas posibilidades de regresar vivos de su empeño. «Divide y vencerás», bramaba. Por el contrario, fray Bartolomé Romero o fray Juan Ramírez fueron más benignos con las intenciones de los jumanos y apostaron por una rápida evangelización de las tierras de aquellos «rayados». Ellos creían que las alusiones del «capitán tuerto» a una luz en el cielo daban verosimilitud a su relato, ya que lo hacían similar a algunas apariciones célebres de Nuestra Señora que también estuvieron acompañadas de peculiares brillos celestiales. Además, había que aprovechar los vientos favorables de la Sagrada Providencia, a lo que los otros asintieron.

Finalmente, unos pocos, como los frailes Roque de Figueredo, Agustín de Cuéllar o Francisco de la Madre de Dios, no se dignaron abrir la boca para terciar en aquel asunto. Practicaron una cómoda abstención: harían lo que decidiera el grupo.

—Está bien, hermanos —el *Halcón* tomó de nuevo la palabra—, puesto que existe tanta diversidad de criterios, bueno será que interroguemos a alguno de los indios que han visto a la *señora*...

Un gesto de aprobación general recorrió, entre murmullos, toda la mesa.

—... Fray Juan de Salas nos hará de traductor, ¿verdad, padre?

—Naturalmente —accedió, y solícito se levantó y fue en busca del «capitán tuerto» y de alguno de los guerreros que hubieran sido testigos de la aparición. Su «investigación» fue breve; le bastó acercarse al campamento jumano y exponer su demanda para que se ofrecieran varios voluntarios.

Tras examinarlos con atención, fray Juan seleccionó uno al que llamaban Sakmo, que quiere decir «el del prado verde». Era un hombre de aspecto recio y piernas anchas como un roble. Le eligió por sus ojos cristalinos («unos ojos así no pueden mentir», pensó), y tras tomarlo del brazo, lo condujo fuera de su campamento.

Cuando minutos más tarde los tres estuvieron de regreso, Sakmo se hincó de rodillas y besó el borde del hábito del monje que tenía más cerca.

—*Pater...* —susurró.

Su gesto maravilló a todos. ¿Quién le había enseñado modales a aquel salvaje?, pensaron. Tras la reverencia, el indio se levantó del suelo y permaneció de pie frente a la mesa.

–¿Es éste el testigo que buscamos? –tronó una voz al fondo del refectorio.

El mismo jumano, un mozo de unos veinticinco años, de melena oscura, piel aceitunada, pómulos sobresalientes, casi tallados a cincel, y sonrisa limpia, bajó la cabeza como si asintiera a la duda formulada por aquella voz autoritaria.

Fray Esteban se levantó de la cabecera de la mesa, observó atentamente al «capitán tuerto» y al testigo, y desde su posición comenzó el interrogatorio en voz alta, para que todos pudieran oírlo.

–¿Cuál es tu nombre?

–«El hombre del prado verde» –tradujo el padre Salas.

–¿De dónde vienes?

–De la Gran Quivira, una región de pasos amplios y profundas gargantas, situada a casi tres semanas a pie de aquí.

–¿Sabes por qué te hemos llamado?

–Creo que sí –murmuró en un tono de voz más suave.

–Nos han dicho que viste con tus propios ojos a la mujer que os ordenó venir a nosotros. Y nos han dicho también que ella os instruyó para que nos pidieseis el bautismo. ¿Es eso cierto?

Sakmo miró al «capitán tuerto» como si esperara su consentimiento para hablar. El viejo se lo concedió.

–Sí, es cierto. La he visto varias veces en la embocadura de un cañón que llamamos de la Serpiente, donde nos ha hablado con voz amable y cálida.

–¿Siempre? ¿Desde cuándo?

–Desde hace muchas lunas. Sólo era un niño cuando empecé a escuchar relatos de guerreros que la habían visto. Pude encontrarme con ella por primera vez cuando cumplí los dieciocho años.

–¿En qué lengua te habló?

–En *tanoan,* señor. Pero si tuviera que decirle cómo, no sabría explicárselo. En ningún momento movió su boca. La tuvo siempre cerrada, pero otros cazadores y yo la hemos escuchado y entendido perfectamente.

–¿Cómo se te aparece?

–Siempre de la misma forma: al caer la noche, extraños relámpagos se precipitan sobre ese cañón. Entonces, escuchamos una agitación en el aire parecida al ruido de las serpientes de cascabel o al de los remolinos del río, y vemos un camino de luz que cae del cielo... Después, el silencio.

–¿Un camino de luz?

–Es como si un sendero se abriera paso en la oscuridad. Por ahí desciende esa mujer, que no es una chamana, ni una Madre del Maíz... Nadie sabe quién es.

–¿Y cómo es?

–Joven y hermosa, señor. No se le ve el cabello ni las orejas, pero sí ojos grandes y negros. Tiene la piel blanca, como si nunca hubiera estado bajo el sol.

–¿Lleva algo consigo?

–Sí, señor. En su mano derecha sostiene a veces una cruz, pero no como las de madera que vuestras paternidades llevan colgadas, sino más hermosa, pulida, y toda de color negro. En ocasiones lleva un amuleto colgado del cuello. No es de turquesa, ni tampoco de hueso o madera. Es del color de los rayos de luna.

Fray Esteban iba tomando nota tratando de ordenar las características esenciales de aquella misteriosa mujer. Tras apuntar las últimas palabras del indio, prosiguió con sus cuestiones:

–Dime, ¿cómo viste por primera vez a esta mujer en el cañón de la Serpiente?

El indio clavó sus ojos en el franciscano.

–Estábamos cinco muchachos destinados a vigilar un ritual sagrado en una de nuestras kivas, apostados de noche cerca del arroyo, velando para que nadie molestara al chamán. De repente, la oscuridad se tornó día y delante de nosotros apareció esta mujer. Nos contó que venía de muy lejos y que traía buenas noticias. Luego llegó Gran Walpi, nuestro jefe, y nos habló a todos de cómo un hombre-dios había muerto por la salvación de los espíritus de todas las tribus del mundo, y nos anunció que un día no muy lejano otros hombres del mismo color que la dama llegarían hasta aquí para traernos esa misma noticia. Nos dijo también que esa mujer era sólo una avanzadilla y que estaba allí gracias a las artes de ese hombre-dios...

–¿Nunca dijo su nombre?

–No.

–¿Ni tampoco el del hombre-dios?

–No.

–¿Ni del lugar del que venía?

–Tampoco.

–¿Cuál fue el veredicto del jefe del clan?

–Lo ignoro, señor. Gran Walpi abandonó el poblado dos lunas más tarde.

–Algo más. ¿Te dijo aquella mujer algo acerca de que ese hombre-dios fuera hijo suyo?

–No.

Varios frailes se removieron en sus asientos y bisbisearon entre sí en voz baja.

–¿Te llamó la atención alguna otra cosa de ella? –prosiguió el *Halcón.*

–Sí. Alrededor de la cintura llevaba una cuerda igual a la suya...

Aquello enfervoreció a los frailes. ¡Una cuerda franciscana!

«¿Qué clase de prodigio era aquél?» El *Halcón* exigió silencio.

—¿Llegaste a tocar a esa dama?

—Sí.

Los ojos de fray Esteban se abrieron de par en par.

—¿Y?

—Sus ropas estaban calientes, como cuando nuestras mujeres las sacan de las tinajas de teñir. Estaban secas. Incluso nos dejó tocar su cruz negra y nos enseñó algunas oraciones, que nos obligaba a repetirle en otras visitas.

—¿Oraciones? ¿Sabrías recitarlas?

—Creo que sí —dudó.

—Por favor...

Sakmo cayó de rodillas, juntó las manos en señal de recogimiento, y comenzó a entonar una familiar letanía en latín, que sonaba extraña al salir de su boca.

—*Pater noster qui es in coelis... sanctificetur nomen tuum... adveniat regnum tuum... fiat voluntas tua sicut in coelo...*

—Es suficiente —le interrumpió fray Juan de Salas—. Explícale al padre Perea dónde lo has aprendido. ¿Quién te lo enseñó?

—Ya os lo he dicho: fue la Dama Azul.

—¿Y nunca antes habías visto un franciscano? —terció el *Halcón* de nuevo.

—No... hasta hoy. Aunque otros hombres del pueblo sí lo habían hecho. Fue cuando acudieron a esta misión para informarse de la fe en el nuevo dios. Y también algunas tribus amigas vienen hablándonos de vuestras paternidades desde hace generaciones.[1]

1. El primer desembarco «masivo» de franciscanos en Nuevo México se produjo, como ya dijimos, en 1598, junto a la expedición del adelantado don Juan de Oñate. Este hombre trató de colonizar las tierras del norte de la Nueva España acompañado de ciento treinta soldados y sus respectivas familias, ochenta y tres carros,

–¿Y quién les dijo que vinieran aquí?

–También la Dama Azul, señor. Insistía mucho en ello. Decía que su instrucción nunca sería completa, ya que tenía que visitar otras muchas tribus.

–¿Otras tribus? ¿Cuáles?

–Nunca lo dijo.

Mientras Sakmo terminaba de contestar aquella nueva tanda de preguntas, fray García de San Francisco, un joven religioso de Zamora, se aproximó con cautela hasta el *Halcón*. Ante el desconcierto de sus hermanos, le murmuró algo que hizo sonreír levemente al padre Esteban.

–Está bien, enseñádsela, hermano. No tenemos nada que perder.

Fray García salvó de cuatro grandes zancadas la distancia que le separaba del apuesto indio, y sin contemplaciones, extrajo bajo su hábito un pequeño escapulario con una minúscula imagen grabada en él.

–Es la madre María Luisa –dijo en alto, para todos los presentes–. La llevo siempre conmigo, porque me protege de todo mal. En Palencia, muchos creemos que es una de las pocas santas vivas que existen.

El hermano García acercó con delicadeza el pequeño retrato a Sakmo. Y el *Halcón* tronó desde el otro extremo del refectorio, pidiendo al padre Salas que tradujese.

–¿Es ésa la mujer que viste?

y numerosos indios mexicanos y criollos. Con él viajaron ocho franciscanos, entre ellos el padre Juan Claros, que fundó el asentamiento de San Antonio de Padua y que apenas convirtió ningún indio hasta que fue relevado por fray Juan de Salas años después. Fray Juan comenzó a recibir visitas esporádicas de los jumanos, reclamándole misioneros para sus tierras, al menos desde 1620.

Sakmo observó la miniatura con curiosidad, pero guardó silencio.

–Responde. ¿Es ésa? –repitió impaciente.

–No –contestó firme.

–¿Estás seguro?

–Completamente, señor. La mujer del desierto tiene el rostro más joven, menos arrugado. Las ropas son parecidas, pero las de esta mujer son del color de la madera, no del cielo.

Fray Esteban claudicó. Aquel indio no iba a despejar sus dudas ni las de su superior en México. Y es que, de aceptar el relato de aquel jumano, Sakmo se había tropezado con una mujer joven, resplandeciente, que incluso había dejado que tocaran sus ropas –luego era física, tangible, real– y que, por si fuera poco, había enseñado el *padre nuestro* a varios indios de su tribu. Ahora bien, ¿qué hacía una mujer de aspecto europeo visitando aquellas regiones en solitario? ¿Qué clase de dama sería capaz de descender por un camino de luz desde el cielo? ¿Y por qué no había dejado una pista que permitiera identificarla?

Tras apurar sus apuntes, el padre Perea despidió al «capitán tuerto» y a Sakmo. Los emplazó a esperar hasta que tomara una determinación sobre su relato, y pidió a sus frailes que le brindaran su opinión. Sólo fray Bartolomé Romero, el erudito en el grupo, se atrevió a terciar en el asunto.

–No creo que debamos enfrentarnos a este episodio como si los indios hubieran tenido una experiencia mística –arrancó.

–¿Qué insinuáis, padre Romero?

El *Halcón* observó cómo su interlocutor entrecruzaba los dedos regordetes de sus manos con ansiedad. Fray Bartolomé no era el prototipo de hombre de acción, sino el prototipo ideal del amanuense. Todavía sudaba al recordar los días de paso ligero junto a fray Esteban, y se estremecía sólo de pensar que podía volver de nuevo a los caminos.

–Desde mi punto de vista, no estamos ante una aparición de Nuestra Señora, como vos, padre Perea, habéis insinuado en alguna de vuestras preguntas.

–¿Y cómo estáis tan seguro de ello?

–Porque vuestra paternidad sabe bien que las apariciones de la Virgen son experiencias inefables, inenarrables. Además, si para un buen cristiano ya es difícil describir esa clase de cuitas divinas, cuánto más debería serlo para un pagano sin instrucción.

–Es decir...

–Es decir, que este indio vio algo terrenal, no divino –completó fray Bartolomé.

El *Halcón* se persignó ante el estupor de los demás frailes, y permaneció unos segundos meditabundo.

Después, sin más comentarios, disolvió la asamblea y pidió al padre Salas que permaneciera con él unos instantes.

Tan pronto los dos franciscanos se quedaron solos, fray Esteban tomó el pellejo de vino que guardaba bajo una sombra cercana, y sirvió algo de líquido en sendas jarras de barro.

–Bebed, hermano Juan. Tal vez el vino nos ayude a tomar la decisión correcta.

–¿Sabéis ya qué vais a hacer, padre?

Fray Juan tanteó el terreno con cautela, mientras mojaba sus labios en el alcohol.

–Como supondréis, no estoy seguro de cuál es la decisión correcta en este asunto... Nuestra actuación varía mucho según se trate de una aparición de la Virgen o de las andanzas de alguna devota mujer extraviada por estos pagos.

–No entiendo...

–Es evidente, padre Salas. Si lo que se ha aparecido a estos indios es Nuestra Señora, no hay nada que temer. El cielo nos ha enviado una gran bendición y nos protegerá de cualquier mal cuando visitemos la región de la Quivira. En cambio, si como dice fray Bartolomé, no existe semejante prodigio, ya que no hay indicios de fenomenología mística en el relato del indio, podríamos pensar que los jumanos han visto a una mujer de carne y hueso, como nosotros. Es más, podría haberse manifestado aquí gracias a las habilidades del Diablo, y podría hacernos caer en una emboscada que echara a perder el resto de planes de evangelización de estas comarcas.

–¿Y por qué teméis tanto esa segunda posibilidad?

–Bueno... Sakmo nos lo ha dicho, ¿verdad? Aquella mujer llevaba anudada a la cintura una cuerda como las nuestras. Quizá se trate de una religiosa de la seráfica orden de San Francisco...

–O quizá no. ¿No le parecen más propios de la Virgen procederes como el descenso de los cielos o el brillo del rostro?

–Sin duda. Pero nuestro amado fray Bartolomé ha olvidado citar otra característica de las apariciones de la Virgen que falta aquí. Nuestra Señora suele aparecerse a personas aisladas, no a grupos, como los jumanos. Recordad al apóstol Santiago, que vio a la Virgen en Zaragoza, o a Juan Diego y la Guadalupana hace menos tiempo...

–Pero, padre, todavía no me habéis respondido por qué creéis que pueda tratarse de una simple mortal.

El *Halcón* apuró de un sorbo el contenido de su jarra. Luego, resignado, respondió:

–Tengo una buena razón, pero debéis guardarme el secreto.

–Por supuesto.

–Además de advertirme de los rumores de conversiones sobrenaturales que corrían por estas regiones, el arzobispo Manso me mostró en México una carta que acababa de recibir de España. Era de un hermano franciscano, un tal Sebastián Marcilla, afincado en Soria por más señas, en la que le advertía que estuviera muy al tanto del descubrimiento de trazas de nuestra fe entre los indios afincados en el área de la Gran Quivira...

—No entiendo, ¿y cómo podía un fraile de España...?

—A eso voy, padre.

El *Halcón* prosiguió:

—En aquella carta, el hermano Marcilla rogaba a nuestro arzobispo que hiciera todos los esfuerzos por averiguar el origen de esas trazas, y que determinara si detrás de ellas podían estar las apariciones de una religiosa con cierta fama milagrera en España...

—¿Apariciones?

—Bueno, el término correcto sería proyecciones, puesto que Marcilla deducía que esta religiosa, de clausura por cierto, podría gozar del don de la bilocación, es decir, podría dejarse ver por aquí sin dejar de estar en España.

—¿Y quién es? ¿La madre María Luisa, de quien nos habló fray Diego?

—No. Se trata, al parecer, de una joven monja soriana llamada María Jesús de Ágreda.

—¿Y a qué esperáis, entonces? —saltó el padre Salas—. Si ya tenéis esos indicios reunidos, ¿por qué no enviáis una pequeña comisión a la Quivira a hacer sus averiguaciones? Con dos frailes bastaría para que...

—¿Quiénes? —fray Esteban le interrumpió en seco.

—Si lo consideráis oportuno, yo mismo me ofrezco voluntario. Y podría llevarme a uno de los hermanos legos, fray Diego por ejemplo, que es joven y fuerte, y sería un magnífico asisten-

te de viaje. Juntos completaríamos nuestra misión en poco más
de un mes.

–Dejádmelo pensar.

–Humildemente, creo que no tenéis otra opción mejor, padre.
Hablo la lengua de los indios, me conocen desde hace años y sé
cómo sobrevivir en el desierto mejor que ninguno de vuestros hombres. Para mí no sería problema caminar con ellos hasta su poblado y regresar en solitario después, esquivando las rutas más vigi-
ladas por los apaches.

El *Halcón* tomó asiento en la ribera del río. Con gesto distraído, jugueteó con un par de ramitas del suelo y las arrojó con fuerza al agua.

–Supongo que nada puede resistirse a la corriente de la vida,
¿verdad? –murmuró.

–No, claro –asintió Salas desconcertado.

–... Pues sea. Partiréis con la próxima luna llena, en agosto.
Dentro de diez días. Enseñad bien su oficio a fray Diego, y trái-
ganme cuanto antes noticias de esa Dama Azul.

20

A las cuatro y cuarenta minutos de la madrugada, los alrededores de la Biblioteca Nacional de Madrid estaban en calma. Ninguno de los autobuses del aeropuerto, con base en la cercana plaza de Colón, funcionaba todavía, y el tráfico se reducía a unos pocos taxis vacíos.

Una Ford Transit plateada tomó desde Serrano la estrecha calle de Villanueva, recorriendo cuesta abajo la verja metálica que rodea el Museo Arqueológico Nacional y la gran biblioteca. Doscientos metros antes del final de la calle, a punto de desembocar en el paseo del Prado, el conductor apagó el motor y las luces y continuó rodando hasta aparcar en batería frente al edificio de Apartamentos Recoletos.

Nadie advirtió su presencia.

Un minuto y treinta segundos más tarde, dos siluetas negras descendieron de la furgoneta.

–¡Rápido! ¡Es aquí!

Las figuras escalaron con agilidad los tres metros de verja, sin un solo movimiento en falso. Llevaban a sus espaldas una minúscula mochila negra, y en sus oídos unos pequeños auriculares negros. Una tercera persona, en el interior de la furgoneta, acababa de interceptar con su escáner la última transmisión del walkie–talkie del guarda de seguridad de la puerta principal, y había confirmado que la zona estaba despejada.

Dentro del patio frontal de la biblioteca, las sombras desfilaron velozmente por delante de las estatuas sedentes de san Isidoro y de Alfonso X el Sabio, que, situadas a quince escalones de altura sobre el nivel de la calle, parecían observar los movimientos de los intrusos.

—¡Corre, joder! —ordenó la sombra de vanguardia. En diez segundos, los polizones se pegaban al muro exterior izquierdo de esas escaleras. Cinco segundos después, una de las siluetas, el «cerrajero», abría una de las puertas de cristal del edificio.

—Pizza a base, ¿me recibes?

La voz del «cerrajero» llegó diáfana al interior de la Transit.

—Alto y claro, Pizza 2.

—¿Sabes si el *municipal* está en la entrada?

El *municipal* no podía ser otro que el guardia de seguridad de ese sector.

—Negativo. Vía libre... y buen servicio.

Cuando las sombras penetraron en el edificio, la bóveda de medio cañón que brinda el acceso al interior de la biblioteca estaba despejada. Además, la luz roja de los sensores volumétricos de las esquinas no había sido conectada.

—Se habrá ido a pasear el canario... —murmuró la primera sombra al ver el campo libre.

—Dos minutos, treinta segundos —respondió el «cerrajero».

—Está bien, ¡vamos!

Con destreza, ascendieron los treinta y cinco escalones de mármol que conducen hasta la embocadura de la sala general de consulta, donde acababan de instalar una docena de ordenadores para que los lectores accediesen a la base de datos del centro. Tras doblar a su derecha y atravesar la oscura sala de ficheros, se acercaron hasta la cristalera del fondo.

–Dame la punta de diamante.

El «cerrajero», con precisión quirúrgica, perforó una de las esquinas de la ventana más occidental de la pared, y siguió su contorno hasta completar el corte. Tras adherir dos pequeñas ventosas a su superficie, arrancó el cristal sin hacer ruido.

–Ahora, apóyalo contra la pared –ordenó a su compañero.

–Bien.

–Tres minutos, cuarenta segundos.

–Correcto. Sigamos.

La ventana recortada separaba la sala de fichas de la de consulta de manuscritos. Sólo la tibia luz amarilla de los focos de emergencia iluminaba la estancia.

–¡Un momento! –el «cerrajero» se detuvo en seco–. Base, ¿me escuchas?

–Pizza 2, te escucho.

–Quiero que me confirmes si los ojos de la antesala del horno ven algo.

–En seguida.

El hombre de la Transit tecleó unas instrucciones en su ordenador conectado a la minúscula antena giratoria atornillada sobre el techo de la furgoneta. Con un leve zumbido, ésta se orientó hacia la biblioteca, rastreando una señal electrónica muy concreta. Pronto, el cristal líquido se iluminó y en el monitor apareció un plano completo de la planta principal del edificio.

–¡Genial! –exclamó el tercer hombre–. Lo sabré en segundos, Pizza 2.

–Date prisa, base.

Con diligencia, el ratón señaló la sala de manuscritos, que se alzó de inmediato sobre el plano, adquiriendo tridimensionalidad. Con la misma flecha deslizante, apuntó a una de las cámaras situadas sobre la puerta oeste. Un icono, con la palabra «scanning» inscrita en su parte inferior, indicaba que el sistema estaba conectado con la central de seguridad de la biblioteca y con el centro emisor que lo mantenía unido al cuartel general de la compañía responsable.

—Vamos, vamos —murmuró impaciente el tercer hombre.

—Un momento, Pizza 2... ¡Ya está!

—¿Y bien?

—Podéis continuar. Sólo el gran horno está activado.

—Excelente.

El «cerrajero» y su acompañante saltaron al interior del recinto destinado a la lectura de manuscritos, viraron a su izquierda y se precipitaron por una puerta que cedió nada más empujar la barra «antipánico» que la cruzaba.

—Por las escaleras. Cuarto sótano.

—¿Cuarto?

—Sí, eso es. Y apresúrate. Llevamos ya cuatro minutos y cincuenta y nueve segundos aquí dentro.

Cuarenta segundos más tarde, el «cerrajero» y su compañero habían llegado al final de la escalera.

—Ahora estamos solos —advirtió el primero—. Aquí abajo no podemos recibir la señal del equipo de apoyo, y ésta es la sala acorazada.

—Está bien. ¿Es ésa la puerta?

El «cerrajero» asintió.

Una barrera metálica, cuadrada, de dos hojas, y de unos dos metros y medio de lado, se alzaba orgullosa frente a ellos. El sistema de apertura estaba empotrado en la pared, a la derecha del portón, y se accionaba mediante una tarjeta magnética y un número clave que debía anotarse en un reducido teclado telefónico.

–No es problema –sonrió el «cerrajero»–. Sólo las puertas del cielo tienen cerradura a prueba de ladrones.

Tras deshacerse del pasamontañas que cubría su cara, y descolgar la mochila de sus hombros, extrajo del petate una especie de calculadora. Después, tomó de uno de sus bolsillos un cable terminado en una clavija macho, y la introdujo justo debajo del lector de tarjetas.

–Veamos si esto funciona –murmuró–. Parece que el programa de seguridad utilizado está basado en el sistema Fichet. Bastará introducir el dígito maestro y...

–¿Hablas solo?

–¡Chisst!... Siete minutos, veinte segundos... ¡Y abierta!

Una luz verde junto al pequeño teclado del sistema de seguridad y un crujido a la altura del picaporte de la puerta indicaban que el portón del «horno» acababa de rendirse al «cerrajero».

La segunda sombra no se inmutó. Aunque la precisión con la que trabajaba aquel condenado nunca había dejado de asombrar a sus compañeros de misión, todos en el equipo habían aprendido a disimular su euforia.

–Está bien, ahora es mi turno.

La segunda sombra se introdujo en la sala acorazada. Una vez dentro, hurgó en su mochila en busca de su visor nocturno. Tras quitarse el pasamontañas y dejar visibles unas facciones dulces, femeninas, con un pelo negro muy corto, se lo ajustó alrededor de la cabeza. El silbido que indicaba la carga de la batería del ingenio le crispó los nervios.

–Bien, bonito, ¿dónde estás? –canturreó.

Lenta, comenzó a pasear su mirada infrarroja por las signaturas adheridas en los diferentes estantes acristalados que se abrían a su paso. Primero fueron las letras *Mss.,* luego *Mss. Facs.,* y más tarde, *Mss. Res.,* o, lo que es lo mismo, «manuscritos reservados».

–Aquí es.

21

¡Maldita sea! ¿Quién será ahora?

No hay nada en el mundo que moleste más a un periodista que ser despertado por el teléfono. Aunque, en el caso de Carlos, su fobia era enfermiza. Se había comprado un contestador automático juramentándose para nunca descolgar el auricular hasta no saber quién lo llamaba, pero si estaba en casa era incapaz de esperar a que el dichoso aparato se accionase.

–¿Carlos? ¿Eres tú?

–Sí... ¿José Luis?

–Quién si no. Escúchame bien...

El tono del policía parecía tenso.

–Anoche unos desconocidos entraron en la Biblioteca Nacional y se llevaron algo de sus fondos...

–¿De veras?

–Sí. Han asignado el caso a mi departamento, porque sospechan que puede haber detrás intereses sectarios de alguna clase.

–¿Ah, sí? ¿Y han dejado alguna pista? –Carlos se frotaba los ojos, tratando de despertarse.

–Sí. Pero eso no es lo más importante. Lo que me ha sorprendido es que el material que ha desaparecido es un manuscrito que está relacionado contigo.

–Bromeas.

–En absoluto, amigo. Por eso te llamo. Ayer por la tarde tú fuiste la última persona que estuvo en la sala de manuscritos, ¿cierto?

–Sí, eso creo.

–Y pediste un ejemplar de..., déjame ver, del *Memorial de Benavides*, de 1630.

–¿Han robado el *Memorial?* –Carlos no salía de su asombro.

–No, no. Lo que ha desaparecido es un manuscrito inédito del tal Benavides, que, según me han explicado, es una versión posterior del libro que tú pediste, pero que jamás llegó a publicarse. Está fechada cuatro años después de «tu» *Memorial*.

–¿Y eso qué tiene que ver conmigo? ¿Es que me consideras sospechoso?

–Bueno, Carlos, técnicamente, eres la única pista que tenemos. Y además, no puede negarse que existe cierta relación entre tu consulta y el material robado.

–¿Y no será una «sincronicidad» de las tuyas?

–Sí –suspiró–, quizá lo sea. Pero la policía, oficialmente, no entiende de esas cosas. A las sincronicidades aquí las llaman indicios.

–Está bien, José Luis. Será mejor que nos veamos cuanto antes y aclaremos este asunto.

–¡Hombre! Me alegro de que coincidamos en algo.

–¿Te parece bien en el café Gijón, delante de la biblioteca, digamos... a las doce?

–Allí estaré.

Carlos colgó el teléfono con un nudo en la garganta.

Tres horas más tarde, sentado en una de las mesas del café Gijón, José Luis Martín lo esperaba hojeando *El País*. Estaba sentado junto a una de las ventanas del local, tratando de distinguir la inconfundible silueta del periodista entre la tromba de transeúntes que recorrían el paseo de Recoletos.

Carlos no tardó en llegar. Lo hizo acompañado de otro individuo de aspecto desaliñado, que llevaba el pelo cortado a cepillo; era de complexión atlética y sus ojos, pequeños y rasgados, cruzaban su cara como si fueran una sola línea.

–Te presento a Txema Jimeno, el mejor fotógrafo de mi revista –la expresión de José Luis exigía una aclaración mayor.

–Me acompañó cuando pasó lo de Ágreda –dijo–. Es de mi total confianza.

–Encantado.

El policía estrechó la mano de Txema, pero éste ni abrió la boca. Una vez acomodados, pidieron tres cortados e intercambiaron cigarrillos.

–Y bien –abrió fuego Carlos–, ¿qué han robado exactamente?

José Luis extrajo del bolsillo interior de su americana un pequeño bloc de notas garabateado con una letra ilegible.

–Como te dije, se trata de un manuscrito redactado en 1634 por fray Alonso de Benavides, a quien tú conoces bien...

Carlos asintió.

–Según me explicó esta mañana el responsable de los fondos históricos de la biblioteca, ese texto fue reelaborado con la intención de enviarlo al papa Urbano VIII como actualización al informe que imprimió Felipe IV en Madrid y que te implica en el caso... Contenía un montón de anotaciones marginales del propio rey, que se obsesionó con aquel legajo. Puedes suponer que se trata de una pieza única en su género. Muy valiosa.

–¿Valiosa? ¿Qué puede costar algo así? –los pequeños ojos de Txema llamearon.

–Es difícil de calcular, sobre todo porque no existen muchos coleccionistas capaces de valorar la singularidad de esa obra.

—Lo que no entiendo es por qué le han asignado a usted el caso, si, como dice el *patrón,* lo suyo son las sectas...

El tono del fotógrafo crispó a José Luis. El policía interrogó a Carlos con la mirada, como si le pidiera cuentas sobre lo que comentaba de él por ahí.

—No te preocupes, hombre. Ya te he dicho que Txema es de confianza.

—Está bien —respondió José Luis, clavando su mirada gris en su acompañante—. Además de la «pista» que conduce hasta Carlos, hace unos meses una especie de sociedad religiosa llamada Hermandad del Corazón de María ofreció treinta millones de pesetas a la biblioteca por ese preciso manuscrito.

—¡Treinta kilos! —bramó Txema.

—La biblioteca, por supuesto, no aceptó el negocio y nunca más supo de esa Hermandad. El caso es que en el registro de hermandades y cofradías de la Conferencia Episcopal no saben nada de una hermandad con ese nombre, y en Roma tampoco. Por eso, mi brigada sospecha que pudiera tratarse de alguna secta de integristas católicos...

—Y ricos —terció el fotógrafo, ahora más entusiasmado.

—¿Se sabe ya cómo lo robaron?

José Luis arqueó las cejas. Era la pregunta que estaba esperando.

—Eso es lo más extraño del caso —templó la voz—. El manuscrito se guardaba en la cámara acorazada de la biblioteca, protegida por un sistema de seguridad muy complejo y por guardias que patrullan durante toda la noche por el interior del edificio. Pues bien, ninguna alarma saltó, nadie oyó nada y de no ser por un cristal arrancado de su marco que se encontró en la sala de lectura de manuscritos, probablemente el robo aún no se hubiera detectado.

–Luego tienen algo... –volvió a terciar Txema.

–Sí. Un cristal fuera de lugar y...

José Luis titubeó.

–... una llamada realizada desde un teléfono de la planta principal a Bilbao, a las 4.59 de la madrugada.

–¿La hora del robo?

–Es probable. El número quedó registrado en la memoria de la centralita, y hemos realizado ya las debidas averiguaciones. Creemos que se trata de una pista falsa.

–¿Ah, sí? ¿Y por qué?

–Porque corresponde al teléfono de un colegio que a esa hora, naturalmente, estaba cerrado. Probablemente, se trata de profesionales muy bien equipados, que han falseado electrónicamente el número para conducirnos a un callejón sin salida.

–O puede que no.

El críptico comentario de Carlos hizo que José Luis casi derramara el café.

–¿Qué demonios quieres decir?

–Aguarda un momento, tengo una corazonada.

El periodista abrió su cuaderno de notas por el día 14 de abril, la fecha en la que se entrevistaron con las monjitas del convento de la Concepción de Ágreda, rastreando algo en él.

–Txema, ¿recuerdas la pista que nos dieron las hermanitas de Ágreda?

–Dieron muchas, ¿no?

–Ya, ya –asintió Carlos mientras seguía buscando–; me refiero a una en especial, una muy clara...

–No sé.

–¡Aquí está!... José Luis, ¿llevas encima tu teléfono móvil?

El policía asintió extrañado.

–¿Y el número de ese colegio de Bilbao?

Volvió a asentir, señalando un número de siete cifras en su bloc.

Carlos tomó el Motorola del policía y marcó con celeridad el número. Tras una serie de crujidos, el timbre del teléfono sonó con fuerza.

–Pasionistas, ¿dígame? –respondió una voz muy seca.

El periodista sonrió satisfecho, ante la mirada incrédula del policía y de su fotógrafo.

–Buenos días, ¿podría hablar con el padre Amadeo Tejada, por favor?

–Está en la Universidad, señor. Pruebe esta tarde.

–Está bien, gracias. Pero vive aquí, ¿verdad?

–Así es.

–Adiós.

–*Agur.*

Dos miradas de sorpresa atravesaron a Carlos.

–Lo tengo, José Luis... Tu hombre es el padre Amadeo Tejada.

–Pero ¿cómo demonios...?

–Muy fácil: otra «sincronicidad» –le golpeó con el codo–. En Ágreda, las monjitas nos hablaron de un «experto» que está impulsando en Roma la causa de beatificación de sor María Jesús de Ágreda. Apunté la pista en mi cuaderno para ir a visitarlo en cuanto pudiera, y sabía que podría localizarlo en una residencia de religiosos, junto a un colegio... en Bilbao.

–¡Santo Dios!

–¿Nos pagará el Cuerpo Nacional de Policía un viajecito a tierras vascas?

–Claro... –balbuceó José Luis–, mañana. –Y añadió–: Pero te recuerdo que sigues en mi lista de sospechosos.

22

Otra violenta sacudida convulsionó a la durmiente. Con la frente bañada en sudor y los dedos agarrotados por la tensión, saltaba de su último sueño al siguiente, enlazándolos como si fueran diferentes secuencias de una misma película.

ENTRE ISLETA Y LA GRAN QUIVIRA, AGOSTO DE 1629

Diecisiete días después de abandonar la misión de San Antonio, los hombres del «capitán tuerto» comenzaban a acusar el cansancio. La marcha se había reducido al mínimo y las provisiones escaseaban. De las veinte millas diarias que los frailes habían recorrido en las dos semanas precedentes, ahora se alcanzaban con suerte ocho.

La culpa la tenía el aumento de las medidas de seguridad del grupo. En efecto: una avanzadilla de tres hombres que les llevaba un día de ventaja iba dejando a su paso señales en rocas o en cortezas de árbol que indicaban si el camino estaba o no despejado. Al tiempo, otro grupo vigilaba los flancos del pelotón, custodiando a los frailes en un radio de unos mil metros. Se trataba de un *comando* que informaba cada hora de la buena marcha de las cosas, imitando el agónico aullido de los coyotes.

Caminaron siempre hacia el este, ganando minutos de sol con cada amanecer, y atravesando antiguos campos de caza apaches. Aunque sabían que éstos habían emigrado hacia el oeste, sus antiguos territorios aún les infundían cierto temor supersticioso. No en vano, las montañas peladas fueron antaño el hogar de los antepasados apaches y, sobre todo, de sus sanguinarios dioses.

Pero nada ocurrió.

Los días de lenta marcha sirvieron a fray Juan de Salas, pero sobre todo al joven fray Diego López, para aprender muchas cosas del desierto. Fray Diego era un mocetón asturiano, fuerte como un roble e ingenuo como un niño. Mostraba interés por todo, aunque lo que le obsesionaba era aprender rápidamente la lengua de los indios para transmitirles cuanto antes la Palabra de Dios.

Fueron jornadas en las que los franciscanos descubrieron que las «tierras llanas del norte» –como las llamaban los jumanos–, a primera vista vacías, estaban sembradas de vida. Los indios les enseñaron a diferenciar los insectos venenosos de los inofensivos. Les hablaron de las peligrosas *hormigas de la cosecha,* una variedad de invertebrados que inyecta a cada mordisco un veneno que destruye los glóbulos rojos y que es más venenoso que una picadura de avispa. También les mostraron cómo trocear un cacto para beber el agua de su interior y los instruyeron para que, en las breves noches de aquel verano, no espantaran nunca de su vera a los lagartos cornudos, pues éstos los protegerían de escorpiones y hormigas venenosas, y les servirían de desayuno a la mañana siguiente.

Al decimoséptimo día, poco antes de caer la noche, sucedió algo que alteró aquellas lecciones. Había estado relampagueando toda la jornada, y aunque ninguna nube descargó sobre el árido suelo del desierto, sí electrizó los ánimos de los indios, que veían en ello un augurio.

—Quizá esta noche nos encontremos con la Dama Azul –susurró el padre López a su compañero, cuando el líder del grupo se detuvo en un claro para establecer el campamento–. Los jumanos parecen nerviosos, como si esperaran algo...

—Ojalá, hermano.

—Yo también tengo una extraña sensación en el cuerpo. ¿Vos no, padre?

—Es la tormenta –respondió fray Juan.

A un gesto del «capitán tuerto» –quien desde el principio había conducido la expedición y pergeñado su sistema de seguridad–, sus hombres deshicieron los petates y limpiaron un amplio círculo de tierra a su derredor. El tuerto no temía que lloviese, así que se quedó al raso, sin perder de vista el horizonte.

La organización de la albergada se llevó a cabo con la misma precisión de los días anteriores. Se clavaron estacas en los cuatro puntos cardinales, uniéndolas con una fina cuerda que, de ser arrastrada por un animal o un hombre, accionaba unas estrepitosas sonajas. A tan rudimentario sistema de alarma, se le unirían los turnos de tres horas de vigilancia, encargados además de mantener vivo el fuego de campamento.

Fue mientras fray Juan y fray Diego extendían sus pieles de cabra sobre el suelo y ayudaban a los jumanos a reunir leña, cuando algo sucedió: los centinelas divisaron la silueta de unos hombres a pie, dibujada en el perfil de la llanura. Según explicaron al tuerto, llevaban unas antorchas en la mano, lo que les confería cierto aire fantasmal. Y se dirigían hacia ellos.

—No serán apaches, ¿verdad?

Fray Juan corrió junto a Sakmo al escuchar el informe de los centinelas.

–Lo dudo –respondió éste–. Los apaches rara vez atacan al anochecer. Temen a la oscuridad tanto como nosotros... y nunca encenderían antorchas antes de un ataque.

–¿Y entonces...?

–Nuestro jefe ha ordenado que los aguardemos aquí –respondió Sakmo seguro de sí–. Tal vez sea una delegación de comerciantes...

Apenas diez minutos más tarde, cuando la pradera estaba ya envuelta en el oscuro manto de la noche, las antorchas llegaron al campamento. Eran doce, cada una sostenida por un indio tatuado. Encabezaba la marcha un varón de piel curtida que se aproximó al «capitán tuerto» y lo besó en la mejilla derecha.

Los recién llegados se arrimaron al fuego, e ignorando la presencia de los dos hombres blancos, arrojaron sus antorchas sobre la hoguera mayor.

Todo se hizo ceremoniosamente. Cada recién llegado, sin mediar palabra con los jumanos, desfiló frente al fuego, besó la misma mejilla del tuerto y tomó asiento junto a la lumbre.

–¡Mirad! –susurró inquieto fray Diego al padre Salas–. Todos son ancianos.

Fray Juan no contestó. La observación del joven franciscano era correcta. Aquéllos eran indios de rostro ajado, de guedejas grises y brillantes. Rondarían los cincuenta años, aunque sus carnes no parecían blandas.

–*Huiksi!*

Uno de los ancianos se dirigió a los franciscanos, emitiendo una serie de sonidos guturales que a fray Juan le costó descifrar. Aquel venerable, en una mezcla de dialecto *tanoan* y *hopi,* les deseaba que el «aliento de la vida» estuviera siempre con ellos.

Los frailes inclinaron la cabeza en señal de agradecimiento.

—Nos invitan a sentarnos —tradujo fray Diego.

Tras arrojar un puñado de hierbas secas al fuego, que despidieron mil chispas, el mismo indio habló.

—Venimos del pueblo del «capitán tuerto», que está a dos jornadas de aquí. Ninguno de nuestros guerreros os había visto aún, pero nosotros, los ancianos del Clan de la Niebla, sabíamos que estabais cerca y hemos salido a recibiros.

Fray Juan fue traduciendo aquella retahíla de frases. El anciano prosiguió:

—Os traemos maíz y turquesas como bienvenida. Os estamos agradecidos por vuestra visita. Deseamos que habléis a nuestro pueblo de ese Jefe-de-Todos-los-Dioses que predicáis, y que nos iniciéis en los secretos de vuestro culto.

Los franciscanos palidecieron.

—¿Y cómo supisteis que veníamos *precisamente* en estas fechas? —indagó en dialecto *tanoan* fray Juan.

El indio de mayor edad tomó la palabra:

—Ya sabéis la respuesta: la Mujer del Desierto descendió en forma de relámpago azul entre nosotros, y nos puso al corriente de vuestra llegada. Sucedió hace dos noches, en el lugar donde se ha venido manifestando desde hace tantas lunas...

—Entonces, ¿ella está aquí?

El corazón de los frailes se aceleró.

—¿Y cómo es?

—No se parece a nuestras mujeres. Su piel es blanca como el jugo de los cactos; su voz es el aire cuando susurra entre las montañas y su presencia transmite la paz del lago en invierno.

—¿No os da miedo?

—¡Oh, no! Nunca. Supo ganarse la confianza del pueblo cuando sanó a algunos de nuestros vecinos.

—¿Sanó? ¿Cómo fue eso?

El indio miró al padre Salas con severidad. Sus ojos brillaban como centellas a la luz de la fogata.

—Un grupo de guerreros nos dirigimos al Cerro de los Antepasados para ver a la Dama. Había luna llena y toda la pradera estaba iluminada. Al llegar, vimos que parecía triste y nos explicó la razón. Se dirigió a mí reprobándome que no la hubiera avisado de la enfermedad de mi hija pequeña, Alba, poniendo su vida en peligro...

—¿Qué le ocurría?

—La mordió una serpiente y tenía una gran hinchazón en la pierna. Me justifiqué explicándole que ninguno de nuestros dioses era capaz de curar una herida así, pero ella me pidió que le llevara a mi hija.

—Y la llevasteis, claro.

—Sí. Ella la tomó entre sus brazos y la envolvió en una luz poderosa que nos obligó a apartar la vista. Después, cuando el fulgor disminuyó, la depositó en el suelo, y la pequeña Alba, por su propio pie, se echó en mis brazos, completamente curada.

—¿Sólo visteis luz?

—Así fue.

—¿Y nunca os amenazó u os pidió algo a cambio de aquellas curaciones?

—Jamás.

—¿Tampoco entró nunca en el pueblo?

—No. Siempre permanece fuera.

Otro de los ancianos, calvo y sin apenas dientes, se dirigió a los padres.

–La Dama Azul nos enseñó esto como prueba de su paso entre nosotros, y como señal de identificación con ustedes.

El anciano se irguió, firme, a escasa distancia de los frailes. Después, con suma cautela, como si temiera equivocarse, comenzó a gesticular con el brazo derecho, subiéndose primero la mano hasta la frente y luego descendiéndola hasta el pecho.

–¡Se está santiguando! –exclamó el padre López–. Pero ¿qué clase de prodigio es éste?

La noche aún les deparó algunas sorpresas más. Los visitantes dieron cuenta a fray Juan y fray Diego de las principales enseñanzas de la Dama Azul. De todo lo que les refirieron, les llamó la atención que la Dama hubiera sido vista casi por todos. Juraron haberla visto descender en una luz cegadora, y que hasta las alimañas callaban cuando aparecía en la Gran Quivira. Para ellos, aquella mujer era de carne y hueso, no un fantasma o un espejismo. La sentían más próxima, más real, que a esos espíritus que imaginaban sus brujos tras ingerir los hongos sagrados. De hecho, era tal la coherencia de su relato que los frailes llegaron a pensar si no estarían frente a una impostora llegada a hurtadillas desde Europa, escondida desde hacía seis años en aquellos desiertos.

La idea, sin embargo, fue desechada de inmediato.

23

La mañana siguiente amaneció húmeda en la vertiente oriental de las montañas Manzano. A menos de cuarenta kilómetros de sus faldas, hacia el sureste, se encontraba el campamento del «capitán tuerto». Con los primeros rayos de sol, los indios recogieron sus enseres y enterraron los rescoldos de la noche anterior.

Ajenos al tumulto, los frailes entonaron sus oraciones dando gracias al Padre Eterno por permitirles ver la milagrosa expansión de su fe entre aquellas tribus. Sabían que no siempre había sido tan fácil y que el camino de la fe en el Nuevo Mundo estaba teñido de sangre. Pero ni siquiera en ese momento los frailes consiguieron un instante de intimidad con Dios. Casi sin dejarse notar, algunos ancianos se unieron a sus plegarias; se arrodillaron junto a ellos y besaron las cruces que pendían de sus cuellos como si fueran «cristianos viejos».

Fue la enésima sorpresa. La enésima indicación de que aquello no podía ser fruto de un malentendido, sino de un designio divino.

Y así, al amanecer, la expedición reemprendió su camino hacia la Gran Quivira, mientras sus integrantes se repartían algo de maíz hervido para desayunar en ruta.

A medida que se intensificaban las primeras luces del día, el paisaje fue transformándose. Cruzaron colinas suaves moteadas de arbustos que llamaron la atención de los indios. Eran matas de agujas carnosas y alargadas, que arrancaban con esmero para, según averiguaron después, ingerirlas en sus kivas como parte de sus rituales iniciáticos. Todo en el desierto, les explicaron los jumanos, tenía una utilidad sagrada.

Fray Juan quiso averiguar más de su destino final, aprovechando la buena disposición de los recién llegados. Durante el camino, se quedó junto al anciano más rezagado para sonsacarle:

–¡Ay, padre! El nuestro es el único poblado de la región construido en piedra –dijo–. Cuando mi padre era joven, recibimos la primera visita de los Castillas, y ya entonces se asombraron al ver nuestras viviendas.

–Los Castillas...

–Sí, decían que ése era el nombre de su nación, y que aquí buscaban siete ciudades de oro que nadie jamás había visto... Se quedaron poco tiempo... No éramos lo que buscaban –rió.

–Ése debió de ser Vázquez de Coronado.

–No recuerdo su nombre, padre. Pero mis mayores me hablaron de su arrogancia y de su temible ejército. Vestían caparazones brillantes como los de los escorpiones y eran aún más temibles que ellos.

Al decimonoveno día de marcha (y segunda jornada tras el encuentro con los ancianos jumanos) el grupo del «capitán tuerto» se encontraba muy cerca de su objetivo. Todos parecían confiados, como si los contratiempos no tuvieran ya tiempo de entorpecer su camino. Sin embargo, cuando el sol estaba declinando, fray Diego se estremeció de estupor.

Frente a ellos, aguardando su llegada, unas quinientas personas, quizá más, la mayoría mujeres jóvenes acompañadas de sus hijos, se habían dado cita a la entrada de su poblado. A la cabeza, dos ancianas sostenían una gran cruz de madera y cáñamo, trenzada de flores.

El joven Sakmo se acercó a los frailes, y les susurró:

–Deben de ser mujeres owaqtl, del Clan de las Piedras Esparcidas... Ellas siempre nos avisan de la llegada de la Dama.

Fray Juan le interrogó con la mirada, pero el indio, ajeno a sus dudas, prosiguió:

–Desde que la Mujer del Desierto llegó a nosotros, algunas madres pudieron hablar con ella. Y aunque jamás ingirieron los hongos sagrados que permiten comunicarse con los espíritus, lo hacían con gran facilidad...

–¿Ellas? ¿Quiénes?

–Observe, padre, y fíjese en las dos ancianas que sujetan la cruz.

–Las veo.

–Cuando se encontraron con la Mujer del Desierto por primera vez, la llamaron *Saquasohuh,* que significa «kachina de la Estrella Azul». Más tarde, cuando comenzaron a intuir sus llegadas y a avisar al resto del poblado, dejaron de llamarla así –hizo una pausa y añadió–: Si están aquí es porque la Dama las envía. Esperemos.

Cuando las mujeres vieron a los dos hombres blancos ataviados a la manera que describiera la Dama Azul, prorrumpieron en una gran ovación. Elevaron la rudimentaria cruz por encima de ellas y se acercaron hasta donde estaban los frailes. Allí, ante su asombro, se persignaron. Acto seguido, las ancianas pidieron a fray Diego que les mostrara «el libro».

–¿El libro?

–La Biblia, hermano.

–Pero, fray Juan...

–¡Hágalo! –ordenó el padre Salas–. ¡Entréguesela!

Una de ellas tomó la Biblia entre sus manos, la besó con dulzura y gritó algo incomprensible que enfervorizó a sus compañeras.

La anciana lucía una cabellera cana dividida en dos trenzas. En ningún momento vaciló. Con la Biblia en brazos la fue paseando entre los suyos. Los había enfermos, que besaron las pastas oscuras de las Sagradas Escrituras como si esperaran de aquel gesto su sanación. Algunos incluso se echaron a tierra implorando la bendición del libro y de los recién llegados.

–Sin duda, esto es cosa de Dios.

Los frailes no salían de su asombro.

–Pero nadie nos creerá.

–Lo harán, hermano, si la fe de estas gentes aviva aún más la nuestra.

24

Para llegar a los estudios de Radio Vaticana desde la plaza de San Pedro hay que ascender la Vía della Conciliazione y girar a la izquierda. Se deja atrás el monumento a santa Catalina de Siena y se fija el rumbo hacia una puerta de doble hoja en la que se lee claramente el nombre de la emisora.

La institución es el órgano «oficioso» del Papa. La radio cubre sus actos públicos, sus viajes y coordina el trabajo de los periodistas extranjeros interesados en retransmitir los eventos pontificios de especial relevancia. En suma, tiene línea directa con el Santo Padre. Quizá por esa razón, entre los tiempos de Pablo VI y el largo pontificado de Juan Pablo II, su organigrama se ha complicado de manera exponencial. Bajo la dirección de un consejo jesuita, trabajan cuatrocientas personas que hacen posible más de setenta programas diarios, emitidos en 30 idiomas diferentes, del latín al japonés, pasando por el chino, el árabe, el armenio, el letón o el vietnamita.

Radio Vaticana dispone de una impresionante capacidad técnica para llevar sus ondas a los cinco continentes. Su tecnología está tan sobredimensionada que algunos observadores insinúan que sus equipos sobrepasan sus necesidades reales. ¡Quién sabe!

Lo cierto es que cuando el padre Baldi llegó a sus oficinas, ignoraba todos aquellos datos. Apenas había tenido tiempo de comer algo en un *pizza al taglio* junto al *Ufficio Stampa* de la plaza de San Pedro, y de distraerse un minuto frente a los atractivos escaparates de las librerías de la Vía della Conciliazione. No buscaba ninguna obra en particular, aunque creía que nunca estaba de más tantear las preferencias literarias de la cristiandad. Sus sermones se beneficiarían de ello.

Tras cruzar la puerta de la calle y subir la escalera de mármol que conducía a la ventanilla de identificación, el «tercer evangelista» preguntó por los estudios del padre Corso.

–En el segundo sótano. Según se sale del ascensor, siga el pasillo de frente y llegará al despacho 2S–22 –indicó un conserje de aspecto afable–. Lo estábamos esperando.

El ascensor, un viejo Thyssen de compuertas de rejilla, lo dejó frente a un aséptico corredor de color verde, moteado de puertas blancas cuyos picaportes habían sido sustituidos por ruedas metálicas. Aunque al primer vistazo le parecieron las esclusas de un submarino, más tarde averiguó que se trataba de portones diseñados para insonorizar los estudios de grabación. Encima de cada puerta distinguió dos pilotos, uno rojo y otro verde, instalados para indicar a gente como Baldi si se podía o no acceder a su interior.

Tampoco le pasó desapercibido el portón del 2S-22, que estaba no demasiado lejos del ascensor. En principio no se distinguía de los demás, salvo por la *pequeña* diferencia de que disponía de cerradura electrónica.

Sin pensárselo dos veces, el «evangelista» giró la rueda de su portón noventa grados, tirando con fuerza. No estaba cerrada. Su pesada estructura cedió con facilidad, y de inmediato el benedictino accedió a una sala circular, abovedada, de unos sesenta metros cuadrados, dividida en varias estancias menores por biombos grises. En el centro, al descubierto, se distinguía un sillón anatómico de cuero negro y, ordenados a su alrededor, una hilera de aparatos médicos sobre carros con ruedas.

La sala estaba iluminada por una luz tenue que permitía vislumbrar el contenido de las zonas marcadas por los separadores grises. Había tres: una disponía de un complejo sistema de oscilógrafos, ecualizadores y una mesa de mezclas diseñada para sintetizar sonidos; otra estaba atestada de cajas de cintas magnetofónicas y carpetas con lecturas médicas referidas a pacientes enumerados como «sujeto a», «sujeto b», «sujeto c» y así hasta el «sujeto t». Y, por último, una tercera disponía de sendas mesas de oficina equipadas con ordenadores IBM de última generación, así como dos archivadores metálicos de cuatro cajones cada uno, con un calendario sin estrenar de los Juegos Olímpicos de Barcelona colgado sobre ellos.

–¡Vaya! ¡Lo ha encontrado usted solo!

Una voz juvenil tronó a espaldas de Baldi. No tenía acento italiano, sino norteamericano. Y muy marcado.

–Usted debe de ser el sacerdote veneciano que viene a sustituir al padre Corso, ¿me equivoco?... –prosiguió–. Soy Albert Ferrell, para servirlo, aunque aquí, por motivos obvios, todos me conocen como fray Alberto, a secas.

Fray Alberto obsequió al benedictino con un guiño. Se trataba de un hombre de corta estatura, con perilla bien recortada y cara sonrosada, que trataba de disimular su incipiente alopecia estirando los cabellos de sus costados sobre el cráneo. Sin embargo, pese a que su aspecto le pareció patético a «san Lucas», aquel «fraile» tenía una mirada transparente, de esas que transmiten confianza y simpatía de inmediato.

–¿Le gusta el equipo?

El padre Baldi no contestó.

–Lo diseñamos a imagen de la «sala del sueño» que la Agencia Nacional de Seguridad construyó en Fort Meade, en Estados Unidos, hace unos años. Lo más difícil fue construir la bóveda. Nuestras pruebas con sonido ambiente necesitan de una acústica perfecta.

«San Lucas» escuchó en silencio.

–Los aparatos que ve detrás del sillón sirven para monitorizar las constantes vitales del sujeto... y los sonidos con los que experimentamos se controlan desde la grabadora electrónica que tiene a la derecha. Los aplicamos a través de cascos estereofónicos y la ecualización se gestiona desde un ordenador, ¿sabe?

Aquel hombre insistía en ser amable.

–Cada una de las sesiones se graba en vídeo. También registramos las constantes vitales de los sujetos experimentales en un *software* especial que permite comparar los datos.

–Dígame una cosa, *fray Alberto*... –el tono que empleó Baldi para pronunciar su nombre no estuvo exento de cierta acidez.

–¿Sí?

–¿Qué trabajo hacía exactamente para el padre Corso?

–Digamos que yo ponía los elementos técnicos a su proyecto. La tecnología que desarrollaron ustedes, los «cuatro evangelistas», para la Cronovisión, era un tanto primitiva...

Baldi hubiera crucificado a aquel insolente.

–Ya veo –se contuvo–. ¿Y qué sabe usted de los «cuatro evangelistas»?

–No mucho, la verdad. Sólo que eran los cabezas de otros tantos equipos de élite que pretendían vencer, con técnicas más o menos heterodoxas, algunas casi paranormales, la barrera del tiempo.

–Pues ya sabe más que mucha gente en San Pedro.

–Lo tomaré como un cumplido.

–Escúcheme, fray Alberto: antes de morir, el padre Corso me escribió poniéndome al corriente de que usted había sintetizado las frecuencias de sonido necesarias para hacer que una persona pudiera contemplar el pasado.

–Así es –confirmó el pequeño «monje»–, aunque creo que logramos algo más que simplemente contemplar el pasado.

–¿De veras? Me encantará que me lo explique.

–Contemplar el pasado era el objetivo principal de la Cronovisión. Nosotros, en cambio, descubrimos que podíamos, además, intervenir sutilmente en él.

El «evangelista» miró a fray Alberto desafiante.

–¿Sutilmente?

–Sí. Nuestro método para proyectar la mente humana al pasado utilizando ciertas vibraciones armónicas nos permite husmear en otros tiempos, aunque no con la corporeidad con la que podemos estar viéndonos nosotros dos. Y, desde luego, nos impide alterar la materia en el pasado. No podemos agredir, ni mover objetos, ni tocar un instrumento...

–Disculpe mi curiosidad, pero ¿cómo obtuvo esas frecuencias?

Albert Ferrell se rascó la perilla.

–¿Conoce usted los trabajos de Robert Monroe?

–Vagamente.

–Tal vez sepa que ese ingeniero de sonido, compatriota, ha desarrollado un tipo de acústica que, bien aplicado, permite el desdoblamiento «astral».

–Sí, eso tenía entendido... Pero la Iglesia no sabe nada de «cuerpos astrales».

Baldi quería comprobar hasta dónde llegaba la astucia de su interlocutor.

–Técnicamente, nosotros tampoco –aceptó fray Alberto–. Pero es importante no dejarse ofuscar por la terminología. Aunque Monroe hable de «cuerpos astrales», los católicos tenemos un término similar para referirnos a la existencia de ese elemento invisible que habita en cada ser humano.

–¡Ah! ¿Es usted católico?

–En cierto modo, sí.

–Perdone. Continúe.

–Ese elemento del que hablo, que según la doctrina se desprende del cuerpo tras la muerte, es el alma.

–Eso son palabras mayores –gruñó Baldi–. No creo que lo que se desdoble sea...

–Está bien, está bien, no quiero discutir de teología con usted. Todo depende de qué clase de alma hablemos –el ex ayudante de «san Mateo» alzó teatralmente los brazos–. He estudiado bien el asunto antes de venir aquí. Recuerde que santo Tomás admitía la existencia de tres tipos de almas, con tres funciones distintas: la sensitiva, la que da movimiento o vida a las cosas y la que crea la inteligencia.

«San Lucas» le interrogó con la mirada, pero no replicó. Le provocaba náuseas, y le sorprendía a la vez, que aquel norteamericano, militar, utilizara conceptos tomistas para justificar su actividad. Su interlocutor se dio cuenta.

–¿Y por qué no, padre? –le increpó–. Hasta Tertuliano creía en la corporeidad del alma, que es lo mismo que defiende Monroe. A santo Tomás le preocupó el alma sensitiva, que es la que nos comunica con el mundo material, y tal vez la más fácil de «despertar» con sonidos. Usted con sus investigaciones con la música sacra y Monroe con sus frecuencias de laboratorio intentaban lograr cosas parecidas... Sólo que el segundo fue más lejos, al provocar desdoblamientos a voluntad.

Albert Ferrell dio la espalda a Baldi para bajar la persiana y encender la luz de la estancia. La tarde comenzaba a caer sobre la Ciudad Eterna.

—Usted dijo que esta sala estaba construida a imagen de otra, en Estados Unidos, ¿cierto?

—Sí. La «sala del sueño» en Fort Meade.

—¿Y para qué se construyó algo así en un recinto militar?

—Muy fácil, padre. Durante la guerra fría supimos que los rusos, además de desarrollar armamento convencional y nuclear, estaban tratando de abrir nuevas vías de combate en el terreno de la mente. Adiestraron a sus mejores hombres para que, bajo estado de desdoblamiento astral, pudieran espiar instalaciones secretas norteamericanas o localizar silos de misiles aliados en Europa... ¡y sin salir de Siberia!

—Y ustedes se lo creyeron y decidieron tomar sus contramedidas.

—Así fue —fray Alberto obvió el tono irónico de su interlocutor—. La misión del INSCOM fue, primero, proteger a nuestro país de ofensivas de ese tipo, y luego, investigar amparándonos en las técnicas de Monroe. Varios de nuestros agentes acudieron a sus cursos y perfeccionaron sus métodos, construyendo la primera «sala del sueño» en 1972. Entonces yo era cabo, y estaba lejos de saber qué clase de «arma» se estaba diseñando allí dentro. Cuando ingresé en el Instituto, supe que Monroe había logrado ya un 25% de éxitos con sus «despegues» astrales; nosotros elevamos ese porcentaje gracias a un férreo programa de condicionamiento psicológico de nuestros hombres.

Baldi le miraba entre incrédulo y estupefacto. Aquel individuo, charlatán y abierto, realmente creía en lo que decía. Lástima que su sentido patriótico, enfundado en aquel hábito, resultara tan ridículo.

–¿Y cómo utilizaban esa sala?

–Del mismo modo que el padre Corso y yo la utilizamos aquí. Por supuesto, éste es un modelo más perfeccionado que el de 1972 –dijo señalando el sillón de cuero que presidía el estudio–, y permite obtener más información en cada experimento. Pero, básicamente, el procedimiento estándar apenas ha variado.

–¿De veras?

–Primero se escogía a un sensitivo, a un «soñador», y después se le bombardeaba con sonidos en escala creciente.

–Explíqueme eso mejor.

«San Lucas» tomó asiento junto a uno de los IBM, y comenzó a garabatear algo en el pequeño *moleskine* negro que extrajo de su sotana. Fray Alberto ni se inmutó.

–Bueno, se trata de algo relativamente sencillo. Monroe creía que los diferentes sonidos que sintetizó eran algo así como la esencia misma de cada uno de nuestros estados habituales de conciencia: desde el estado normal de vigilia, al sueño lúcido, el estrés e incluso el éxtasis místico. Estaba convencido de que la audición de esas «esencias» forzaba a nuestro cerebro a imitar el estado que representaba cada sonido, simplemente porque ese órgano tiende a desarrollar comportamientos camaleónicos con arreglo a la información que recibe del exterior. A cada una de esas «muestras» acústicas las denominó «enfoques» y las acompañó de un número determinado que indicaba el grado de intensidad que podían producir sus grabaciones.

–Como una escala.

–Exacto. Como una escala –repitió fray Alberto–. Por ejemplo, durante lo que él llamó arbitrariamente «enfoque 10», descubrió que se podía acceder a un curioso estado de relajación en el que el sujeto mantenía la mente despierta pero el cuerpo dormido; se trataba de un tipo de sonido silbante diseñado para lograr una primera sincronización de hemisferios cerebrales y preparar al sujeto para recibir frecuencias más intensas. La sincronización en cuestión se lograba pasados de tres a cinco minutos, y solía venir acompañada de extrañas sensaciones corporales, inofensivas, como parálisis parciales, cosquilleos o temblores incontrolados.

–¿Todas las sesiones en la «sala del sueño» se iniciaban así?

–En efecto. Luego se pasaba al «enfoque 12», que podía estimular estados de conciencia expandidos capaces de lograr ciertos éxitos en experiencias de «visión remota» de objetos, lugares o personas; su control fue, al principio, lo que más interesó en el INSCOM, ya que podía aplicarse al espionaje militar.

–¿Y se hizo?

–Con relativo éxito. Pero lo mejor fue cuando descubrimos la utilidad de otros «enfoques» superiores.

–¿Otros?

–Sí, padre. Monroe sintetizó también sonidos de «enfoque 15», que conseguían trasladar a los sujetos hasta un «estado fuera del tiempo»; configuraban una herramienta que les permitía abrirse a informaciones que procedían tanto del subconsciente como de otra clase de inteligencias superiores.

Fray Alberto trató de evaluar la reacción de su interlocutor.

–¿Ha oído hablar usted del *channelling*?

–Bueno –torció el gesto–, es un subproducto del movimiento New Age americano.

–En realidad, las experiencias de *channelling* son la versión moderna de los diálogos de los místicos con Dios o con la Virgen, o de las voces que decían que escuchaba santa Juana de Arco –se defendió el agente Ferrell–. En la antigüedad se atribuían esas voces a los ángeles. El caso es que frecuencias del tipo «enfoque 15», invo-luntariamente camufladas en cánticos espirituales, pudieron haber estimulado esos estados en el pasado. Por eso me interesé por la Cronovisión y sus investigaciones, padre.

–Y, naturalmente, debo suponer que hay más «enfoques»...

«San Lucas» comenzaba a tomarse la explicación en serio.

–Desde luego. Pero de todos, los que más nos interesaron, y también al padre Corso, fueron los «enfoques» 21 y 27. El prime-ro facilitaba el desdoblamiento astral y el segundo permitía utili-zar esos desdoblamientos a voluntad.

–¿Y en qué quería aplicar esos «enfoques» el padre Corso?

Baldi dejó de tomar notas y respaldó su pregunta con una mi-rada de hielo.

–Quería mandar uno de nuestros «soñadores» a esa época, para que determinara quién era realmente la Dama Azul y qué métodos empleaba para desplazarse por el espacio-tiempo.

–¿Es que no sabía que era una monja de clausura española?

–Ésa es, digamos, la versión oficial. Otros, como «san Mateo», creyeron que la Dama Azul fue algo más que eso.

El «evangelista» no insistió, pese a que le extrañó que el falso monje hablara con tanto desparpajo de la Dama Azul, dando por supuesto que él ya estaba al corriente de su existencia. Fray Alberto pronto cambiaría de tema:

–Hay algo que, desde que conocí su trabajo con la prepolifo-nía, he querido preguntarle.

–Usted dirá.

–¿Qué opinión le merece, como único experto en música de los «cuatro evangelistas», que unos sonidos sintetizados, no pro-piamente melódicos, puedan inducir estados alterados de con-ciencia?

Baldi sonrió. Ahora entendía el entusiasmo del padre Corso cuando lo telefoneó a Venecia, semanas atrás.

–En realidad, todo se reduce a pura matemática. Como la misma música.

–¿Matemática?

–¡Vaya! Me alegra poder enseñarle algo. Verá: lo que ahora este señor... ¿cómo dice usted que se llama...?

–Monroe, como Marilyn –acotó pícaramente.

–... Monroe, quiere decir, es muy parecido a lo que descubrió Pitágoras durante su estancia entre los antiguos sacerdotes egipcios, en el siglo VI antes de Cristo. Allí, después de pasar veinte años en los templos del Alto Nilo y de ser iniciado en los secretos de su «ciencia sagrada», constató que ciertas combinaciones musicales armónicas, basadas en la octava, eran capaces de abrir los umbrales de percepción de los sacerdotes.

Fray Alberto lo miró con cara de póquer.

–¿No lo entiende, señor Ferrell? Era por eso por lo que no podían concebir ningún ritual sagrado sin música: ¡les facilitaba el desdoblamiento hacia otras realidades! ¡Les permitía «hablar» con sus dioses!

–Como el «enfoque 15».

–Más o menos –admitió Baldi, ahora a regañadientes.

–Usted perdone, padre, pero soy un lego absoluto en música: ¿qué es la octava?

–Muy fácil. Una octava es la distancia que separa dos notas del mismo nombre. Así, entre do y do existen cinco intervalos grandes y dos pequeños donde se incluyen el resto de las notas (re, mi, fa, sol, la, si). Para que una composición sea armónica debe respetar esos intervalos, y bien utilizados pueden modular nuestros estados de ánimo y hasta curarnos enfermedades. Cada combinación de notas de la escala tiene una aplicación, un sentido oculto que nos hace vibrar de un modo distinto. Es algo parecido a los «enfoques» de Monroe... Sólo que él, probablemente, no inventó nada. Se limitó a redescubrir un saber muy antiguo.

−¿Eso cree?

−Ustedes, los norteamericanos, nunca han tenido en cuenta la vieja historia del mundo, y creen haberlo descubierto todo. Pitágoras, por ejemplo, ya inició a sus discípulos en liturgias poéticas en las que se mezclaban ciertas «oraciones» con música. De ese modo se filtraban en su subconsciente y les permitían conocer el «secreto de las cosas». Incluso su maestro ordenó construir, en su exilio, una gruta artificial para provocar esos estados. ¡Como su «sala del sueño»!

−¿Y qué papel juega en todo esto la matemática pitagórica, padre? −insistió fray Alberto.

−La armonía musical, que Pitágoras interpretó como de origen espiritual, se basa en una cifra sagrada, el llamado «número de oro». Según él, todo lo que ocurre en la naturaleza puede expresarse en números, ya que éstos gobiernan la Creación. En cuanto a su aplicación a la música, también es muy simple: por ejemplo, si una cuerda larga emite un sonido de un tono determinado, otra que sea la mitad de larga emitirá un sonido con vibraciones dos veces más rápidas que la primera y una octava más alta... Curiosamente, esos mismos efectos se multiplicarán proporcionalmente a medida que vayamos acortando la cuerda. ¡Y sucede con todas las cuerdas!

−Interesante −susurró fray Alberto. Intentaba asimilar la información.

−Todo tiene una representación matemática que también formuló Pitágoras: $\frac{1}{2}(1 + \sqrt{5})$. Un «número» que está grabado a fuego en la naturaleza y que determina, por ejemplo, cosas tan dispares como la disposición progresiva de las ramas de los árboles, la espiral de las caracolas, la forma y número de los «brazos» de nuestras neuronas y hasta el aspecto de la Vía Láctea. ¡Es el número de Dios! ¿Lo entiende ahora?

–Creo que sí –contestó fray Alberto algo aturdido.

–¿No era san Agustín quien decía que tanto el mundo físico como el moral se basan en los números, y que su armonía, el *Tranquillitas Ordinis*, había sido diseñado por Dios? –insistió Baldi. Le constaba que estaba repitiendo conceptos de los que se inculcan en los primeros años de seminario.

–Sí, sí –balbuceó Albert–. Entonces, usted... ¿cree que quien domine ese «número de oro» puede...?

–Quien lo domine, si eso fuera posible, podría dominar la naturaleza entera. O al menos –Baldi suavizó el tono–, eso creían los pitagóricos y por eso decidieron transmitir sus hallazgos sólo a los iniciados...

–Interesante. Muy interesante, padre –repitió meditabundo.

25

¿Interesante? ¡Maldita sea! ¿Pero qué clase de científico es usted? Baldi estalló. Su rostro se amorató como si fuera a reventar, mientras las arterias, apenas visibles por encima de su alzacuellos, bombeaban ríos de sangre al cerebro. Albert se quedó de una pieza, no sabía cómo reaccionar ante aquel súbito acceso de cólera.

–El «primer evangelista», el hombre que murió esta mañana, ¡su jefe!, era uno de los iniciados en ese secreto –rugió–. Sus notas, los archivos de su ordenador en la residencia Santa Gemma, fueron robados y borrados de la circulación... ¿Y todo lo que se le ocurre decir es «interesante»?

–Yo, no...

–Mire usted, señor Ferrell –trató de serenarse, y respiró hondo al tiempo que hablaba–. El Vaticano quiere que sustituya al padre Corso en este trabajo, pero no puedo hacerlo si antes no recuperamos sus archivos. Lo entiende, ¿verdad? Usted fue el último que trabajó con él, y por tanto, la última persona conocida que estuvo cerca de sus notas.

El falso fraile trató de pensar con rapidez.

–El equipo romano lo formábamos únicamente el padre Corso y yo –recapituló–. Por referencias, sé que en Londres trabaja el «segundo evangelista» y tres ayudantes más, y en España sólo uno...

Y, créame, los contactos de «san Mateo» con ellos eran mínimos y sólo por correspondencia.

–¿Estaban todos al corriente de su interés por el dossier de la Dama Azul?

–No, que yo sepa.

Baldi respiró hondo tratando de sofocar su acaloramiento.

–Perdóneme, señor Ferrell, pero este asunto me saca de quicio.

–No tiene de qué disculparse. Me gustaría que creyera que estoy de su parte. Soy el primer interesado en recuperar el material del padre Corso.

–¿Podría beber un poco de agua?

–Claro.

Fray Alberto tomó una jarra de cristal de una alacena cercana, la llenó con agua del grifo y se la sirvió al padre Baldi junto a una servilleta de papel. El benedictino bebió con avidez.

–Antes habló de un «soñador» o algo así, al que el padre Corso pretendió enviar a los tiempos de la monja...

–Sí –la mirada de Albert se iluminó–. Era alguien muy extraño, que llegó a Italia el verano pasado. Lo llamábamos el «Gran Soñador».

–¿El «Gran Soñador»?

–Bien..., era el nombre clave de una norteamericana de mediana edad, bastante atractiva, por cierto...

–¿Cuál fue su participación exacta en ese trabajo? –Baldi lo atajó.

–Estuvo con nosotros dos meses, justo después de que encontráramos el dossier de la Dama Azul y «san Mateo» se obsesionara con él. Nos la envió el INSCOM para nuestras pruebas con el método de «desdoblamiento astral», y el padre Corso decidió utilizarla para sus fines.

–¿Utilizarla? ¿Cómo?

–No lo sé a ciencia cierta. Creo que le aplicó una combinación de sonidos Hemi–Sync de Monroe con música sacra, para enviarla a los tiempos de la Dama Azul, a Nuevo México.

–¿Y lo consiguió?

–Que yo sepa, no. Es más, la pobre mujer tuvo pesadillas recurrentes con formas geométricas absurdas y colores. El «evangelista» decidió abandonar el experimento y la mandó otra vez a casa.

Baldi se acarició la montura de las gafas, tratando de encontrar la pregunta adecuada.

–Dígame una cosa, señor Ferrell: ¿qué clase de relación mantuvo esa mujer con el padre Corso?

Fray Alberto se sonrojó.

–Si se refiere a algo de tipo... creo que no...

–¿Sabe si después de marcharse «Gran Soñador» mantuvo algún contacto con «san Mateo»?

–Tampoco lo sé, aunque no me extrañaría. Durante el tiempo que pasaron juntos se hicieron buenos amigos.

–¿Dónde podría encontrarla?

–Lo ignoro. Lo último que supe es que había abandonado el INSCOM y el Departamento de Defensa.

–¡Pues averígüelo!

26

Eran las 9 de la noche, hora romana, la una del mediodía en Los Ángeles, cuando el padre Baldi dio su orden a Albert Ferrell. Ese día había amanecido gris en California, deprimiendo especialmente los ánimos de una mujer afincada en Venice Beach: «Gran Soñador».

A menudo echaba de menos a sus compañeros. Desde que regresó de Italia y decidió abandonar el Instituto, nada había sido igual para ella. Los sueños recurrentes que padecía, unidos a los periódicos accesos de epilepsia de Dostoievski, no sólo la habían dejado fuera del mercado laboral, sino que comenzaban a deteriorar su otrora aspecto seductor. Lo peor no era contar ya con el consuelo de sus amigos, ni con las vanguardistas instalaciones médicas del Pentágono. Ahora, aislada de los *beneficios* del gobierno, estaba en manos de un célebre psicólogo de Hollywood Boulevard, el doctor Altshuler, un hombre que no había sido capaz de detectar en los electros la causa de sus sueños y al que tampoco podía confiar dónde creía que estaba la raíz de su mal.

–No entiendo por qué se niega a someterse a una sencilla hipnosis regresiva...

El rostro enjuto de su médico era de disgusto.

–Se trata de un método inofensivo, que nos permitiría bucear en su subconsciente para encontrar el origen de su enfermedad –continuó.

–¡Ya sé lo que es la hipnosis, doctor! –protestó ella.

–¿Y entonces?

–No quiero someterme a ningún tratamiento que traquetee mi cerebro.

–Perdóneme, señorita, pero su cerebro ya está traqueteado. Lo que pretendo es ordenarlo.

–No tiene nada que hacer, doctor.

–Está bien, es su decisión. Pero así no conoceremos nunca el origen de sus sueños, ni podremos ponerles fin.

La morena cruzó las piernas, sentada todavía en la camilla de la consulta.

–Mire, doctor, he acudido a usted porque me dijeron que creía en vidas pasadas y podría determinar si una persona ha estado o no reencarnada en otra época. Tal vez esté ahí la razón de mis sueños...

–En efecto –rezongó–, pero eso lo hago casi siempre con ayuda de la hipnosis.

–«Casi siempre», doctor.

La ironía de su paciente le molestó.

–En realidad, son pocos los casos que no la requieren. Por lo general, los niños menores de siete años recuerdan cosas, personas y lugares que pertenecieron a una vida anterior, sin necesidad de hipnosis. Los adultos, por el contrario, tenemos esos recuerdos bloqueados y sólo afloran, y nunca completos, después de algún tipo de shock.

–¿Shock?

–Sí, eso he dicho. Un accidente de tráfico, la muerte repentina del cónyuge… Hay muchas situaciones que ponen en crisis a nuestro cerebro y destapan parcelas de memoria sepultadas.

–Entiendo, doctor.

–Además, en su caso hay un dato que se me escapa: usted no vive los sueños en primera persona. En realidad, los experimenta como si fuera una cámara de televisión, fría y objetiva. Eso me desconcierta.

La mujer calló. Hubiera podido responder: «Doctor, me entrenaron para ello», pero no estaba autorizada a desvelar asuntos de Seguridad Nacional.

27

Siete horas más tarde, «Gran Soñador» se sumía en un dulce sopor mientras intentaba no perderse el show de Larry King en la CNN... Fue inútil.

GRAN QUIVIRA, AGOSTO DE 1629

Las noches de agosto complacían al guerrero Masipa[1] y a la bella Silena.[2] Llevaban dos semanas saliendo a hurtadillas de sus casas, trepando a media noche hasta sus tejados para tumbarse boca arriba y contemplar las estrellas.

Masipa nunca tenía miedo. Su padre había sido jefe de uno de los nueve clanes del pueblo, y lo había entrenado para enfrentarse a la oscuridad e identificar la llegada de los espíritus de los antiguos kachinas. Silena no había gozado de esa instrucción, pero confiaba plenamente en él.

–¿Dónde me llevarás esta noche?

La voz aterciopelada de Silena erizó los cabellos del adolescente.

1. «Manantial gris.»
2. «Lugar en las flores donde descansa el polen.»

—A ver el ocaso de *hotomkam* —respondió—. Pronto dejará de verse y dará paso a las estrellas del otoño. Quiero que nos despidamos de él.

—¿Y tú cómo sabes todo eso?

—Porque *Ponóchona*[3] desapareció hace dos noches detrás del horizonte —respondió con seguridad de astrónomo.

Los dos prófugos abandonaron el campamento, y junto al arroyo de los lobos volvieron sus rostros al cielo. Casi no les dio tiempo a acostumbrar sus ojos a la oscuridad. Algo inesperado, sutil, electrizó el cuerpo del guerrero.

—¿Qué ocurre?

Silena notó que su compañero se había quedado inmóvil.

—Estate quieta. He visto algo...

—¿Una serpiente?

—No. No es eso —susurró—. ¿Notas cómo el viento se ha detenido?

—Sss... Sí —dijo mientras se aferraba a su brazo.

—Es la Mujer del Desierto.

—¿La Dama Azul?

—Ocurre siempre que se acerca.

La confianza de Masipa inyectó algo de serenidad en la atemorizada jumana. Intentó concentrarse.

—Pero no hay ninguna luz... —murmuró.

—No. Todavía no.

—¿Y si avisamos a los ancianos?

—¿Y cómo les explicarás que estábamos aquí?

La joven calló. El silencio de la noche se quebró por un extra-

---

3. Los jumanos llamaban así a la estrella Sirio. Su nombre significa «la que se amamanta».

ño zumbido. Era como si miles de abejas comenzaran a revolotear entre las ramas de una sabina cercana.

–No te muevas, ardilla. Está ahí.

Envueltos en la penumbra, los dos jóvenes se acercaron con cautela hacia el supuesto panal.

–Qué extraño –murmuró el muchacho–. No se ve ninguna abeja.

–Tal vez...

Silena no terminó la frase. Cuando ambos se encontraban a unos diez metros del árbol, un torrente de luz cayó sobre él. El zumbido del panal se apagó, y aquella cascada ígnea comenzó a moverse trazando pequeños círculos en el contorno.

Los jóvenes contemplaron la escena sin aliento. Vieron cómo la luz fue encogiéndose poco a poco, como si se concentrara sobre sí misma. Refulgía como el mediodía, pero se la podía mirar sin quemarse la vista. Palpitaba. Daba la sensación de ser algo vivo, algo más que luz... ¡algo sólido!

Todo fue cuestión de segundos. El chorro dejó de caer desde el cielo, y la llama resultante fue adoptando la forma de un ser humano. Primero se definió el contorno de la cabeza, y luego los restos se transformaron en brazos, cintura, túnica, piernas y pies. Los dos prófugos cayeron de rodillas, como si aquel silencio les impidiera mantenerse erguidos. Entonces, se oyó una voz:

–Bienvenidos seáis.

Era la Dama.

Su timbre sonó tal como lo habían descrito los guerreros: una extraña mezcla de trueno, canto de pájaro y soplo de viento. Los jóvenes no fueron capaces de responder.

–He venido a veros porque sé que vuestro pueblo me ha hecho

caso después de tantas y tantas lunas, y porque vuestros guerreros han traído ya a los hombres que reclamé...

Masipa levantó la mirada y trató de asentir. Pero no pudo.

—El Plan está a punto de consumarse –continuó–. Los señores del cielo, los que me informan puntualmente de vuestras actividades y me traen cada vez que lo estiman oportuno, han dicho que vuestros corazones están preparados para albergar la semilla de la Verdad.

¿La semilla de la Verdad? ¿Los hombres del cielo? ¿Qué clase de jerga era aquélla? Silena y Masipa se cogieron de las manos.

—No temáis, hijitos. Desde que el mundo fue creado, ha estado controlado por poderosos señores cercanos al Padre Universal. Algunos descendieron a estas tierras y crearon a los hombres rojos, fuertes de cuerpo y espíritu, para que les sirvieran; en otros lugares crearon hombres de piel negra, amarilla y blanca para que atendiesen sus otras necesidades. El Padre fue el mismo. Fue su única semilla la que os creó, aunque ni Él mismo pudo evitar que los ejecutores de su fecundación alteraran la semilla de la vida y la cultivaran según sus intereses.

»También debéis saber que después de aquella siembra hubo una guerra entre los hijos del Padre. Los señores del cielo se alzaron unos contra otros, y mientras los que crearon al hombre blanco ganaban la batalla en las tierras donde sale el sol y obligaban a sus pueblos a tomar los territorios conquistados al otro lado del mar, los que os crearon a vosotros fueron vencidos y desterrados y vuestras tierras olvidadas durante largo tiempo. Ahora, los vencedores, mis señores, preparan su desembarco entre vosotros.

—¿Y quiénes nos crearon a nosotros? –balbució Silena, haciéndose oír entre el zumbar de abejas.

—Los dioses de la serpiente, hijo mío. Yahvé los venció y estableció su reinado hegemónico sobre la tierra.

—¿Y tú...? —Silena, animada por el valor de su compañero, no pudo terminar la frase.

—Yo soy su avanzadilla. Me envían para que os anuncie esa llegada. Los señores que ahora me traen os han observado largo tiempo. Ellos son capaces de vivir entre vosotros, porque su aspecto es humano, aunque su esencia sea inmortal. Son ángeles. Hombres de carne y hueso que comieron con Abraham, pelearon con Jacob o conversaron con Moisés.

Silena y Masipa no sabían de qué les estaba hablando la Dama, pero al instante recordaron los cuentos que les contaban sus abuelos sobre la creación del mundo. Heredados a su vez de los anasazis (los antiguos) y de los hopis (los adversarios), los jóvenes sabían que la humanidad se gestó en el «primer mundo», un período que terminó con una gran catástrofe de fuego, y que dio paso a otros dos mundos más. Sus abuelos contaban que fue en el «tercer mundo», en *Kasskara*, cuando los dioses se enfrentaron entre sí. Los kachinas, seres de aspecto humano procedentes de más allá de las estrellas del firmamento, combatieron unos contra otros. Después de aquello, sólo se dejaron ver en la Tierra muy de tarde en tarde, y se juramentaron para regresar sólo al final del «cuarto mundo» o al inicio del «quinto».

¿Eran aquellos dioses antiguos los adversarios de los señores que ahora les anunciaba la Dama? ¿Venían para avisarles del final de un mundo y el inicio del siguiente?

—Bien. Ahora escuchadme —la Mujer del Desierto prosiguió—: Quiero haceros entrega de algo para los recién llegados. Es la prueba de mi visita. Decidles que la Madre del Cielo está con ellos, y que les ordena distribuir entre vosotros el agua de la vida eterna.

–¿Y por qué nosotros...? –ahogó su pregunta Silena.

–Porque tenéis corazón puro. Pero no os confundáis, yo no soy un kachina, ni una de vuestras divinidades. Mi naturaleza es otra, y mi vocación sólo la de mensajera.

Aquella mujer radiante levantó las manos, las juntó a la altura del pecho y desapareció en medio de un súbito y estremecedor fogonazo. El zumbido cesó. La oscuridad volvió a adueñarse de la pradera.

Los jóvenes se abrazaron asustados. Un extraño objeto brillaba a sus pies. La Dama lo había dejado allí para ellos...

Al día siguiente, Masipa y Silena dudaron mucho antes de cumplir con su extraño encargo. Sabían que si entregaban el regalo de la Dama ante el comité de ancianos, deberían dar infinitas explicaciones. Por eso optaron por esperar. Cuando aquella mañana, cerca del mediodía, fray Juan de Salas se alejó de la casa de los guerreros para hacer sus necesidades en el campo, los dos chiquillos corrieron a su encuentro.

Abordaron a fray Juan frente a la cruz de roble que habían clavado las mujeres owaqtl el día de su llegada a Gran Quivira.

–Padre..., ¿podéis atendernos un momento?

Fray Juan notó que alguien respiraba a sus espaldas, susurrando algo que apenas lograba comprender. Al saberse acompañado, el franciscano se volvió con cautela. Dos jóvenes jumanos le ofrecían algo envuelto en unas hojas resecas de maíz. Parecían indecisos, algo asustados.

–¿Qué queréis, hijos míos? –sonrió, conteniéndose.

–Veréis, padre... Anoche, cerca del Cerro de los Antepasados, el lugar donde incineramos a los muertos, vimos algo.

–¿Algo?

–A la Mujer del Desierto.

–¿Ah, sí?

Los ojos de fray Juan se abrieron de par en par. De repente se olvidó de sus apremios.

—¿La Mujer del Desierto? ¿La Dama Azul? ¿Y sólo la visteis vosotros?

—Sí.

—¿Y os dijo algo?

—Que vos y el otro padre que os acompaña debéis repartir entre nosotros el agua de la vida eterna.

El padre Salas sintió flaquear las piernas.

—¡Santa María! —exclamó— ¿Pero vosotros sabéis lo que eso significa?

Silena y Masipa dieron un paso atrás, confundidos:

—No. No lo sabemos.

—Claro. ¿Cómo ibais a saberlo?

—Padre —lo atajó el guerrero—: La Dama nos entregó esto para vos, para que os lo llevéis como recuerdo de las visitas de la Mujer Azul.

—¿Un regalo?

Fray Juan se estremeció al volver a descender sus ojos sobre aquel paquete de maíz.

—Algo así... Nosotros no entendemos.

La bella adolescente le tendió el bulto. Fray Juan lo tomó con cierto temor, y allí mismo, sin permitir que los jóvenes salieran corriendo como parecía su intención, lo deshizo.

—¡Pero Santo Dios! —exclamó en castellano.

Masipa y Silena se estremecieron.

—¿De dónde lo habéis sacado?

—Ya os lo hemos dicho, padre. Nos lo entregó anoche la Mujer del Desierto. Para vos.

Fray Juan cayó de hinojos, sumido en un extraño estado histérico, riendo y llorando a la vez. El franciscano hurgó de nuevo entre aquellas hojas y extrajo el objeto. No había duda alguna: era un rosario de cuentas negras, brillantes y perfectas, rematado por una fina cruz de plata.

–¡Virgen santísima! –tronó.

¿No significaba aquel rosario que, en efecto, la Virgen en persona se encontraba detrás de aquellas visitas? Fue como un acto reflejo: fray Juan recordó de repente aquella historia que escuchó durante su formación sacerdotal en Toledo, y que entonces le había parecido extravagante. Decía el relato que santo Domingo de Guzmán, fundador de los dominicos, había instituido el rezo del rosario en el siglo XIII. Pero no fue él su inventor, sino la Madre de Jesús en persona. A fin de cuentas, dijo que fue ella quien le entregó el primer rosario mientras oraba en la pequeña iglesia de Povilla. ¿No era acaso éste un prodigio semejante?

A las ocho de la mañana en punto, el tráfico de salida de Madrid por la N–I, la carretera de Burgos, era sólo tolerable. La mayor densidad a esa hora se concentraba en sentido opuesto y sólo remitía después de las diez. Sin embargo, poco importaron semejantes circunstancias a Carlos y José Luis cuando el Renault-19 de este último superó el kilómetro 35, a la altura de San Agustín del Guadalix. A partir de ese punto, la autovía se despejaba, mostrando los primeros indicios de la nueva primavera.

–Supongo que no encontraremos hielo en Burgos... –comentó Carlos al descender Somosierra.

–No te preocupes, hombre. Yo *siempre* llevo cadenas.

Carlos no se dio por aludido. O no quiso.

–¿Avisaste al padre Tejada de nuestra visita? –continuó José Luis.

–No pude hablar con él, pero le dejé un recado advirtiéndole que llegaríamos esta tarde. Aunque no dije de qué se trataba...

–Mejor.

El periodista estiró las piernas bajo el salpicadero y se acomodó como mejor pudo. Confiaba en las buenas artes del conductor, así que se abandonó a sus pensamientos.

—José Luis... Le he dado muchas vueltas a esa llamada desde la Biblioteca Nacional.

—Sí, yo también —reconoció el policía.

—Debes de tener las mismas dudas que yo.

—Como por ejemplo...

—Hay algo que no comprendo: si los que realizaron el trabajo eran profesionales, y parece que lo eran, ¿por qué hicieron esa llamada a deshoras? ¿Para delatarse?

—Bueno, cabe la posibilidad de que sea un número falseado por una computadora.

—Ya. ¿Y por qué el número es el de una persona *precisamente* implicada en el caso Ágreda?

—Quizá sea casualidad.

—¡Pero si tú no crees en ellas! —protestó el *patrón*.

—Es cierto.

El policía se llevó un pitillo a los labios mientras accionaba el botón del encendedor electrónico.

—¿Se sabe cuánto tiempo duró la conversación?

—No llegó a los cuarenta segundos.

—No es demasiado, la verdad.

—Suficiente para informar del éxito de una operación.

—Tal vez.

—Por cierto, cuando hablemos con el padre Tejada preferiría que no le dijéramos que estamos investigando un robo.

Carlos lo miró sorprendido, pero no replicó.

—Actuaremos como si no supiéramos nada. Confío en que, si está implicado, terminará yéndose de la lengua él solito.

—Tú pagas, tú mandas.

El policía sonrió.

Perdida en una de las alas de la ciudad, y algo alejada de la ría, la plaza de San Felicísimo de Bilbao es una escueta glorieta de hormigón que alberga la sede de los padres pasionistas y la *ikastola* que regentan. Ambos edificios pertenecen a una curiosa orden fundada en 1720 por un misionero italiano llamado san Pablo de la Cruz y que responde a la altisonante denominación de Congregación de los Clérigos Descalzos de la Santísima Cruz y Pasión de Nuestro Señor Jesucristo. Su mayor peculiaridad no es, empero, su nombre, sino la norma que obliga a sus miembros a aceptar un cuarto voto antes de su ingreso: el compromiso de propagar el culto a la pasión y muerte del Nazareno.

Al aparcar frente a la escalera de acceso a la residencia, José Luis y Carlos ignoraban ese dato. En cambio, disponían de una ficha con algunas informaciones clave de su «objetivo». A saber: Amadeo Tejada había ingresado en la orden en 1950, había cursado estudios de psicología e historia de la religión y ocupaba, desde 1983, un puesto como profesor de Teología en la Universidad de Deusto. Se lo consideraba, además, un auténtico experto en angelología.

–¿El padre Tejada? Un momento, por favor.

Un fraile calvo, enfundado en una sobria sotana negra con un corazón de trapo bordado en el pecho, les rogó que aguardaran en una salita cercana a la puerta.

Tres minutos más tarde, una puerta de cristal biselado se abrió para dar paso a un auténtico gigante. Tejada debía de rondar los sesenta años. De estatura ciclópea (superaba el metro noventa, aunque la sotana acentuaba su altura), su pelo cano y sus largas barbas, así como su tono de voz, le conferían ese aspecto de «santo y sabio» que tanto había impresionado a las monjas de Ágreda.

—Así que vienen ustedes a preguntarme sobre la madre Ágreda... —sonrió el padre Tejada, nada más estrechar las manos de sus visitantes.

—Bueno, después de hablar con ellas no nos quedaba otra elección. Las monjas aseguran que usted es un sabio.

—Oh, ¡vamos!, ¡vamos! Sólo cumplo con mi obligación al estudiar la vida de su fundadora —sonrió complacido—. En realidad, se trata del caso de bilocación más extraordinario que he conocido. Por eso le he dedicado tantas horas y he pasado largas temporadas en su convento.

—¿De veras?

La sonrisa de Tejada volvió a iluminar la sala de espera.

—Perdone mi precipitación, pero no queremos robarle demasiado tiempo. ¿Y ha llegado a alguna conclusión sobre la autenticidad de sus bilocaciones?

Antes de responder, Tejada se acarició el lóbulo de la oreja izquierda.

—Usted sabrá —dijo sin perder de vista a José Luis—que en realidad existen varias clases de bilocaciones. La más sencilla apenas puede distinguirse de la simple clarividencia. En ella el sujeto bilocado es capaz de presenciar escenas que están ocurriendo lejos de donde se encuentra, aunque en ningún momento son sus ojos los que ven. Es su psique. Se trata de una clase de bilocación muy elemental y poco interesante...

El policía quedó estupefacto.

–Continúe –apremió.

–En cambio, la más compleja, la que a mí me interesa, es aquella en la que el sujeto se desdobla físicamente y es capaz de interactuar en los dos lugares en los que se encuentra. Se deja ver por testigos que pueden dar fe del prodigio, toca objetos, deja huellas... Esa clase de bilocación es, por derecho propio, la única milagrosa.

El padre Tejada se detuvo con el fin de que sus interlocutores pudieran anotar sus precisiones. Cuando acabaron, prosiguió.

–Yo creo que, entre una y otra clase de bilocación, existe una amplia gama de estados en los que el sujeto se materializa en mayor o menor medida en su lugar de destino. Por supuesto, los casos más interesantes son los de «materialización total»; el resto podrían ser atribuidos a meras experiencias mentales.

–¿Y la madre Ágreda está dentro de esta segunda categoría? –Carlos retomó su cuestionario.

–No siempre.

–¿Cómo dice?

–Que quizá no siempre –repitió el pasionista con paciencia–. Debe saber que cuando esta religiosa fue interrogada por la Inquisición en 1650, confesó que había viajado en más de quinientas ocasiones al Nuevo Mundo, aunque no de la misma forma. A veces tenía la impresión de que era un ángel el que tomaba su aspecto y se aparecía entre los indios; en otras ocasiones, otro ángel la acompañaba mientras cruzaba los cielos a la velocidad del pensamiento;[1] pero en la mayoría de las ocasiones, todo se desarrollaba mientras ella caía en trance y era asistida por sus compañeras de convento...

—¿Un ángel?

—Bueno, no es para extrañarse tanto. La Biblia los menciona a menudo y dice que se asemejan mucho a nosotros. ¿Por qué razón no podrían hacerse pasar por una mujer en América? Además, si aceptamos lo que cuentan de ellos, incluso podrían estar trabajando con ustedes sin que se hayan dado cuenta.

Tejada les brindó un guiño de complicidad, que Carlos no quiso ver.

—¿Los consideraría unos... infiltrados?

—Digamos que son una especie de «quinta columna» que controla desde dentro ciertos aspectos de la evolución humana.

—Bueno... Usted es un experto en angelología, y sabrá lo que se dice —el *patrón* esbozó una sonrisa incrédula.

—No se lo tome a broma. Si usted quiere llegar al fondo del misterio de la Dama Azul y de su vínculo con la madre Ágreda, debería tener muy en cuenta a los ángeles.

Carlos desoyó su advertencia. Tejada tampoco parecía demasiado interesado en añadir más énfasis a sus palabras.

—Vayamos a lo concreto, padre: ¿usted cree que la monja se trasladó alguna vez físicamente hasta América? —insistió el periodista.

—Es difícil decirlo. Pero, la verdad, nada impide creerlo. Muchos otros personajes vivieron su misma experiencia y nos deja-

---

1. Otras místicas célebres posteriores, como Anne Catherine Emmerich (1774-1824), vivieron con posterioridad frecuentes experiencias de bilocación. La propia Emmerich describe como «cuando mi ángel me llama, yo le sigo (...) Y cruzamos los mares tan rápido como vuelan los pensamientos».

ron suficientes indicios de sus «viajes» instantáneos, en cuerpo y alma.

José Luis se revolvió en su silla. Aquellos circunloquios no facilitaban pista alguna sobre el paradero del manuscrito, así que, con mayor diplomacia que de costumbre, intentó llevar la conversación a su terreno.

—Disculpe nuestra ignorancia, padre, pero ¿existe o existió algún documento, alguna crónica de época, en el que se detallaran esos viajes?

El padre Tejada miró al policía con afable condescendencia. Parecía estar disfrutando.

—Es usted un hombre práctico. Me gusta.

José Luis agradeció el cumplido.

—En cuanto a su pregunta, la respuesta es sí. Un fraile franciscano llamado fray Alonso de Benavides redactó un primer informe en 1630 en el que recogió indicios que hoy pueden ser interpretados como bilocaciones de la madre Ágreda...

—¿Indicios? ¿Eso es todo lo que hay? —insistió.

—No sólo. Cuatro años más tarde, el mismo fraile redactó una segunda versión ampliada de su informe. Por desgracia, nunca llegué a examinarlo. No se publicó jamás, aunque se rumorea que fascinó al propio Felipe IV hasta el punto de convertir ese texto en una de sus lecturas favoritas.

—¿Algo tan personal? ¿Sabe por qué?

—Bueno... —dudó—. Por supuesto lo que voy a decirle no es «oficial», pero parece que Benavides anotó en los márgenes de su escrito las fórmulas que la madre Ágreda utilizó para bilocarse.

—¡Vaya! —saltó Carlos—. ¡Como un libro de instrucciones!

—Algo así, en efecto.

–¿Y sabe si alguien lo utilizó?

–Que yo sepa, el nuevo informe nunca salió de manos del rey, aunque en el Vaticano disponen de una copia caligráfica. No obstante, fray Martín de Porres, que era un dominico mulato del Perú, vivió numerosas experiencias de bilocación en parecidas fechas a las de la monja de Ágreda.

–¿Insinúa que ese fraile leyó...?

–Oh, no, no. Fray Martín murió en 1639, cinco años después de que Benavides redactara sus instrucciones, y dejando tras de sí una sólida fama de santidad. Saben a quién me refiero, aunque sólo sea por la folclórica difusión de su causa. Se trata de «fray Escoba». Se vio a su «doble» predicando en Japón tiempo antes de que se redactara el *Memorial* de 1634.

De repente, el padre Tejada bajó la voz.

–Incluso a veces depositaba flores en el altar de la iglesia de Santo Domingo que no eran peruanas, sino japonesas...

–¿Y usted cree en esas cosas? –preguntó José Luis con cierta sorna.

–¡No es sólo cuestión de fe, aunque ésta influya! ¿Ha oído usted hablar del padre Pío?

Sólo Carlos asintió. Sabía que el padre Pío –de nombre real, Francesco Forgione– era un famosísimo capuchino italiano que había vivido hasta mediados de este siglo en Pietrelcina (Italia), y que había protagonizado toda suerte de prodigios místicos: desde padecer en sus carnes los estigmas de la pasión hasta gozar del don de la profecía. Por no hablar del fervor popular que todavía despierta en la Italia de nuestros días.

–Pues al padre Pío –continuó Tejada– también se le imputan algunas bilocaciones célebres. La más conocida la vivió en prime-

ra persona el cardenal Barbieri, que por aquel entonces era arzobispo de Montevideo.

–¿Recuerda qué sucedió exactamente?

La enésima pregunta de Carlos hizo resoplar al policía.

–Se explica en todas sus biografías. Un compañero de Barbieri
que era vicario general de la diócesis del Salto, en Uruguay, viajó
a Italia para ver al padre Pío. Sin conocer a ninguno de los dos, le
prometió que su amigo Barbieri estaría cerca de él cuando muriera.
Y así ocurrió. Cuando el vicario estaba moribundo, a Barbieri lo despertó un monje capuchino que no había visto nunca, y que lo alertó de la agonía de su amigo.

–¿Pío?

–¿Y quién si no? Barbieri llegó a tiempo de dar la extremaun-
ción a su compañero, pero fue incapaz de encontrar al capuchino
para pedirle explicaciones. Sólo años más tarde, cuando Barbieri
visitó Italia, identificó al padre Pío como el hombre que lo había
despertado aquella noche...

Los tres callaron durante unos instantes.

–¿Supone entonces que el padre Pío controlaba sus bilocaciones? –Carlos retomó el interrogatorio.

–Y no sólo él. También la madre Ágreda lo hizo, aunque sólo
conozco dos o tres episodios más en toda la historia. Mi impresión es que su control tenía mucho que ver con el alcance de sus
bilocaciones...

–¿Qué quiere decir con «alcance»?

–Exactamente eso. Tanto el padre Pío como la madre Ágreda
protagonizaron bilocaciones de corto y de largo alcance. Esto es,
locales, desplazándose a los extramuros de sus respectivos conventos o a domicilios cercanos, e internacionales, dejándose ver
incluso en otros continentes.

–¿Y Benavides sabía eso? ¿Establecía esas diferencias?

El padre Tejada ignoró descaradamente su pregunta. Parecía cansado. Desvió la charla hacia asuntos más mundanos.

–Caballeros, disculpen mi desidia..., ¿no desearían un café?

–Si a usted no le importa...

José Luis, otra vez desplazado de la conversación, fue quien aceptó aquella inesperada invitación.

El gigante se levantó de un brinco y en dos zancadas abandonó la salita. El policía aprovechó aquella ausencia para advertir a su compañero de un cambio de estrategia.

–Mira, Carlos, a éste debemos entrarle directamente. ¿Qué te parece si le pregunto por la llamada de anoche?

–Pero eso te delataría...

–Tú, por si acaso, no te sorprendas, ¿vale?

La puerta biselada se abrió en ese instante. Tejada apareció con sendos vasos de plástico llenos de un café negro y humeante.

–He añadido dos cucharadas de azúcar a cada uno –advirtió–. Pura inercia. Si les molesta les preparo otro.

–Para mí, perfecto.

José Luis tomó su vaso, lo removió con celeridad y no esperó a que el pasionista tomara asiento.

–¿Ha investigado usted, en profundidad, alguna de sus bilocaciones?

–Se refiere a las de la madre Ágreda, supongo...

–Sí, claro –admitió el policía.

–Sólo las de «corto alcance», y en especial una que tuvo lugar en 1626, cuando ella tenía veinticuatro años y estaba a punto de ser nombrada abadesa de su convento. De hecho, aquel episodio tuvo mucho que ver con su «ascenso» en la jerarquía eclesiástica... Impresionó al mismísimo Papa.

—Cuéntenos, por favor —lo espoleó Carlos.

El padre Tejada dio un sorbo a su café, se aclaró la garganta, y abrió las manos como si fuera a explicar algo dibujándolo en el aire.

—La historia se conoce popularmente como la «conversión del moro de Pamplona», porque de eso se trata. Verá: un devoto del convento de la Concepción, donde residía la venerable, tenía que viajar hasta Pamplona para sacar de la prisión a un musulmán que trabajaba como sirviente para un amigo suyo de Madrid, y que se había fugado poco antes. El caso es que este caballero, gobernador de armas por más señas, explicó su misión a la monja antes de partir, y la dejó muy preocupada.

—¿Preocupada?

Carlos dejó su café sobre la mesa camilla que tenía delante, y se concentró en su cuaderno de notas.

—Ya sabe usted que los cristianos de aquel tiempo no eran demasiado magnánimos con árabes y judíos, y la monja intuyó que su amigo no iba a dar ningún trato de favor a aquel prisionero. Y, apiadándose de la suerte del desconocido, le rogó que de regreso de Pamplona le presentara al moro en cuestión. El caso es que cuando el caballero llega a Pamplona, se encuentra con que el moro explica que en su celda se le ha aparecido una religiosa que lo ha convertido al cristianismo y que le ha pedido que se bautice en la parroquia de Nuestra Señora de los Milagros... de Ágreda.

El padre Tejada continuó:

—El caballero supuso que aquello era cosa de sor María de Jesús, que por aquella época ya gozaba de una merecida fama de milagrera, e incluso había sido vista levitar en éxtasis. Por supuesto, el hidalgo se detuvo en Ágreda, dejó que su prisionero se bautizase según su deseo,[2] y aprovechó para pedir a los superiores del convento que investigasen la cuestión a fondo.

–¿Y lo hicieron?

–Desde luego. Llamaron a un notario y a varios religiosos franciscanos, y sometieron al converso a una prueba parecida a nuestras modernas rondas de identificación. Pretendían que señalara qué monja se le había presentado en su celda.

El padre Tejada detalló cómo colocaron a aquel infeliz –después bautizado con el cristiano nombre de Francisco– cerca de la ventana enrejada que Carlos había conocido en el convento de Ágreda, y cómo situaron tras ella a tres monjas con el velo levantado, para que identificara a su milagrosa instructora. No dudó ni un momento en apuntar a la venerable.

–¿Y el notario dio fe de lo ocurrido? –saltó el policía de nuevo.

–Sí. Y también de la segunda prueba a la que le sometieron; hicieron desfilar frente a él a todas las hermanas, para que ratificara o desmintiera su primera impresión. Y la ratificó, desde luego.[3] Incluso –añadió– el moro preguntó varias veces a la monja cómo había podido visitarle en su celda de Pamplona si ella esta-

2. Carlos pudo comprobar ese extremo meses después de su entrevista con el padre Tejada, consultando el Libro Primero de Bautismos de la parroquia de Nuestra Señora de los Milagros de Ágreda, el folio 126, donde se cita la fecha exacta del bautismo y, por tanto, del posterior encuentro entre el moro y la venerable: 28 de noviembre de 1626.

3. Según pudo averiguar también Carlos, fue el notario don Lucas Pérez Planillo, así como los franciscanos Juan Bautista del Campo –guardián de la parroquia de San Julián de Ágreda–, y Antonio Vicente y Juan Ruiz –vicario y procurador de las monjas de la Concepción respectivamente–, quienes dieron fe de estas dos pruebas de identificación y confirmaron el prodigio. ¿Cómo habría podido escapar sor María Jesús de su convento para aparecerse en una celda pamplonica?

ba encerrada en el convento, pero sor María Jesús nunca dio la
menor explicación.

–Disculpe mi torpeza, padre, pero ¿esto se cuenta en el segundo texto de Benavides de 1634?

–Que yo sepa, no. Ya le he dicho...

Tejada se detuvo de repente:

–¿Y a qué viene su interés por ese documento? –preguntó.

José Luis enderezó la espalda sobre la silla, tratando de llegar
a la altura del gigante. Después sacó del bolsillo de su americana
una placa de la Policía Nacional que no pareció impresionar al
pasionista, y espetó:

–Lamento dar un giro a esta conversación, pero debe respon-
derme un par de preguntas más. Estamos investigando un robo
importante.

–Usted dirá –el gigante le sostuvo la mirada con dureza. Carlos
lo sintió desdeñoso. No iban a obtener nada, pensó.

–¿Recibió usted ayer una llamada telefónica al filo de las cinco de la madrugada?

–Sí.

–¿Y bien?

–Fue muy raro. Alguien llamó a la centralita y desde allí trasla-
daron la llamada a mi habitación. Por supuesto, me despertó y al
descolgar no había nadie al otro lado.

–¿Nadie?

–No, nadie. Colgué, naturalmente.

La respuesta a la primera pregunta pareció satisfacer al policía. Al menos había comprobado que alguien hizo una llamada a
aquel abonado desde la Biblioteca Nacional.

–¿Tiene más preguntas?

–Sí... –titubeó–. ¿Conoce usted cierta Hermandad del Corazón de María?

–No. ¿Debería?

–No, no.

–Al menos, ¿puedo saber por qué la policía se interesa por las llamadas que recibo?

Carlos no pudo contenerse. Como su compañero recelaba, respondió por él.

–Ya le hemos dicho que estamos investigando un robo, padre. Ayer por la noche sustrajeron un manuscrito de la Biblioteca Nacional en Madrid. Era el ejemplar de Felipe IV del *Memorial* revisado de Benavides... El segundo, el ampliado.

El padre Tejada ahogó una exclamación.

–Esa misma noche, a las 4.59 de la madrugada alguien usó un teléfono de la biblioteca para llamarlo. Sólo pudieron ser los ladrones.

–¡Jesús! Yo ni siquiera sabía que...

–Sí, ya nos lo ha dicho, padre –trató de calmarle el periodista–. Pero es importante que si recuerda algo, lo que sea, o lo vuelven a telefonear, nos llame.

El padre Tejada encajó mal la noticia. Su porte majestuoso se quebró. Dejó su café casi intacto sobre el sofá e invitó a sus huéspedes a irse.

–Los acompañaré hasta la salida.

Una vez en la puerta, mientras José Luis se dirigía hacia el coche, Tejada retuvo a Carlos del brazo.

–Tú no eres policía, ¿verdad?

–No... –balbuceó.

–¿Y por qué te interesas por la madre Ágreda?

La fuerza con la que la mano del gigante se clavaba en su bíceps lo obligó a sincerarse.

—Es una larga historia, padre. En realidad, tengo la sensación de que, de alguna manera, alguien me metió en esto.

—¿Alguien? —se encogió de hombros—. ¿Quién?

—No lo sé. Es lo que trato de averiguar.

El padre Tejada se ajustó los faldones de su sotana, y adoptó actitud de confesor.

—¿Sabes, muchacho? Muchos hemos llegado a la madre Ágreda gracias a un sueño, a una visión, o al final de un cúmulo de casualidades que, de repente, allanan el camino hasta la venerable.

El estómago del periodista se encogió.

—Conozco personas que soñaron con la madre Ágreda sin saber que era ella —continuó—. Se les aparecía rodeada de luz azul, como la que describió aquel moro de Pamplona en la cárcel, y veían como les mostraba alguna pista: un retrato de Felipe IV, una imagen de la Inmaculada Concepción, qué sé yo... Otros, por el contrario, han escuchado su voz dentro de la cabeza, y han recibido instrucciones precisas de la monja. Algo así como una mediumnidad que sobreviene de repente.

—¿Y por qué cree que sucede? —Carlos tragó saliva. Su músculo seguía comprimido.

—La Dama Azul es un poderoso arquetipo, un símbolo de transformación. A los indios les anunció la llegada de una nueva era política e histórica; a los frailes, les mostró fenómenos que les sobrepasaron. Y ahora, de repente, parece estar luchando por emerger de nuevo de las brumas de la historia...

Carlos luchó por controlar sus vísceras.

—Mire, padre —se arrancó—, debo aclararle que yo no soy creyente. O, al menos, no lo soy en el sentido tradicional del término... Pero también a mí me sucedió algo parecido a lo que cuenta.

Hace unas semanas me extravié en la serranía de Cameros y las únicas carreteras que estaban abiertas al tráfico rodado por la nieve llevaban a Ágreda...

Tejada le miró complacido.

–...Y por «sincronicidad» –prosiguió–, sólo unas semanas antes había tenido noticias de la madre Ágreda. Incluso me animé a citarla en uno de mis reportajes. El resto se lo puede imaginar: encontré el convento, conocí a las monjitas, me informaron mejor de la madre Ágreda... y me remitieron a usted.

–¿De esto hace unas semanas?

–Dos, para ser exactos.

–¿Ves cómo lucha por salir a la luz?

–¿Lucha?

–Sí. Y permíteme que te diga algo más: la sincronicidad no existe. Es cosa de los ángeles. Ellos la utilizan para modificar nuestra Historia sin llamar la atención. La vienen utilizando desde hace siglos. Si te fijas, su presencia es el único nexo de unión entre el Antiguo y el Nuevo Testamento; están presentes siempre que se los necesita y justo para anunciar la llegada de algún acontecimiento importante. ¿Lo entiendes ya?

–Pero yo creo...

–Pero nada. Pronto lo comprenderás.

–¿Pronto? ¿Qué comprenderé pronto?

El pasionista guardó silencio, como si una espesa sombra lo obligara a moderar sus palabras.

–No quise decir eso. Y ahora –concluyó tendiéndole la mano–, tendrás que disculparme. Tengo exámenes que corregir. Ya sabes: la Universidad.

En el otro lado de la plaza, José Luis había arrancado ya su Renault-19. Parecía que el padre y el periodista habían reanudado la conversación, pero la espalda de Tejada le impedía verlos bien. No entendía nada. Sostenían una charla animada; incluso adivinó que su compañero anotaba un par de cosas en su cuaderno. Pero lo que de verdad terminó de desarmarle fue verles fundirse en un cálido abrazo.

31

¿Y bien? –el tono del policía era agrio–. ¿Volvemos ya a Madrid?

–Aguarda un momento. Tejada me ha dicho que en la biblioteca de Loyola trabaja otro fraile que sabe mucho de manuscritos del siglo XVII. Tal vez él podría darnos más pistas sobre el segundo *Memorial de Benavides*. Y ya que estamos aquí...

–¿Y por eso te ha abrazado?

–No, José Luis. No ha sido por eso. Tú no lo entenderías.

El policía no replicó. Soltó el freno de mano y, en silencio, enfiló el Camino de Morgan en dirección a la ría. Después, todo fue cuestión de seguir el mapa hasta Loyola, y parar a comer algo antes de afrontar la siguiente etapa.

Enclavado en un singular paraje natural, el santuario de San Ignacio de Loyola, construido alrededor de la que fue su casa familiar, los atrajo como un imán. Tras dejar el coche en el atestado aparcamiento turístico, se dirigieron hacia las oficinas administrativas del monasterio.

Les costó convencer al jesuita de la entrada de que la visita a la casa museo del fundador de la Compañía de Jesús no les interesaba. Mientras llamaba al fraile que buscaban, echaron un vistazo a los documentos generados por la orden durante la evangelización de América, expuestos en unos paneles. Les gustaron varios grabados con escenas de la vida cotidiana y un mapa.

«Fray portero» los abordó mientras examinaban el último de los paneles.

–No he conseguido localizarlo, pero el padre Jeremías suele trabajar a estas horas en la biblioteca. Suban por esa escalera y pregunten por él.

–¿Podríamos consultar algún libro?

José Luis miró de reojo al periodista.

–Naturalmente. Es una biblioteca pública. Allí los informarán.

José Luis y Carlos ascendieron hasta otro mostrador, tras el que se ocultaba un joven enfundado en un traje negro. El arquetipo del bibliotecario. Éste los informó de que, en efecto, el padre Jeremías pasaba allí las tardes, pero que en aquel momento se encontraba ausente.

–Volverá en seguida –los consoló.

–Mientras tanto, ¿podríamos hacer una consulta? –Carlos no quería perder el tiempo.

–Sólo tiene que rellenar esta ficha. ¿Sabe ya lo que busca?

El periodista garabateó los datos principales, copiándolos de las últimas anotaciones de su cuaderno de campo.

Al policía le resultó evidente que aquella pista también se la había facilitado el padre Tejada durante aquella fraternal despedida.

–Se trata de un libro publicado en 1692 por un jesuita gaditano llamado Hernando Castrillo –dijo.

–Déjeme comprobarlo.

El bibliotecario tecleó algunos datos en su ordenador, y sonrió satisfecho.

–Aquí está, en efecto. Busque en la estantería grande de la derecha, en la sección de obras de historia. Lleva impresa la signatura HC–210. Tendrá un punto rojo pegado en el lomo, así que no podrá sacarlo en préstamo ni fotocopiarlo.

–Entendido.

Carlos cogió a su compañero del brazo y mientras tomaban una mesa cerca de la estantería señalada le susurró al oído:

–El padre Tejada me dijo que este libro podría darnos una pista más sobre otros extraños episodios de evangelización de la historia de América...

–¿Y eso en qué nos ayudará a encontrar el manuscrito robado? –protestó José Luis.

–Para eso hablaremos con el tal Jeremías. Tejada fue muy entusiasta sobre sus conocimientos acerca de manuscritos de esa época.

–Y te lo dijo tan pronto os dejé solos, ¿eh? Oye, ¿tú siempre matas dos pájaros de un tiro?

Carlos se encogió de hombros, divertido. Después, se lanzó sobre la estantería. Encontró la obra en pocos segundos. Se titulaba *Historia y magia natural o Ciencia de Filosofía oculta* y era un tratado de más de 350 páginas que reunía conocimientos comunes de su época. Por allí desfilaban continentes descritos a vuela pluma, y con frecuencia regular, alusiones a tierras dominadas por la corona española y sus poderosos monarcas.

Carlos hojeó la obra con deleite. Cuando llegó a la página 125, sus ojos casi se le salieron de las órbitas.

–¡Mira! ¡Aquí está! Tejada tenía razón. Lee.

–«Si la noticia de la fe ha llegado a los fines de la América»... ¿Y...?

–¡Es justo lo que buscábamos!

El policía profirió un gruñido apenas audible.

—¿No te das cuenta, José Luis? El autor se pregunta si alguien había logrado evangelizar partes del Nuevo Mundo antes de la llegada de Colón...

—Insisto, ¿y...?

—Pues que la Dama Azul no fue la primera.

—Bueno, tú lee lo que quieras y luego me lo cuentas.

El periodista hizo caso omiso del desinterés de su compañero, sumergiéndose en el tratado. Leyó cómo los primeros jesuitas que arribaron a Sudamérica descubrieron que otros cristianos habían estado predicando allá mucho antes que ellos. Y no precisamente de la orden de San Francisco. Al parecer, los misioneros del tiempo de Colón notaron que los indios veneraban formas adulteradas de la Santísima Trinidad bajo las advocaciones de «padre del sol», «hijo del sol» y «hermano del sol», y que especialmente en Paraguay se conservaba el recuerdo del paso de un tal Pay Zumé, que, cruz en ristre, predicó la buena nueva de la resurrección siglos antes de la llegada de los españoles.

¿Qué concluyeron aquellos padres?: pues que había sido santo Tomás, el apóstol escéptico de Jesús, quien recorrió aquellos territorios. Y es que —según leyó Carlos en el apretado resumen— *Pay Zumé* debía de ser una deformación lingüística de santo Tomé o santo Tomás.

—Vaya, vaya... —masculló una voz anciana a sus espaldas—. Así que ustedes preguntan por mí y consultan nuestro ejemplar del informe del padre Castrillo. Qué agradable combinación.

Carlos despegó la vista del libro.

—El padre Jeremías, supongo... —vaciló.

—El mismo. O mejor, el único Jeremías de todo Loyola.

Parecía un anciano simpático. Encorvado por la edad, pero con la cabeza cubierta por una fina cabellera canosa, José Luis lo radiografió como sólo él sabía hacer: buscando indicios de «criminalidad» en su aspecto. Deformación profesional.

—Muy poca gente viene a consultar libros tan raros como ése...

—Verá, padre —se explicó Carlos—. Busco información sobre la leyenda de que jesuitas y franciscanos encontraron huellas de anteriores predicadores en América...

—¡Excelente! —bramó—. ¡Pero eso no es una leyenda!

—¿Cómo dice? —el *patrón* se extrañó—. ¿Da la Iglesia crédito a esa historia? ¿Podría usted decirnos algo?

—Joven, ignoras muchas cosas, porque crees que lo que te enseñaron en la escuela es la única y comprobada verdad. Y eso no es cierto.

José Luis asintió detrás del religioso, con gesto socarrón. De vez en cuando disfrutaba haciendo ver al periodista que la edad es un grado de sabiduría que sólo se alcanza con el tiempo. Un estadio natural de perfección mental del que su joven amigo estaba todavía lejos.

—Déjame que te explique que cuando estuve en Brasil hace cuarenta años, en el Estado de Bahía, en una región selvática del Amazonas, ya oí hablar de cosas que Castrillo sólo esboza en este libro...

Carlos se quedó lívido.

—Por favor, continúe.

—En Brasil, los indígenas de la bahía de Todos los Santos enseñaron a mis predecesores huellas de pies humanos grabadas en roca viva. Decían que eran de Pay Zumé. En otros lugares como Itapuá, en Cabo Frío o en Paraíba se hallaron más huellas como ésas... Parecía que los pies de santo Tomás hubieran derretido la roca.

—¿Y da usted por hecho que son de santo Tomás?

–Lo dijo Jesús, ¿no?: «Id por todo el mundo y predicad el evangelio a toda criatura».[1] Y Tomás lo hizo.

–Entonces, ¿por qué nunca se dio a conocer eso en Europa? No recuerdo haber leído nada en los libros de historia.

–Tal vez porque ni él ni ninguno de sus compañeros regresaron jamás para contarlo. Creo que Dios debió de dejar a Tomás en Brasil, y de allí predicó en Paraguay, en Bolivia y en Perú, donde le conocieron como Pay Zumé, Paitume o Padre Gnupa, que de todos ellos se habla en esas regiones. –Y añadió–: En Paraguay, según ese libro de Castrillo, el santo profetizó que sus palabras se habrían de olvidar, pero que otros hombres llegarían después trayendo el mismo mensaje del Evangelio... Por eso hubo regiones más fáciles de catequizar que otras.

–¿Y no ha quedado ningún rastro de esos viajes, aparte de sus pisadas?

–Claro que sí –rió el jesuita–. En Tiahuanaco, por ejemplo, muy cerca del lago Titicaca, existe un monolito de más de dos metros de altura que representa a un hombre barbado. Y, como sabrás, los indios del altiplano boliviano son imberbes. La estatua se encuentra en un recinto semisubterráneo, como las kivas de los indios de Norteamérica, llamado *Kalasasaya,* y se cree que representa a un predicador. Muy cerca existen otras estatuas a las que los indígenas llaman «monjes» desde hace siglos, y que bien podrían haber representado también a esos primeros evangelizadores cristianos, muy anteriores a Colón o Pizarro.

José Luis comenzaba a ponerse nervioso. No sólo se les estaba haciendo tarde, sino que aún no habían tenido ocasión de hacer las preguntas adecuadas.

---

1. Marcos 16,15-16.

–Perdone usted, padre Jeremías –interrumpió–, pero en realidad queríamos hablarle de otra cosa.

–¿De qué se trata, hijo?

–¿Conoce los escritos de un franciscano del siglo XVII llamado Benavides?

–Claro. Su *Memorial* es uno de los primeros documentos publicados sobre la historia de Nuevo México, junto a la obra de un soldado de la expedición de Oñate llamado Gaspar de Villagrá...

Su respuesta le satisfizo.

–Conocerá, por tanto, el *Memorial* inédito que Benavides escribió en 1634...

El padre Jeremías se revolvió.

–Es curioso que me pregunte por esa obra. Hace unos meses recibimos una carta de una coleccionista de Los Ángeles interesada en saber si disponíamos de ese manuscrito y si podríamos enviarle una copia. Estaba dispuesta a pagar una fuerte suma por el original si era el ejemplar que buscaba.

–¿Y qué le respondió?

José Luis miró a Carlos con un gesto victorioso. Habían dado en el clavo... Al menos, en uno de ellos.

–La verdad: que nunca habíamos tenido acceso a ese texto y que desconocíamos dónde podía estar.

–Quizá en la Biblioteca Nacional.

–No lo sé, hijo. No consta en el archivo general. La biblioteca posee una amplia sección de manuscritos reservados que no aparecen en los inventarios de acceso público. Piensen que esa revisión no llegó, según parece, a la imprenta. El problema es que muchos manuscritos o incunables, incluso cuadernillos, no están ni siquiera registrados. Además, siempre se ha rumoreado que Benavides amplió su *Memorial* con una serie de observaciones farragosas que nadie en su época comprendió...

–¿Guarda todavía la carta de esa coleccionista?

–Sí. Aquí se guarda todo. Si quieren voy a buscarla.

–Por favor.

El padre Jeremías se levantó solícito, pero cuando estaba a punto de cruzar el umbral de la biblioteca, se volvió y abordó a sus interlocutores en voz alta.

–Todavía no me han dicho para qué quieren esa información.

–Somos biógrafos de Benavides –mintió José Luis.

El jesuita no lo creyó.

–Está bien, ahora vuelvo.

Dos minutos después, los datos de la coleccionista engrosaban las notas de los cuadernos de José Luis y Carlos. Un nombre –Jennifer Narody–, una dirección y una ciudad: Venice Beach, cerca de Los Ángeles, California.

Tras despedirse del padre Jeremías, José Luis y Carlos intercambiaron dos lacónicas frases.

–Ahora todo es cosa de la Interpol.

–Te equivocas, José Luis. Aún es cosa mía.

32

«Gran Soñador» se despertó con la sintonía de información meteorológica de la CNN. Las 8.30 de la mañana. Amaneció con la cabeza dando vueltas y no consiguió apaciguarla hasta que los chorros de la ducha hicieron su trabajo. Ella lo sabía –esos extraños sueños la estaban extenuando–, pero desconocía cómo restaurar su salud mental sin levantar las sospechas del INSCOM o, aún peor, del Departamento de Defensa.

Para rematar su desánimo, el tiempo seguía plomizo en Los Ángeles. El fuerte oleaje le impediría otra vez disfrutar de la playa de Venice. ¿Qué hacer? ¿Quedarse en casa? «Gran Soñador» se negó. Sin pensárselo mucho, Jennifer se enfundó su impermeable amarillo y tomó un taxi hasta la avenida Melrose. Si tenía suerte, visitaría la librería que el día anterior le había recomendado el doctor Altshuler. Se trataba del establecimiento de moda, citado por Shirley McLaine en sus libros «nueva era», en el que a menudo se daban cita toda clase de personajes antisistema: curanderos, músicos, místicos, echadores de cartas... En fin, esa clase de gente por la que nunca antes se había sentido atraída, pero que ahora podían ayudarla a mitigar sus preocupaciones terapéuticas.

El taxi la dejó frente a Bodhi Tree. Visto desde fuera, el local apenas se distinguía del resto de bungalows de la manzana. Se accedía a través de una escalera estrecha de dos tramos. Jennifer la subió de carrerilla y empujó la única puerta en la que se leía «pase sin llamar».

«Gran Soñador» quería encontrar uno de esos «libros para iluminar el corazón y la mente» que anunciaban sus tarjetas rosas de propaganda. Altshuler le entregó una y le recomendó que preguntara por Joseph para exponerle sus inquietudes.

–¡Sueños del pasado!

Joseph, un varón que rozaría los treinta, de aspecto hippie y gafas redondas con cristales gruesos, repitió en voz alta su consulta.

–Hmmm... –murmuró–. Supongo que no busca ningún tratado de interpretación de sueños, ¿verdad?

–No, no. Nada de eso. Mis sueños son muy claros, no necesitan interpretación.

De las estanterías de psicología pasó a las de metafísica, cristales y meditación; se detuvo cuando llegó a parapsicología.

–Esto puede valer –saltó el librero–. ¿Conoce usted el caso del Petit Trianon? No es exactamente un sueño, pero...

Su clienta negó con la cabeza, al tiempo que extraía de una estantería baja un volumen negro de pasta brillante: *Phantom Encounters*. Pertenecía –le explicó con tono profesional– a una nueva colección de libros de las revistas *Time* y *Life*, en los que podría encontrar interesantes sugerencias. Especialmente, sobre ese asunto del Petit Trianon.

–¿Y de qué se trata?

–De la historia de dos mujeres que, a comienzos de siglo, paseando por Versalles, creyeron haber sido trasladadas a la época de Luis XV y María Antonieta.

–Suena bien... Podría sevirme.

–¡Ese libro no solucionará tus problemas, chiquilla!

Una anciana de voz ronca, con un vistoso pañuelo fucsia sobre la cabeza, se acercó a librero y clienta, cerrándoles el paso en aquel reducido corredor.

–Es Madame Samantha, nuestra vidente –Joseph esbozó una sonrisa divertida.

–Desde que te vi entrar, percibí algo extraño en ti. Dame tu mano, pequeña –dijo la pitonisa.

Jennifer no tuvo tiempo de reaccionar. La anciana tomó su palma, la acarició suavemente, y se concentró –aseguró– en su energía vital. Tras un par de convulsiones, Madame Samantha murmuró algo:

–¡Ay, chiquilla! Tú has tenido un trabajo que iba contra el orden de Dios. Tus ofensas le han alcanzado, pero Él, que es misericordioso y todo lo sabe, reutilizará esas ofensas en beneficio de muchos.

«Gran Soñador» la miró atónita.

–Tres señales marcan lo que te digo. La primera te acompaña ya. La segunda, en cambio, es la más importante y no la entenderás hasta que llegue la tercera.

–No la comprendo, señora.

Madame Samantha abandonó su trance durante un segundo, le guiñó un ojo y le apretó la muñeca.

–Si la primera señal es lo que me imagino, sólo son sueños... Además –susurró chistosa, durante un segundo–, Dios terminará reciclándonos a todos.

Jennifer trató de sacudirse. No lo consiguió.

–¡Ayyyy! –la voz de la anciana recuperó su tenebrosidad–. Tus sueños no son únicamente sueños. Son fragmentos de algo mayor, desconocido, de un Plan.

–¿Un Plan?

–Sí, sí... Lo veo con claridad. Un plan controlado por... ¡Ohhhh!

Madame Samantha tembló de nuevo, esta vez con violencia. Sus espasmos se prolongaron, como si fueran ondas, hasta la mano de Jennifer. Tras varias convulsiones más, que no supo decir si eran fingidas o no, se serenó. A continuación añadió algo a su puesta en escena:

–Pero no temas, chiquilla. Te protege una mujer vestida de azul.

Ahora fue Jennifer la que palideció. Su rostro se crispó. ¿Cómo podía saber aquella charlatana que llevaba semanas soñando con una mujer de azul? Apartó con brusquedad su mano y huyó en dirección a la caja. Allí pagó los 19,95 dólares del libro –más los cinco extras que le reclamó Madame Samantha, que apareció a su vera cuando intentaba guardar el cambio– y abandonó la tienda. No se despidió de Joseph, aunque se percató de cómo había estado observando la escena y sonreía satisfecho. Se prometió no volver jamás.

Jamás.

Por suerte, la fresca brisa del Pacífico le devolvió la serenidad perdida. Aunque todavía sentía el aroma dulzón del incienso que se respiraba en aquel antro, el contacto con la calle la tranquilizó. Seguía en el mundo real, con los pies en tierra, rodeada de cosas cotidianas. Y sin embargo, ¿cómo supo la tal Madame...?

Todavía impresionada, Jennifer entró en un Dunkin Donuts. Había pocos clientes. Pidió un tazón de café con leche muy caliente, y tomó asiento junto a una de las ventanas. Siempre había creído que los sueños eran lo más íntimo que un ser humano guarda en su cabeza. Por eso estaba segura de que nadie, absolutamente nadie, podía acceder a ellos. Pero esa vieja certeza acababa de derrumbarse.

No lo pudo evitar. Allí mismo, con el pulso aún trémulo, decidió echar un vistazo al libro. ¿Dónde demonios estaría la historia del Petit Trianon?

El principal atractivo del volumen eran sus inquietantes fotografías de fantasmas. Jennifer tardó en encontrar la referencia que buscaba porque, sencillamente, se reducía a una escueta información que adolecía de los detalles más elementales. Ann Moberly y Eleanor Jourdain, dos profesoras inglesas, protagonizaron su insólita aventura en el verano de 1901, durante unas agradables vacaciones en París.

El 10 de agosto de aquel año –leyó Jennifer con curiosidad–, aquellas dos amigas se internaron en los jardines de Versalles. Querían admirar el esplendor de la corte del Rey Sol. Todo hubiera resultado perfectamente vulgar si, mientras disfrutaban de su paseo por las inmediaciones del palacete del Petit Trianon, construido por Luis XV para María Antonieta, no les hubiera asaltado una extraña sensación. De repente, ambas mujeres compartieron la certeza de saberse rodeadas de fantasmas. O, mejor, de haberse colado –como Alicia en el País de las Maravillas– en un mundo que no era el suyo.

Al principio, no entendieron por qué se sentían tan extrañas. Y es que los dos hombres tocados por sendos tricornios que vieron cerca del palacete, o la joven vestida de época a la que observaron dibujando en una de las esquinas de aquellos magníficos jardines, sencillamente pertenecían ¡a otra época!

Su visión duró unos minutos. Después, al volver en sí, quisieron averiguar más sobre lo que les había sucedido. Así supieron, por ejemplo, que en el lugar donde *espiaron* a aquella doncella de época, crecía en 1901 un tremendo arbusto que nunca existió en tiempos de la monarquía francesa. ¿Alucinaron? ¿Las dos? ¿O acaso vivieron un salto atrás en el tiempo? ¿O tal vez una pesadilla como las de «Gran Soñador»?

Para los expertos de la Sociedad Británica de Investigaciones Psíquicas –concluía el libro–, las dos profesoras habían vivido un episodio de retrocognición. Esto es, de visión del pasado.

–¿Retrocognición?

Jennifer apuró lo que le quedaba del café con leche, y, pensativa, salió a la calle para tomar otro taxi a casa. El vehículo enfiló de nuevo la autopista Costa del Pacífico, que abandonó justo después del desvío de Santa Mónica. Desde allí, callejeó durante unos minutos y dejó a su pasajera en casi la mitad de tiempo –y de dólares– que el de la mañana.

«Gran Soñador» se quitó el impermeable amarillo, lanzó los zapatos al otro extremo de la habitación, tiró el libro encima de la cama y apretó el botón de reproducción de mensajes de su contestador.

Sólo había uno, en un inglés bastante deficiente.

–Señorita Narody, ésta es una llamada desde España. Sabemos que usted está interesada en ciertos manuscritos del siglo XVII, y nos gustaría hablar con usted. Volveré a telefonearla más adelante.

¿Manuscritos del siglo XVII? ¿Ella?

Borró el mensaje con determinación. Estaba claro que era un error. Luego buscó en el frigorífico algo de comer. Un segundo más tarde, una duda la quitó definitivamente el hambre: si se habían equivocado, ¿cómo sabían su nombre?

33

A las 17.25, una furgoneta marrón del servicio de reparto de UPS se detuvo delante del apartamento de Jennifer Narody. El repartidor le entregó un grueso paquete procedente de Roma. «Gran Soñador» se apresuró a abrirlo.

Era extraño. En ninguna parte constaba el remitente. Sólo eran legibles la ciudad emisora, la dirección y el teléfono de las oficinas UPS en la Ciudad Eterna, como si el paquete hubiera sido llevado en mano al mostrador de Via Venetto. No obstante, aún más raro era su contenido: un manojo de páginas apergaminadas, cosidas por un costado y ni una sola nota explicativa que las acompañara. Jennifer fue incapaz de adivinar su expedidor. Para colmo de intrigas, estaba escrito en español, con una caligrafía endiablada, en la que era imposible descifrar ni una maldita palabra.

«Gran Soñador» no volvió a prestar atención al envío. Lo guardó en un cajón, tiró a la basura su embalaje y pasó el resto de la tarde viendo la televisión. Afuera, en la playa, el cielo volvía a descargar lluvia sobre la costa.

—Maldito temporal —refunfuñó.

Jennifer se quedó dormida a las 19.54 de la tarde. Sus sueños, por supuesto, continuaron.

ISLETA, NUEVO MÉXICO, SEPTIEMBRE DE 1629

–¡Mirad! ¡Miradla bien, padre!

Fray Diego López zarandeó al padre Salas. Sus horas de marcha por el desierto habían hecho mella en él. Desde que abandonaron la Gran Quivira y decidieron dar cuenta a su superior de los milagros que habían presenciado, las fuerzas lo habían abandonado poco a poco. Sólo el rosario que le habían dado Masipa y Silena antes de partir le dio ánimos para no dejarse morir.

–Pero si eso es...

–Sí, padre. ¡Es Isleta!

–Gracias a Dios.

Casi perdidas en el horizonte, más allá de los juníperos que marcaban la línea del Río Grande, se alzaban orgullosas las torres de la misión de San Antonio de Padua.

Fray Juan apenas pudo sonreír. En aquel momento, le preocupaban más su espalda o sus pies que el final de su ruta. Sin embargo, cuando finalmente aguzó su mirada, algo lo hizo enderezarse.

–¿Lo veis vos también, hermano Diego? –su voz sonó temblorosa.

–¿Ver? ¿Qué he de ver?

–Las sombras que hay alrededor de la misión. Parece la caravana de otoño,[1] la que va a Ciudad de México. Pero, tan pronto...

–¿Pronto? –le atajó fray Diego–. No debe de serlo. Recordad que el *Halcón* nos avisó de que el padre custodio, fray Alonso de Benavides, dejaría su cargo en Santa Fe en septiembre. Así que la

---

1. Estas caravanas fueron el único medio de transporte seguro entre México y Nuevo México hasta bien entrado el siglo XVIII. Se formaban una vez al año, recorrían la distancia entre Ciudad de México y Santa Fe y garantizaban la protección militar de todos sus integrantes.

expedición debe de haberse detenido en Isleta para aprovisionarse, antes de adentrarse por el desierto, hacia el sur.

–Septiembre, sí –repitió fray Juan, ausente–. ¿Cuánto tiempo hemos pasado fuera?

–Según mi diario, cuarenta y siete jornadas completas.

–Más de mes y medio...

El padre Salas hizo un rápido cálculo y terminó por admitir las observaciones de su joven discípulo. No había otra respuesta más convincente: la misión había sido tomada por la caravana militarizada del nuevo virrey, el marqués de Cerralbo, y en ella debía de estar fray Alonso de Benavides. ¿Quién si no?

Sus cábalas cesaron en cuanto se acercaron lo suficiente a Isleta. Abordada desde su lado occidental, la misión parecía un pueblo en ferias. Hasta ochenta carruajes pesados, de dos y cuatro ejes, se arremolinaban junto a la empalizada. Protegidos por patrullas de soldados, los «extramuros» de la misión estaban a rebosar de indios, mestizos e hidalgos castellanos.

En medio de la turba, a los frailes les fue fácil adentrarse en Isleta sin llamar la atención. Pese a que debía de haber no menos de trescientos blancos por los alrededores, ninguno los reconoció. Hombres, mujeres, gallinas, vacas, cerdos, burros y caballos campaban a sus anchas embruteciendo la periferia de la misión.

Los recién llegados se abrieron paso hasta la plaza de la iglesia. Allí, frente a las torres de ladrillo cocido que fray Juan había visto crecer, comenzaba a embriagarlos la satisfacción del deber cumplido.

–Lo primero, buscar al *Halcón*, ¿no?

–Claro, hermano Diego. Claro.

–¿Ya tenéis listo vuestro veredicto sobre la Dama Azul? Sabéis bien que fray Esteban es muy exigente, y me pedirá que confirme vuestras palabras una por una.

–No os preocupéis, Diego. Seré tan contundente que no le quedarán ganas de interrogaros.

Fray Diego asintió.

Tras apretar el paso hacia la iglesia, desviaron su ruta hasta una gran tienda de lona blanca que alguien había levantado junto a la pared occidental. Un soldado, pertrechado de lanza y coraza, hacía guardia en la puerta.

–¿Y bien?

El soldado dejó caer la pica sobre su brazo izquierdo, cortándoles el paso.

–¿Es ésta la tienda de fray Esteban de Perea? –indagó Salas.

–No. Es la del padre custodio fray Alonso de Benavides, aunque el padre Perea –reconoció– se encuentra en su interior.

Los frailes cruzaron una sonrisa de complicidad.

–Somos fray Juan de Salas y fray Diego López –se presentó este último–. Partimos hace más de un mes hacia tierras jumanas, y nos gustaría ver al padre Perea...

El hosco soldado no se inmutó ante la apretada presentación del hermano Diego. Sin mudar el gesto, dio media vuelta y se introdujo en la tienda. Unos segundos bastaron. El silencio que reinaba en el campamento lo rompió los inconfundibles gritos del *Halcón*.

–¡Hermanos! –tronó, desde algún lugar del interior–. ¡Pasad! ¡Pasad, por favor!

Los expedicionarios se dejaron guiar por los bramidos del padre Esteban. Aquellas lonas eran más espaciosas de lo que aparentaban. Estaban divididas por paredes de tela dispuestas según la conveniencia de cada momento, repletas de baúles, cajas con libros y apuntes, varios rollos de mapas y hasta un pequeño relicario de plata. En el fondo de la tienda, alrededor de una mesa para cinco o seis comensales, estaban reunidos fray Esteban de Perea, el torpe soldado que los atendió, fray García de San Francisco, el orondo fray Bartolomé Romero y un religioso más que al principio ninguno de los dos acertó a identificar. Era un hombre de aspecto severo, rasgos afilados y coronilla pelada, bien entrado en el medio siglo. Era –no podía ser otro– el portugués fray Alonso de Benavides, responsable del Santo Oficio en Nuevo México y máxima autoridad de la Iglesia en el desierto.

Benavides los miró de hito en hito, pero dejó que fuera el *Halcón* quien se abalanzara sobre ellos.

–¿Ha ido todo bien?

Fray Esteban estaba excitado.

–La Divina Providencia ha cuidado de nosotros con su acostumbrado celo –respondió fray Juan.

–¿Y de la Dama? ¿Qué sabéis de ella?

–Estuvo muy cerca de nosotros durante el tiempo que convivimos con los jumanos. Hubo, incluso, quien la vio junto al poblado el día anterior a nuestro regreso.

–¿De veras?

Fray Juan adoptó un semblante serio.

–Tenemos una prueba material de lo que decimos, padre. Un regalo del cielo.

–¿Del cielo?

–Este rosario.

En los ojos del *Halcón* brilló un destello de codicia. Tomó entre sus manos aquellas cuentas negras y besó su cruz con devoción. Luego lo tendió a fray Alonso para que lo examinara. Éste se limitó sonreír y se guardó el rosario bajo los hábitos.

–¿Cómo llegó a vuestras manos este... regalo?

–La Dama Azul se lo confió a dos jóvenes de la Gran Quivira. Quería demostrarnos así la realidad de sus apariciones.

–¿Y por qué no se os presentó directamente?

–Padre, sólo Dios guarda esas razones. No obstante, si me lo permitís, creo que la Virgen sólo se aparece a los limpios de corazón y a quienes más la necesitan.

Los comentarios del responsable de San Antonio obligaron al *Halcón* a buscar la aprobación de fray Diego.

–¿Y vos también creéis lo mismo? –preguntó secamente.

–Sí.

–¿Creéis que la Dama es una aparición de santa María?

–La Dama, padre, es una manifestación inédita de Nuestra Señora. Estamos seguros de ello.

Un golpe seco calló a fray Diego. El portugués, que hasta ese momento los escrutaba en silencio, había propinado un puñetazo sobre la mesa, atrayendo sobre él todas las miradas. Estaba rojo y sus labios se sacudían espasmódicamente como si estuvieran a punto de vomitar un insulto.

–¡Eso no es posible!

–Fray Alonso, por favor... –el *Halcón* trató de apaciguarlo–. Ya hemos discutido ese asunto antes.

–¡No es posible! –repitió–. Tenemos otro informe que contradice vuestra conclusión, que invalida vuestra hipótesis.

Benavides no se dejó aplacar.

–¿No han leído vuestras paternidades la declaración de fray Francisco de Porras? ¡Ahí está todo!

–¿Fray Francisco?

El padre Perea tomó la palabra:

–Sí. Después de que partieran con los jumanos, y yo fuera informado de esa expedición, el padre Benavides envió a fray Francisco y a fray Cristóbal de la Concepción, con dos hermanos legos y doce soldados, a investigar otro extraño asunto en tierras de moquis.[2]

–¿Y cuándo fue eso? –indagó el padre Salas.

–Ya lo he dicho, poco después de vuestra partida.

Fray Alonso seguía con el semblante enrojecido. Él no creía que la Virgen hubiera «perdido el tiempo» instruyendo a aquellos infieles y apostaba por una solución «más racional». El *Halcón* trataba de serenarlo. Y como se sentía en deuda con sus hombres, decidió ser él mismo quien brindara una explicación al comportamiento del custodio.

–El padre Porras regresó ayer y nos informó de su extraordinario encuentro con los indios moqui, así como de la fundación de nuestra próxima misión, que se llamará San Bernardo de Awatovi.

–¿Y bien? –fray Juan pidió que prosiguiera.

–La expedición del padre Porras alcanzó su objetivo el pasado 20 de agosto. Se encontró con una población de indios reticentes a nuestra fe que, si bien acogieron hospitalariamente a su grupo, desde el principio buscaron poner a prueba a los religiosos.

–¿Poner a prueba? ¿Cómo?

–Los hechiceros de esas tribus son poderosos. Tienen a la población acobardada con sus historias de kachinas que surgen de la tierra y agreden a los infieles. El padre Porras trató, desde el principio, de combatir esa superchería hablándoles del Creador Todopoderoso y de la debilidad de los kachinas, así que los brujos, para desacreditarle, le llevaron un niño ciego de nacimiento y le pidieron que lo curara su Dios...

–¿Los moquis no vieron a la Dama Azul?

–Aguardad, padre. Lo que ocurrió allí fue diferente.

---

2. Nombre que los españoles daban a los indios hopi, en Arizona.

–¿Diferente?

Fray Juan, cansado de estar en pie, tomó asiento frente al *Halcón,* poniendo cara de circunstancias.

–¿Recuerda vuestra paternidad, hace más de un mes, cuando interrogamos a Sakmo, el jumano?

–Como si fuera ayer.

–¿Y recordáis cuando fray García de San Francisco le mostró el retrato de la madre Luisa de Carrión?

–Sí. Aquel guerrero dijo que la Dama Azul tenía un cierto parecido con ella, pero que era más joven y hermosa.

–Pues bien, hermano, tenemos razones para creer que esa monja está interviniendo de forma milagrosa en nuestras tierras.

–¿Y eso por qué?

–No os exaltéis. También el padre Porras es devoto de la madre María Luisa. Cuando los jefes moquis le llevaron a aquel pequeño, el padre colocó sobre sus ojos una pequeña cruz de madera con inscripciones, que había bendecido la madre Carrión en España y que había traído consigo. Curiosamente, después de orar unos minutos con aquel crucifijo encima de la cara del muchacho, éste sanó.

Fray Alonso, más calmado, intervino.

–¿Lo comprendéis ya? Sanó por mediación de esa cruz de la madre Carrión.

–¿Y dónde está ahí la Dama Azul? –protestó fray Diego enérgicamente–. ¿No estaremos mezclando cosas que no tienen nada que ver? Que un niño sane por una cruz bendecida no...

El padre Benavides intervino:

–Por supuesto, este prodigio será debidamente estudiado por mi sucesor, el padre Perea. Él será quien demuestre si existe o no relación entre ambos sucesos. No obstante, hay algo que quiero que comprueben por sí mismos.

Fray Juan estiró el cuello y fray Diego dio un par de pasos hacia la mesa para contemplar lo que Benavides quería mostrarles. Colocó frente a los frailes el rosario de Masipa y la cruz de la madre Carrión. Hurgó entre las cuentas hasta localizar la cruz de plata y la situó junto a la traída por el padre Porras.

–¿Lo ven? Son como dos gotas de agua.

El padre Salas tomó ambas cruces en sus manos. Tenían el mismo tamaño y los mismos bordes en relieve.

–Pero con todos mis respetos, padre Benavides, todas las cruces se parecen.

Y fray Diego le secundó rotundo.

–Eso no prueba nada.

34

Maldito excéntrico –pensó.

Giuseppe Baldi cruzó a regañadientes la puerta de Filarete, la *loggia delle benedizione* de la basílica más famosa de la cristiandad, y se dirigió a la zona en la que los turistas hacen cola para ascender a la cúpula de San Pedro.

Tras echar un vistazo a los confesionarios del muro sur, buscó el número 19. Los dígitos apenas eran visibles sobre aquellas cajas de madera, pero si se les prestaba atención, un buen observador podía terminar intuyendo lo que un día fueron unos espléndidos números romanos pintados en oro y marcados en el ángulo superior derecho de cada «locutorio». El XIX se correspondía con el más oriental de todos; el más cercano a la ampulosa tumba de Adriano VI, y lucía un mohoso cartel que anunciaba las confesiones en polaco del sacerdote responsable, el padre Czestocowa.

Baldi se sentía ridículo. Se avergonzaba sólo de pensar que debía de hacer más de un siglo que nadie usaba los confesionarios para mantener una reunión discreta entre clérigos, y mucho menos en unos tiempos en los que el Vaticano disponía de salas a prueba de «canarios» de última generación. Esto es, de los sofisticados y minúsculos micrófonos espía que tanto gustaba colocar en despachos cardenalicios a los servicios de seguridad del Santo

Oficio y de otras «agencias» extranjeras. ¡Ni el Papa estaba a salvo!

El benedictino no tenía elección. La cita era inequívoca. Aún más, incuestionable. Así que el veneciano terminó hincándose de rodillas en el lado derecho del confesionario. Lo tuvo fácil: como era previsible, ningún polaco esperaba a esa hora para recibir la absolución. Los paisanos del Santo Padre suelen emplear ese momento del día para dormitar o ver la tele.

—Ave María Purísima —susurró.

—Sin pecado concebida, padre Baldi.

La respuesta del otro lado de la celosía confirmaba que había elegido bien. El «evangelista» trató de disimular su entusiasmo.

—¿Monseñor?

—Sí. Me alegro que hayas venido, Giuseppe. Tengo noticias importantes que comunicarte y albergo razones para creer que ni mi despacho es ya un lugar seguro.

La inconfundible voz nasal de Stanislaw Zsidiv traía consigo ciertos aires funestos que intranquilizaron al «penitente».

—¿Se sabe algo nuevo de la muerte de «san Mateo»?

—Aún no. La autopsia no reveló nada, aunque la policía supo que el padre Luigi Corso atendió una visita media hora antes de arrojarse por la ventana. Ahora, todos los esfuerzos se concentran en saber quién fue esa persona y si influyó en su decisión de quitarse la vida.

—Entiendo.

—Pero no te he hecho venir para eso, Giuseppe.

—¿Ah, no?

—¿Recuerdas cuando hablamos en mi despacho del *Memorial de Benavides*?

Monseñor puso a prueba la memoria del «evangelista».

–Creo que sí. Si no recuerdo mal, se trata de un informe redactado por un franciscano del siglo XVII sobre las apariciones de la Dama Azul en el sur de Estados Unidos...

–En efecto –asintió Su Eminencia satisfecho–. Aquel documento fascinó a «san Mateo» porque creyó ver en él la descripción de cómo una monja de clausura se trasladó físicamente de España a América para predicar a los indios. Sin embargo, luego se demostró que su apreciación fue demasiado generosa, y cuando otros hermanos se lo hicieron ver, quiso enmendar su vehemencia localizando un segundo texto, redactado en 1634 por el mismo fraile, donde pensaba encontrar –esta vez sí– una descripción más «técnica» del modo en que la monja saltó el océano.

–¿Y lo encontró?

–No. Y eso es lo grave. Se trata de un texto al que nadie había concedido la menor atención hasta ahora. Corso lo buscó en los archivos pontificios, pero nunca lo halló. Sin embargo, hace unos días, alguien entró en la Biblioteca Nacional de Madrid y robó un manuscrito que perteneció al rey Felipe IV...

–¿No...?

El confesor resopló antes de que el benedictino formulara su pregunta.

–Era el memorial que buscaba «san Mateo», sí. La policía española, según informaron ayer, no ha encontrado pista alguna de los ladrones, pero todo apunta a que se trata de un trabajo de profesionales. Quizá los mismos que robaron los archivos del padre Corso. ¿Comprendes ahora la gravedad del asunto?

Baldi calló.

–Mi impresión es que alguien pretende hacer desaparecer toda la información relativa a la Dama Azul. Quieren perjudicar el avance de nuestra Cronovisión.

–¿Y por qué tantas molestias? ¿Por qué no cerrar el proyecto desde altas instancias y ya está?

–Otra posibilidad –murmuró Zsidiv– es que ese «alguien» haya desarrollado una investigación paralela a la nuestra, obtenido resultados satisfactorios, y ahora esté borrando las pistas que le condujeron al éxito.

El «evangelista» protestó.

–Eso no son más que conjeturas.

–¿Y qué propones?

–No estoy seguro. Quizá si supiéramos lo que contenía ese documento robado, sabríamos por dónde comenzar a investigar...

Monseñor trató de estirar las piernas dentro de aquella especie de ataúd vertical.

–Eso lo sabemos, padre.

–¿De veras?

–Pues claro. Benavides actualizó el *Memorial* de su estancia en Nuevo México aquí, en Roma. Hizo dos copias del mismo: una para Urbano VIII y otra para Felipe IV.

–Entonces, lo tenemos –se entusiasmó Baldi.

–Sí y no... Verás. Fray Alonso de Benavides fue custodio de la provincia de Nuevo México hasta septiembre de 1629. Después de interrogar a los misioneros que habían recogido datos de la Dama Azul, marchó a México, desde donde su arzobispo, un vasco llamado monseñor Manso y Zúñiga, lo envió a España a completar una investigación muy especial...

–Tú dirás.

–Benavides llegó a México con el convencimiento de que la Dama Azul debía de ser una monja con fama de milagrera en Europa, llamada María Luisa de Carrión. El único problema es que los indios la describían como una mujer joven y guapa, y la madre

Carrión pasaba en aquel momento de los sesenta años. Aquello no persuadió a Benavides. Y en lugar de creer que la Dama Azul podía ser una nueva aparición de la Virgen de Guadalupe, pensó que el «viaje por los aires» de la de Carrión la rejuveneció.

–¡Tonterías!

–Déjame explicártelo. En Ciudad de México, el arzobispo le mostró la carta de un fraile franciscano llamado Sebastián Marcilla, en la que se hablaba de otra monja más joven, sospechosa también de haberse bilocado a América. Y ésa era María Jesús de Ágreda. Así que Manso y Zúñiga envió a Benavides a España a investigar, y después de hacer sus averiguaciones se vino a Roma a redactar sus conclusiones.

–Entonces, ¿por qué la copia del *Memorial* que hizo para el Papa no sirve?

–Porque no eran idénticas. Para empezar, la del Papa la volvió a datar en 1630. De ahí, insisto, que Corso no la identificara y, en segundo lugar, en el ejemplar que envió al rey, Benavides añadió ciertas notas en los márgenes, con especificaciones de cómo creía él que la monja se había trasladado físicamente, llevándose consigo objetos litúrgicos que repartió entre los indios. Según parece, mientras la madre Ágreda caía en trance en su convento y se quedaba como dormida, su «esencia» se materializaba en otro lugar.

–Justo el «Santo Grial» de Monroe y del INSCOM.

–¿Cómo?

El comentario de Baldi desarmó a monseñor.

–Me explico. Siguiendo tus instrucciones, tomé posesión de mi puesto en los laboratorios en los que trabajó Corso. Su antiguo ayudante, Albert Ferrell, me habló de cómo, con la ayuda de notas musicales y de sonidos desarrollados por el ingeniero gringo del que usted me habló, habían tratado de «materializar» personas en otros lugares.

–Sí, estaba al corriente.

–Al parecer, utilizaron a una mujer para esos intentos. De hecho, ella fue la persona que trabajó con «san Mateo» antes de su muerte. Pero por desgracia, se marchó a Estados Unidos hace unos meses.

–¿La has localizado?

–Todavía no. Cuando lo consiga pienso viajar a donde esté para aclarar unas cuantas dudas. Ella debe de saber más que nadie de los logros de la Cronovisión. Incluso puede que conserve copia de la información que le fue robada al «primer evangelista»...

El padre Baldi no terminó su frase. Tres fuertes golpes retumbaron en la basílica, como si alguien hubiera derribado otras tantas estatuas contra el suelo o... disparado. Las detonaciones sonaron muy cerca. Junto a una enorme estatua de mármol, de más de cuatro metros de altura, de santa Verónica.

Desde el ángulo que le brindaba su posición, Baldi sólo distinguió una masa de humo elevándose hacia el techo de la nave.

–Un atentado... –susurró espantado.

–¿Cómo dices? –monseñor, petrificado por el desconcierto, permaneció dentro del confesionario.

–Parece un atentado contra la Verónica.

–No es posible.

Nadie tuvo tiempo de reaccionar. Dos segundos después de las detonaciones, un hombre de complexión atlética, enfundado en un traje negro, con un portafolios voluminoso bajo el brazo, emergió de la nube de polvo y humo. Se movía como un gato, sorteando a los fieles que contemplaban el «espectáculo», y corrió hacia el padre Baldi y la puerta de acceso a la cúpula.

–Un minuto treinta segundos –jadeó.

El benedictino se tambaleó hacia atrás, y el fugitivo aún tuvo tiempo –y aliento– para proferir una extraña frase.

–Pregunta al segundo. Atiende a la señal.

Baldi titubeó.

–¿El segundo? –respondió mientras volvía el rostro en la dirección de huida del trajeado–. ¿Me lo dice a mí?

–El segundo.

Fue lo último que vio. Un turista alemán, armado con una pequeña Nikon plateada, disparó su flash contra uno de los cenotafios adosados a los confesionarios, cegando inesperadamente al benedictino.

–*Madonna!* –exclamó con los ojos en blanco.

Al segundo, el hombre del traje negro se había esfumado, mientras el turista examinaba el frontal de su Nikon asombrado por la intensidad de su flash.

–¿Lo ha visto? –le gritó Baldi.

–*Nein... nein.*

Los *sampietrini* fueron los siguientes en llegar. Lo hicieron a la carrera, controlando la situación, pero sin perder la compostura que se espera de la guardia solemne del Papa.

–Padre, perseguimos a un fugitivo que huyó hacia aquí. ¿No sabrá usted si subió a la terraza?

–¿Un fugitivo?

–Un terrorista.

El guardia suizo, impecable, respondió con aplomo.

–Pasó junto a mí... Voló... Pero le juro que no sé qué ha sido de él. ¡Ese turista lo fotografió! –tartamudeó el «evangelista».

–Gracias, padre. Por favor, no abandone aún el templo.

La guardia actuó con destreza: abordaron al peregrino y le requisaron la película que llevaba en su cámara. Luego regresaron a por el padre Baldi, le tomaron sus datos y le pidieron que no se alejara de Roma en un par de días.

–¿Pueden decirme qué está pasando aquí?

«San Lucas» percibió la decepción de los guardias.

–Ha debido de ser un fanático. Intentó abrir un boquete en el plinto de mármol de la Verónica. Y sólo para dejar una nota clavada.

–¿Una nota?

–Sí. Algo así como «propiedad de la Hermandad del Corazón de María». Una locura.

–Vaya. No ha conseguido nada, ¿verdad?

–No, sólo asustar a la gente. Pero nada más.

–Me alegro.

–Si lo atrapamos, lo llamaremos. Necesitaremos que lo identifique, aunque tal vez esto también nos sirva de ayuda.

El suizo acarició satisfecho el carrete y se lo guardó en un pequeño bolsillo junto al pecho. Después, anotó en un pequeño cuaderno la dirección provisional del padre Baldi en Roma, así como el teléfono de su estudio en Radio Vaticana, y se despidió de él haciendo una pequeña reverencia, que imitó mecánicamente su compañero.

Baldi regresó al confesionario número 19. Monseñor había desaparecido. Debió de aprovechar la confusión para dar por terminada la cita y no dejar huella. El benedictino sintió una rara sensación de soledad.

–No entiendo –repitió en voz baja–. No entiendo nada.

Baldi permaneció allí, con la mente extraviada, unos minutos más. Se quedó arrodillado frente a la muda celosía, haciendo recuento de lo que acababa de presenciar. Todo era muy extraño, casi forzado. Los botes de humo, el prófugo que desaparece de repente, el turista que por poco le deja ciego y aquella frase –«pregunta al segundo»– acompañada de una extraña indicación: «Atiende a la señal».

Pero ¿qué señal?

Desesperado, dejó atrás el confesionario. Recorrió la veintena de metros que le separaban de la columna pentagonal agredida y echó un rápido vistazo a los daños causados por el atentado. No había sido nada: el plinto de mármol de la pilastra de Verónica no había sufrido ningún desperfecto, y sólo la inscripción que en 1625 ordenó grabar a sus pies Urbano VIII aparecía ligeramente ennegrecida.

–Qué curioso –farfulló Baldi para sus adentros–, ¿no fue Urbano VIII el Papa al que Benavides envió su *Memorial*?

El «evangelista» vagabundeó un poco más, hasta alcanzar el espectacular baldaquino que diseñó Bernini. Allí, sobrecogido, alzó la vista a la cúpula y rogó a Dios que le hiciera ver la dichosa señal. Nunca supo por qué, pero aquel gesto le resolvió su enigma: distraído, fue bajando su vista hasta la base misma de aquella corte celeste, posándola en sus pechinas. El espectáculo que ofrecía la genial obra que diseñó Miguel Ángel era único. Sus 42 metros de diámetro y sus 136 de alzada la convertían en la bóveda más grande de la cristiandad.

–*Domine Nostrum!* –bramó–. Si está delante de mis narices...

La efigie de san Mateo sosteniendo una pluma de bronce de más de metro y medio de longitud en un enorme medallón parecía reírse de él desde las alturas.

–¡Claro! ¡Qué estúpido soy! ¡El *segundo* evangelista es la señal!

35

De los rigores del desierto de Nuevo México a los calores de la meseta castellana. Así saltó Jennifer Narody de escenario y de tiempo, con la facilidad que sólo permiten los sueños. Pero ¿sueños? ¿Sin más? ¿Y por qué se encadenaban como si fueran secuencias lógicas? ¿Acaso estaba «canalizando» recuerdos de otro tiempo, de una época a la que, por alguna misteriosa razón, ella estaba vinculada?

Empezaba a creer que durante sus sesiones en la «sala del sueño» en Fort Meade, o quizá en los meses que pasó en Italia, alguien había introducido en su mente imágenes que ahora afloraban a su mundo onírico. Se sentía sucia por dentro, como si hubiesen profanado su intimidad. Sueño tras sueño, se iba enfrentando a escenarios cada vez más lejanos y exóticos.

Por ejemplo, España.

Jamás había estado allí. Nunca se preocupó por la historia de los Austrias ni se interesó por Madrid. Sin embargo, la clara imagen de un edificio fortificado, con balcones y galerías en penumbra, impregnaba sus recuerdos. También en esta ocasión Jennifer supo a qué tiempo y lugar pertenecía aquel solemne inmueble.

Iba de sorpresa en sorpresa.

ALCÁZAR DE MADRID, SEPTIEMBRE DE 1630

—Habéis causado una honda impresión en Su Majestad, fray Alonso.

—Ésa era mi intención, padre.

—El rey recibe decenas de memoriales cada temporada sobre los más variados asuntos, pero sólo el vuestro ha merecido el honor de ser impreso inmediatamente por nuestra Imprenta Real.

Fray Alonso de Benavides caminaba despacio, deleitándose con las pinturas de Tiziano, Rubens y Velázquez que Felipe IV había colgado en la Torre de Francia. A diferencia de sus austeros predecesores, el joven rey pretendía animar los oscuros corredores de palacio.

Al padre Benavides lo acompañaba fray Bernardino de Sena, comisario general de la orden de San Francisco, un viejo conocido del monarca al que éste profesaba una nada disimulada simpatía.

Fray Bernardino era varón diestro en relaciones diplomáticas, envidiado por los superiores de otras órdenes que no conseguían tantos favores reales y el único responsable de haber hecho correr por la corte el rumor de que un milagro había impulsado las conversiones franciscanas de Nuevo México.

Un genio de la estrategia palaciega, en suma.

—La audiencia con Su Majestad tendrá lugar, excepcionalmente, en la biblioteca —confió fray Bernardino al padre Benavides, mientras eran escoltados por un mayordomo vestido de negro.

—¿Excepcionalmente?

—Sí. Lo habitual es ser recibidos en el Salón del Rey, pero a Su Majestad le agrada saltarse el protocolo en según qué asuntos.

—¿Es una buena señal?

—Excelente. Como os digo, vuestro manuscrito lo ha impresionado y desea escuchar de vuestros labios otros detalles relativos a vuestra expedición. En especial, todo lo que recordéis de ese asunto de la Dama Azul.

–Entonces, es verdad que ha leído mi informe...

–De la primera palabra a la última –sonrió satisfecho el comisario–. Por eso, padre, si logramos interesarlo, tenemos garantizado el control de la futura diócesis de Santa Fe. El destino de la orden está hoy en vuestras manos.

El mayordomo se detuvo frente a una sobria puerta de roble. Giró en redondo hacia sus huéspedes y les pidió que aguardasen. A continuación, con gran pompa, entró en una estancia precariamente iluminada para realizar una exagerada reverencia.

Desde el umbral, se intuía que aquélla era una sala amplia, con balcones de hierro forjado al fondo. Una alfombra roja cubría parte del suelo y la sombra de un enorme planisferio de cobre se adivinaba en uno de sus ángulos.

–Majestad –anunció el mayordomo–, vuestra visita ha llegado.

–Hágalos pasar.

La voz sonó fuerte y grave. Fray Bernardino, familiarizado con aquellos menesteres, tomó la delantera, arrastrando tras de sí al padre Benavides. La certeza de saberse en palacio, a pocos pasos del monarca más poderoso del mundo, le produjo un leve escalofrío.

Y en efecto. Al fondo de aquel salón cubierto de libros y tapices, estaba el rey. Sentado en una silla forrada en seda, con reposabrazos de cuerda, contemplaba en silencio a los recién llegados. Detrás de él, de pie, se encontraba el mayordomo principal. Al verlos, anunció en voz alta la identidad de sus huéspedes.

–Majestad, el comisario general de la orden de nuestro seráfico padre San Francisco, fray Bernardino de Sena, y el último padre custodio de sus dominios del Nuevo México ruegan vuestra atención.

–Está bien, está bien.

El rey, con ademán informal, lo hizo callar.

Tenía buen aspecto: pese a su rostro lánguido y cansino, herencia de su abuelo Felipe II, en sus mejillas despuntaba un sano color rosado. Sus ojos azules brillaban más aún que sus cabellos claros, y su cuerpo parecía fuerte y diestro. Saltándose el protocolo, el joven monarca se levantó de su improvisado trono y, dirigiéndose a fray Bernardino, le besó la mano.

–Padre, ya tenía ganas de veros.

–Yo también, Majestad.

–La vida en esta corte es monótona y sólo los progresos en mis dominios de ultramar me ayudan a distraer mis preocupaciones.

Felipe, aunque sólo contaba 25 años, hablaba ya como un auténtico rey. Acababa de dejar atrás una adolescencia salpicada de excesos y una vida controlada por el conde duque de Olivares.

–Ha venido conmigo el padre Benavides, el autor del documento que tanto os ha interesado. Desembarcó en Sevilla el día primero de agosto.

Fray Alonso se inclinó levemente, en señal de reverencia al rey.

–Bien, bien, padre Benavides... Así que vos sois quien afirma que la madre María Luisa se ha aparecido en Nuevo México y ha convertido a nuestra fe algunas tribus de indios.

–Bueno, Majestad, por el momento es sólo una hipótesis.

–¿Y acaso vuestra paternidad sabía que sor Luisa de la Ascensión, más conocida por el vulgo como la monja de Carrión, es una vieja amiga de esta real casa?

El padre Benavides abrió los ojos de par en par.

–No, Majestad. Lo ignoraba por completo.

–Sin embargo, vuestro informe me ha resultado confuso en un punto. Según vuestro escrito, la mujer que apareció ante los indios del norte era joven y hermosa.

–Sí, así es.

–¿Y cómo puede ser, si la madre María Luisa está ya vieja y achacosa?

–Majestad –fray Bernardino interrumpió al monarca, al ver que el custodio de Nuevo México titubeaba–, aunque la descripción dada por los indios al padre Benavides no coincida, está más que probada la capacidad de bilocación de la madre Luisa. No sería de extrañar, por tanto, que...

–¡Eso ya lo sé, padre!

Su exclamación no sonó colérica. El rey parecía disfrutar con aquel interrogatorio y se acomodó en su sillón para proseguirlo.

–¿Acaso vos no recordáis, fray Bernardino, que mi padre se carteó con la monja de Carrión durante años, o que mi reina todavía lo hace? Vos mismo la interrogasteis sobre sus desdoblamientos hace algunos años. Fuisteis vos quien determinasteis que esta monja llegó a desplazarse milagrosamente a Roma e incluso romper un vaso con vino envenenado para el papa Gregorio XV antes de que lo bebiese...

–*Requiescat in pace*... –murmuró el comisario.

–Y también comprobasteis que la madre Luisa estuvo por gracia de Dios junto al lecho mortal de mi padre, acompañándolo hasta el momento de ascender a los cielos.

–Sí, Majestad. Mi memoria es frágil y lo lamento. Sin embargo, recuerdo como la madre María Luisa me habló de un ángel que la transportó de su convento a esta corte, y cómo fue ella quien convenció a Su Majestad Felipe III de que muriera con el hábito franciscano puesto.

—Eso ya pasó —al rey le incomodaba hablar de su padre, así que se fijó de nuevo en el padre Benavides—. Sin embargo, vuestro informe sigue sin coincidir con la descripción actual de la madre María Luisa...

—En realidad, estamos indagando en otras direcciones.

—¿Otras direcciones? ¿A qué os referís?

—Creemos... —le tembló la voz— que podríamos estar ante la bilocación de otra monja de clausura.

—¿Y cómo es eso?

Felipe cruzó sus manos a la altura de la barbilla y miró al fraile fijamente.

—Veréis, Majestad... —Benavides respiró hondo—, cuando fray Bernardino investigó los prodigios de sor Luisa de la Ascensión, visitó un convento en Soria donde interrogó a otra joven monja que sufría extraños arrobamientos y éxtasis.

—¡Padre Sena!, no me hablasteis nunca de ello.

—No, Majestad —se excusó el comisario—. No creí que llegara a ser un caso importante y archivé el asunto.

—Habladme de esa monja, fray Bernardino.

El rostro ajado del comisario general adoptó cierto aire de solemnidad. Se cogió las manos, y trazando pequeños círculos frente a la silla del monarca, comenzó a explicarse.

—Poco después de interrogar a sor Luisa en su convento de Carrión de los Condes, recibí una carta de fray Sebastián Marcilla, que ahora es provincial de nuestra orden en Burgos.

—Lo conozco. Continuad.

—El padre Marcilla era entonces confesor del convento de la Encarnación en Ágreda y observó cómo una de sus monjas, una

tal sor María de Jesús, sufría extraños accesos de histeria. En estado de trance se tornaba ligera como una pluma, y hasta le cam-
biaba la expresión del rostro, que se tornaba beatífico y compla-
ciente.

–¿Y por qué os llamaron para visitarla?

–Muy sencillo, Majestad. En la orden se sabía que yo estaba
muy interesado en probar la verdad de la bilocación de la madre
María Luisa, así que, como aquella joven también protagonizó
algunos incidentes en los que parecía haber estado en dos lugares a la vez, acudí a interrogarla.

–Comprendo... –el rey bajó su tono de voz–. Y supongo que
esa monja también es franciscana.

–Dios premia así a nuestra orden. Os recuerdo que san Francisco
también recibió los estigmas de Cristo.

–¿Y no podría tratarse de alguna otra clase de fenómeno?

Felipe, acostumbrado ya a la alteración de la información atendiendo a intereses particulares de unos y otros, quiso mostrar a
sus huéspedes que ya no era el joven ingenuo de antes.

–No os comprendo, Majestad.

–Sí, mi buen padre. ¿No os habéis planteado que quizá la mujer
que evangelizó a los indios no fuera una monja? Podría ser la Virgen,
¡o un diablo!

Los frailes se persignaron.

–Pero, Majestad –replicó fray Alonso–, un diablo jamás enseña-
ría el Evangelio a unas almas que ya tiene ganadas para los infier-
nos.

–¿Y la Virgen?

–Ése fue un tema que discutimos mucho en Nuevo México y,
la verdad, no disponemos de pruebas para afirmarlo. No tenemos
evidencias que confirmen su visita, tal como ocurre con la tilma

que recoge la imagen milagrosa de Nuestra Señora y que el indito de Guadalupe entregó al obispo Zumárraga en México...[1]

–¿Y cuáles serán vuestros siguientes pasos en este asunto, padres?

Fray Bernardino tomó la palabra.

–Dos, con vuestra venia, Majestad. El primero, mandar frailes de refuerzo a Nuevo México para convertir a la fe cristiana a vuestros nuevos súbditos. Y el segundo, enviar al padre Benavides a Ágreda para entrevistarse con sor María Jesús.

–Me gustaría estar al tanto de esos progresos.

–Puntualmente, Majestad.

–Por de pronto –anunció el rey con cierta solemnidad–, el *Memorial* del padre Benavides será impreso en mis talleres la próxima semana, ¿verdad, Gutiérrez?

El mayordomo gesticuló por primera vez en toda la reunión. Se acercó a un escritorio de ébano empotrado entre las estanterías, y tras rebuscar en sus cajones, hizo una comprobación rutinaria en un pliego de previsiones.

–Serán cuatrocientos ejemplares, de los que diez se enviarán a Roma para la supervisión de Su Santidad Urbano VIII –precisó el funcionario con voz grave.

–Excelente –sonrió fray Bernardino–. Su Majestad es buen rey y mejor cristiano.

Felipe sonrió maliciosamente.

1. Cuando en 1531 la Virgen se apareció por primera vez al indio Juan Diego, en el cerro del Tepeyac de México, nadie lo creyó. En su cuarta aparición, sin embargo, entregó al indio un ramo de rosas –inexistentes en aquella región– para que las entregara al entonces obispo de México, fray Juan de Zumárraga. Juan Diego las envolvió en su tilma –una especie de poncho de fibra vegetal–, y cuando se las quiso mostrar al obispo, éstas habían desaparecido dejando en su lugar una imagen de la Virgen, no elaborada por pincel alguno. De hecho, análisis de este lienzo, efectuados en pleno siglo XX, demuestran lo extraordinario de su elaboración, y han suscitado toda suerte de especulaciones sobre la naturaleza de esa imagen. *(Nota del Editor.)*

36

La audiencia con Felipe IV dejó un extraño sabor de boca a fray Bernardino. El pequeño y bullicioso comisario general había visto peligrar por un momento sus intereses, y así se lo hizo saber a fray Alonso, mientras abandonaban el palacio.

—¿Cómo se le puede haber ocurrido al rey que la Dama Azul fuera la Virgen? —barruntaba en voz alta.

—Tiene sentido, padre comisario. La Dama se cubría con un manto azul, como la Guadalupana; llevaba un hábito blanco, como la Guadalupana... y hasta descendía del cielo. Incluso yo estuve tentado, al principio, de defender esa idea. No obstante, siguiendo vuestras instrucciones y las del arzobispo de México, defendí la hipótesis de la franciscana en bilocación.

—¡Y seguid haciéndolo! Si el rey, los jesuitas o los dominicos fueran capaces de darle la vuelta a este asunto e hicieran creer a todos que fue la Virgen quien se apareció, ¡adiós a las reivindicaciones franciscanas! ¿Lo entendéis?

—Claro, padre. La Virgen es de todos; una monja concepcionista, no.

Tras atravesar los patios, los frailes fueron conducidos a la puerta de palacio. Desde allí, se adentraron por las callejuelas de la capital hasta el convento de San Francisco.

–Cuando dispongamos de los primeros ejemplares de vuestro *Memorial,* quiero que viajéis a Ágreda e interroguéis a sor María de Jesús.

El tono agrio del comisario sonó más duro que de costumbre.

–Os facilitaré por escrito las órdenes para que la monja hable y os pondré al corriente de alguna información sobre ella para que vayáis prevenido.

–¿Prevenido?

–Sor María de Jesús es una mujer de carácter fuerte. Antes de cumplir la edad reglamentaria ya obtuvo las dispensas para ser abadesa y goza de buena reputación en la comarca. No os será fácil interpretar su historia a favor de nuestros intereses...

–Bueno –terció fray Alonso mientras ascendían hacia la plaza mayor–, quizá no sea necesario... Quizá sea la responsable real de esas bilocaciones...

–Sí. Pero no podemos correr riesgos. Cuando la conocí, siendo mucho más joven, descubrí que es una de esas místicas a conciencia, que jamás, y permitidme el verbo, mentirían deliberadamente. Vos ya me entendéis.

Fray Alonso negó con la cabeza.

–¿Qué queréis decir con «mística a conciencia»?

–Vos, claro, no conocéis su historia familiar. Sor María es hija de familia de buena posición venida a menos, que hace algunos años decidió disolverse de forma peculiar. Su padre, Francisco Coronel, ingresó en el monasterio de San Julián de Ágreda y su madre convirtió la casa familiar en convento de clausura, obteniendo los permisos necesarios en un tiempo inesperadamente breve.

–Vaya...

–El caso es que, antes incluso, el obispo de Tarazona, monseñor Diego Yepes, había confirmado ya a la pequeña María Jesús cuando sólo tenía cuatro años.

—¿Monseñor Yepes? —se extrañó Benavides—. ¿El biógrafo de santa Teresa?

—Imaginároslo. Yepes ya vio entonces que la niña tenía aptitudes místicas, lo que tampoco es de extrañar.

—¿Ah, no?

A esa hora del mediodía, el centro de Madrid estaba atestado de gente. Fray Alonso y el comisario atravesaron la plaza mayor, abriéndose paso entre vendedores de pan y telas, mientras continuaban con su conversación.

—Su madre, Catalina de Arana, fue una gran mística: escuchaba «la voz de Nuestro Señor». De hecho, fue ella, siguiendo las instrucciones de aquella voz, quien empujó a su marido a la vida conventual. Más tarde vendrían sus arrobos, las visiones de luces extraordinarias en su celda, los ángeles... ¡qué sé yo!

—¿Ángeles?

—Sí. Pero no angelitos alados, sino gentes de carne y hueso con extraños poderes. Cuando visité Ágreda por primera vez, la mismísima sor Catalina me contó como, desde el comienzo de las obras del convento en 1618, se paseaban por allí un par de mozos que, sin apenas comer ni beber, ni cobrar la soldada, trabajaban de sol a sol en las obras.

—¿Y qué tenían que ver con los ángeles?

—Pues que, por ejemplo, salvaron a muchos obreros de caídas o de heridas provocadas por derrumbes. Además, lograron hacerse muy amigos de sor María de Jesús, justo en el período de 1620 a 1623, cuando ella tuvo sus ataques místicos más fuertes...

—Eso sí es curioso.

—¿Curioso? ¿Qué os parece curioso, fray Alonso?

–Bueno, recuerdo lo que me dijeron dos frailes de Nuevo México que investigaron las apariciones de la Dama Azul entre los jumanos. En su informe afirmaron que aquella mujer les habló de unos «señores del cielo» capaces de pasar inadvertidos entre nosotros y de provocar toda clase de fenómenos extraordinarios. Incluso, de manera extraña, se refirió a la rebelión de Lucifer y a cómo Dios se impuso a su revuelta y devolvió el orden al mundo.

–¿Les habló de Lucifer?

–No cabe duda, padre. Incluso explicó que fueron ángeles quienes la llevaban por los aires.

–Santo Dios, fray Alonso. Averiguad cuanto podáis de ese asunto. Que ángeles puedan camuflarse entre nosotros y llevarse a la gente por los aires no me deja nada tranquilo. Y al Santo Oficio tampoco, creedme.

37

La desaliñada imagen de Txema aleccionándolo frente al cartel indicador de Ágreda, un par de semanas atrás, martilleaba la cabeza de Carlos mientras se amodorraba en el asiento 33–C del «727» de American Airlines que lo conducía a Los Ángeles.

«Yo creo en el Destino –repetía un fantasma de sus recuerdos con la voz hueca del fotógrafo–. Y a veces su fuerza empuja con más ímpetu que un huracán.»

Carlos se revolvió.

«... con más ímpetu que un huracán.»

Lo realmente incómodo de aquel recuerdo era que las jornadas precedentes habían demostrado que Txema tenía razón. Desde su visita a Ágreda primero, y a Bilbao y Loyola después, todo había ocurrido muy rápido. Casi como si aquellos sucesos –robo en la Biblioteca Nacional incluido– hubieran sido escritos mucho antes y él sólo se hubiera limitado a seguir patrones prefijados. Se sentía como cuando, en su más tierna infancia, copiaba frases enteras en una caligrafía que no era la suya, imitando la letra de los cuadernos Rubio. ¿Qué otra cosa podía explicar que Carlos convenciera al director de su revista para que lo mandara al otro extremo del océano, sólo para rastrear la pista de un documento robado de escasa importancia histórica y menor interés periodístico? «Ve y trae lo que puedas. Eres un profesional –le recordó su jefe–, pero hagas lo que hagas, hazlo rápido.»

A Carlos, tantas facilidades no le gustaron mucho. Lo hacían sentirse incómodo, manipulado. Y es que, tras el episodio de Ágreda, su mente no era tan confiada y desocupada como antes; ahora funcionaba en una *frecuencia* que no distaba mucho de la paranoia.

A fin de cuentas, se preguntaba, ¿qué *fuerza mayor* lo estaba arrastrando a Estados Unidos detrás de una mujer que en su momento se interesó por un *Memorial* desaparecido? La probabilidad de que aquella «pista» del padre Jeremías fuera un espejismo era altísima, sobre todo cuando ni siquiera había podido hablar con ella por teléfono. En contra de cualquier proceder prudente, le había sido imposible tantear el terreno. Pero ahora, con el visto bueno de su director y los billetes de avión en su mano, ya no podía echarse atrás.

Temía fallar, y sin embargo...

«Con más ímpetu que un huracán.»

El *patrón* susurró aquella frase por tercera vez. Sin abrir los ojos, dio carpetazo a su cuaderno de notas y cerró el libro que estaba leyendo. Lo había escrito un psicólogo de Princeton, un tal Julian Jaynes, y trataba de explicar científicamente algunos de los más importantes fenómenos místicos de la historia.

–Místicos... ¡bah! –rezongó.

Su avión planeó suavemente sobre el Atlántico, por encima de la cota 330, mientras el comandante anunciaba a sus pasajeros que estaban sobrevolando las Azores.

–En las próximas nueve horas recorreremos casi ocho mil kilómetros hasta Texas –dijo–, y después otros dos mil más hasta nuestro destino final en Los Ángeles. Confío en que tengan un vuelo agradable.

Aunque ya no escuchaba, Carlos, acomodado, procesó la información: aquellos ocho mil kilómetros representaban, metro más o menos, la misma distancia que la madre Ágreda debió superar en estado de bilocación. Eso, claro está, en el caso de que fuera ella, y no otra, la Dama Azul. Es decir, dieciséis mil kilómetros –casi la mitad de una vuelta completa al mundo– recorridos en el tiempo que duraba un éxtasis y sin ausentarse de su convento.

–Imposible –concluyó tras repasar por segunda vez los cálculos–. Es sencillamente imposible.

Respiró hondo mientras su cuerpo vibraba al compás del cabeceo del avión, y se abandonó en un cálido sopor. A poco que las cosas fueran tranquilas, pensó, dormiría por lo menos hasta sobrevolar Florida. Se las prometió muy felices.

Carlos calculó mal. Poco antes de romper amarras con el mundo real, un repentino mareo –como si un vértigo se hubiera hecho con su estómago– se apoderó de él. Aquella vacuidad no le permitió siquiera abrir los ojos. Algo extraño le estaba sucediendo: una parálisis cálida, vertiginosa, fue ganando terreno en su cuerpo, clavándolo en su butaca.

–¡Dios! ¿Qué es esto?

El acaloramiento ascendió por sus arterias, arrancándolo de la cabina del «727». Por un segundo temió un infarto, pero algo, algo que nunca hubiera imaginado que le pudiera suceder a él, lo disuadió de semejante idea.

–La palabra «imposible» no existe en el vocabulario de Dios, pequeño. Es un insulto a los planes del Hombre-que-rige-el-Destino, al *Programador*.

–¿Pero se puede saber qué...?

–... Al *Programador*.

Una voz suave, femenina, de terciopelo, sonó dentro de su cabeza. Brotó instantánea, apenas segundos después de que Carlos hubiera dado por buenos sus cálculos racionales y se hubiera acurrucado en su asiento de clase turista.

La reacción de su metabolismo fue instantánea: el ritmo cardíaco alcanzó las 140 pulsaciones por minuto y una descarga de adrenalina lo hizo temblar de pies a cabeza. Allí, a 37.000 pies sobre el nivel del mar, con una temperatura en el exterior de ochenta grados bajo cero, alguien acababa de hablarle alto y claro. Alguien que se dejó escuchar desde todos lados y desde ninguno a la vez, y cuyo tono surgía de algún lugar ajeno a sus propios pensamientos.

–¿Ya conoces al *Programador*?

El timbre sobrio retumbó otra vez en sus entrañas. Carlos se asustó.

–¡No abras los ojos!

–¿Pero... quién?

–No te asustes. No estás delirando. Tampoco soy un sueño. Esto es un diálogo real. Y si sigues nuestras indicaciones, llegaremos a entendernos.

–Pero... –Carlos insistió– ¿quién eres?

–Una idea del *Programador*.

El *patrón* se quedó de una pieza. No sólo por la voz, sino por el momento que había elegido para darse a conocer. En efecto: el libro que acababa de cerrar, *El origen de la consciencia en la crisis de la mente bicameral,* era un osado ensayo que trataba de explicar, entre otras cosas, el misterioso origen de las «voces en la cabeza» que habían percibido desde los grandes profetas bíblicos hasta Mahoma, pasando por el héroe sumerio Gilgamesh o muchos santos. El autor sostenía que hasta el año 1250 antes de Cristo, la mente de nuestros antepasados estaba dividida en dos compartimentos estancos que ocasionalmente «hablaban» entre sí, dando pie al «mito» de las voces divinas. Los profetas, por tanto, fueron hombres con una masa encefálica primitiva. Pero aquel libro aseguraba, además, que cuando el hemisferio derecho e izquierdo del cerebro humano evolucionaron lo suficiente como para interconectarse entre sí, las voces desaparecieron casi por completo... y con ellas los dioses antiguos.

¿Y él? ¿Era aquella voz fruto de la sugestión? ¿Una mala pasada de la comida de a bordo? ¿Un fallo de los hemisferios? ¿Un cortocircuito en el cuerpo calloso de su cerebro? Pero ¡qué diablos! ¡Aquello era real!

El estómago del *patrón* se encogió al volver a escucharla.

–Dinos, ¿tú qué persigues, Carlos?

La nueva frase brotó nítida. Una vez más, sin esfuerzo, la voz se superpuso al ronroneo del avión. Fue imposible que el periodista la neutralizara. Ni la explicación neurológica, ni el estrés con el que se había lanzado a aquel viaje, la amortiguaron. Sólo entonces cambió de actitud. Como si de repente comprendiese el significado de la máxima «si no puedes combatir a tu enemigo, únete a él», Carlos optó por encararse a la voz. ¿Qué podía perder? ¿Unas horas de sueño? El precio no era tan alto.

–¿Podemos hablar?

Esperó. Se sintió ridículo, pero prosiguió.

–¿Puedes oírme?

–Te escucho, Carlos –su interlocutora respondió al fin.

–¿Cuál era tu pregunta?

–Te preguntábamos sobre el objetivo de tu persecución.

–Como a Saulo.

–Como a Saulo antes de su caída en el camino de Damasco, sí.

El *patrón* ganó tiempo, comprobando la velocidad que podía desarrollar el diálogo.

–Lo que quiero –susurró– es averiguar quién y por qué robó el manuscrito de Benavides y examinar las fórmulas que contiene.

–No. No buscas eso. Dinos qué persigues *de verdad*.

El periodista quedó desconcertado. Si aquello era un producto de su mente, ¿por qué demonios se había inventado una voz tan impertinente?

–Bueno..., también me gustaría resolver el enigma de la Dama Azul, poder teleportarme como ella, escribir una decena de libros que me hiciesen rico...

–No. Tampoco es eso. No vale la pena engañarnos.

Carlos sintió una punzada de irritación.

–Tú no sabes, tú no puedes saber lo que pienso.

–Podemos.

–¿Cómo?

–Sintonizando con la longitud de onda en que se emiten tus pensamientos.

–¿Longitud de onda?

–Como una emisora. Pero no has respondido a nuestra pregunta.

La voz prosiguió.

–Está bien, responderemos nosotros: en realidad, quieres saber por qué estás aquí. Comprender *de verdad* por qué te obsesionaste con aquellos casos de teleportación y por qué, en un determinado momento, dejaste «congelada» su investigación. Por qué te condujimos después hasta Ágreda y te pusimos en el punto de mira de esta historia y te interesamos por la bilocación de una monja muerta hace trescientos años. Te gustaría, además, confirmar si lo que te está sucediendo es fruto del azar, o si, por el contrario, como intuyes en lo más hondo, se trata de algo que debías hacer.

El periodista escuchó atónito. Aquella *mujer*, viniera de donde viniese, estaba muy bien informada. Conocía cosas en las que él mismo hacía tiempo que ni pensaba, pero que, en efecto, formaban parte de sus inquietudes más íntimas.

Replicó:

—¿Me... condujisteis? ¿Quiénes?

—Atiende bien. Esta voz de la que dudas es sólo una de las muchas que han guiado a la humanidad desde la noche de los tiempos. Fuimos nosotros quienes mostramos a Jacob que existían escaleras, puertas de luz, por las que se puede comunicar el mundo de los humanos y el de los seres superiores. Avisamos a José de los planes de Herodes para dar muerte a Jesús, y fuimos nosotros quienes advertimos a pastores y magos para que acudieran a Belén. Y eso, sólo en relación a la historia sagrada que tú conoces.

—No entiendo.

—Nosotros fuimos las voces que escucharon Constantino, George Washington, Winston Churchill y tantos otros personajes decisivos de tu historia. Guiamos a Moisés fuera de Egipto, nos llevamos por los aires a Elías y a Ezequiel y oscurecimos Jerusalén cuando Jesús murió en la cruz.

—¿Y qué queréis de mí?

—Que estés preparado. Cuando llegues a tu destino y examines lo que estás a punto de encontrar, comenzarás a atar cabos. Recuerda que nada es lo que parece, y aplica esa certeza a la Dama Azul.

—¿Por qué lo hacéis? ¿Por qué me avisáis?

—No quieras saberlo todo. Actuamos guiados por el Amor que profesamos a nuestra criatura humana. El Amor es un extraño mecanismo que nos identifica con vuestros sentimientos.

—Pero ¿por qué me habláis a mí?

—Para advertirte de que pronto encontrarás el manuscrito que buscas. Contiene evidencias que podrían transformar para siempre vuestra manera de entender las religiones y, sobre todo, a Dios.

—Luego sigo la pista correcta.

—Correcta pero incompleta. Ignoras que ese documento tiene mucho que ver con lo que sucedió con la Dama Azul en América. Su «secreto» estuvo a punto de ser destapado por la tenacidad de fray Alonso de Benavides, un fraile al que conocimos bien, y que se empeñó en llegar al fondo de los relatos que recogió de boca de los indios del Río Grande.

—¿Estuvisteis? ¿Hace tres siglos?

—Claro. El tiempo es una dimensión que casi no afecta a otras esferas de la existencia. Esa perspectiva nos hizo comprender que hace trescientos años la civilización cristiana no estaba preparada para entender ciertas revelaciones. La conmoción que hubieran provocado algunas informaciones sobre episodios como el de la Dama Azul hubiera bloqueado la evolución natural del género humano y nuestra intervención hubiera quedado en evidencia.

—¿Y eso es malo?

—Podría haber roto vuestra iniciativa. Si supierais que la solución a todos los problemas la tiene alguien cercano, dejaríais de buscarla por vosotros mismos y trataríais de obtenerla de ese alguien sin preocuparos de comprender sus porqués. Aun así, os hemos ayudado en ocasiones críticas.

—¿Ah, sí? ¿Cómo? ¿Cómo puedo identificaros? ¿Dónde residís?

—No te precipites. Exteriormente no nos diferenciamos de vosotros. Os creamos a nuestra imagen y semejanza, ¿recuerdas? Además, tenemos, digámoslo así, *pequeños programadores* introducidos en la política, en el deporte, la ciencia, el ejército, el Vaticano, en Naciones Unidas, que durante años han estado insuflando cambios imperceptibles, desde dentro, en el seno de vuestra civilización.

—¿No..., no sois humanos?

Carlos, con la cabeza gacha y los ojos cerrados, tembló en su asiento. A esas alturas era una pregunta superflua.

—Casi humanos.

—¿Y qué tuvisteis que ver con la Dama Azul?

—Eso lo descubrirás por ti mismo.

—¿Cómo lo sabéis?

—Porque es lo más lógico, dentro de las probabilidades a las que te enfrentas ahora. Porque lo que no pudo decirse en tiempos del padre Benavides podrá salir a la luz tres siglos después. Porque la especie humana está a las puertas de un cambio irreversible, una mutación sólo comparable a la que hizo salir al género humano de las cavernas y comenzar a construir grandes civilizaciones. Porque igual que intervinimos entonces, intervendremos discretamente ahora.

—Pero ¿quiénes sois? —repitió.

—Somos...

Un golpe seco en el hombro sacó a Carlos de su ensoñación.

—Señor, señor, ¿le ocurre algo?

Una azafata zarandeó al periodista con evidente gesto de preocupación.

—Estaba hablando solo, y tiritaba como si tuviera una pesadilla. ¿Desea que le traiga algo de beber? ¿Quiere una manta? Podría preguntar si hay un médico a bordo, o si lo prefiere...

—No, no.

—¿Está seguro?

—Sí, sí. Gracias. Ha sido una pesadilla, seguro..., lo de volar, ya sabe.

—No hay de qué. ¿Continúa usted el vuelo hasta Los Ángeles?

—Los Ángeles... Los Ángeles, ¡naturalmente!

—¿Perdón?

—Oh, no es nada. Cosas mías. Creo que aceptaré su ofrecimiento. ¿Podría ser un café?

La azafata se incorporó de inmediato, alejándose del pasajero del 33-C. En todos los vuelos volaba un tipo así. Le prepararía el café muy caliente y lo vigilaría para que no hiciera nada raro.

Mientras se perdía pasillo arriba, Carlos se preguntó algo que la azafata no escuchó, por suerte.

—¿Estaré volviéndome loco?

38

Las diferencias horarias son difíciles de calcular cuando se vuela a más de diez mil metros de altura y se cruzan los imaginarios meridianos terrestres. Cada una de esas líneas ficticias, dispuestas en intervalos de 15 grados sobre el planisferio, marca una hora de diferencia con respecto a la anterior. Así que bien podría decirse que a cinco meridianos de distancia, entre el «727» de American Airlines y la playa de Venice en California, Jennifer Narody *recibía* una nueva pieza de un rompecabezas del que todavía no sabía si formaba parte. Era su último sueño, siempre el último. Pero tan vívido como los de noches anteriores.

ÁGREDA, SORIA, 30 DE ABRIL DE 1631

Más de seis meses se entretuvo Benavides en el Madrid de los Austrias, atendiendo su cada vez más abultada correspondencia y las ocupaciones nacidas a la sombra del éxito del *Memorial*. En los pasillos de palacio no se recordaba una expectación semejante, y eso terminó pagándolo el buen fraile con una montaña de cartas, felicitaciones y compromisos, que lo obligaron a echar más raíces de la cuenta junto a la corte.

La burocracia de la capital retrasó su investigación sobre el «caso de la Dama Azul», lo que lo entristeció. Sin embargo, las intrigas palaciegas, especialmente las de los dominicos que trataban de convencer al rey de la conveniencia de investigar más a fondo las cifras de conversos en el Nuevo México, lo mantuvieron alerta, devolviéndole los ánimos necesarios para seguir luchando por sus intereses. Y es que los hombres de Santo Domingo pretendían enviar sus propios misioneros al Río Grande para conducir su propia encuesta de los milagros consignados por Benavides y, de paso, impedir el monopolio franciscano en la zona.

Por fortuna, en abril de 1631 llegó a fray Alonso la documentación y los permisos necesarios para abandonar Madrid y continuar con su tarea. Se lo autorizaba a visitar el convento de la Concepción de Ágreda e interrogar a su abadesa y se lo conminaba a redactar un informe con sus averiguaciones. Aquello dio nuevos bríos al portugués, haciéndole olvidar los sinsabores del difícil ejercicio de la política religiosa.

El 30 de abril por la mañana, el coche de caballos de Benavides, un discreto carruaje de madera contrachapada adornado con ribetes de cobre y hierro colado, avanzaba al galope a través de los sobrios campos sorianos, en dirección a la sombra picuda del Moncayo. En su interior, el antiguo responsable del Santo Oficio en Nuevo México ultimaba otros detalles.

—Así que vos fuisteis confesor de la madre Ágreda antes de ser abadesa...

El traqueteo del carruaje sacudía también al padre Sebastián Marcilla. Su estómago se zarandeaba de izquierda a derecha, al compás de los caprichos del cochero, debajo de su ancho fajín de color escarlata. El padre Marcilla llevaba un buen rato haciendo

de tripas corazón, por lo que no le resultó difícil simular la compostura necesaria para responder.

—Así es, fray Alonso. De hecho, fui yo quien escribió al arzobispo de México advirtiéndole de lo que podía ocurrir si se explora-
ban las regiones del norte.

—¿De lo que podía ocurrir? ¿A qué os referís?

—Ya sabéis: a que se descubrieran nuevos reinos como los de
Tidán, Chilliescas, Carbucos o Jumanes.

—¡Ah!, ¿fuisteis vos?

La cara de luna del padre Marcilla se iluminó de satisfacción.

—Advertí a Su Eminencia Manso y Zúñiga de la existencia de
esas regiones, y si vuestra paternidad vio mi carta, sin duda no pasó
por alto mi invitación a comprobar la existencia de vestigios de
nuestra fe en esas tierras salvajes.

—Y claro —dedujo Benavides—, esa información os la transmi-
tió la madre Ágreda.

—Naturalmente.

—¿Y cómo osasteis transgredir un secreto de confesión?

—En realidad no fue tal. Las confesiones eran ejercicios de *mea
culpa,* entonados por una monja joven que no comprendía lo que
le estaba ocurriendo, pero en ningún caso fueron fuente de detalles tan precisos. Creedme, nunca absolví sus «pecados» de geo-
grafía.

—Vaya... —asintió ahora con gesto tramposo fray Alonso—. Pues
he de deciros que de todos esos reinos yo sólo conozco el de los
jumanos, que no de los jumanes, que está ubicado hacia el noroeste
del Río Grande. Del resto ningún franciscano o soldado de Su
Majestad ha sabido nada todavía.

—¿Nada? —el tono del padre Marcilla sonó incrédulo.

—Ni palabra.

–Quizá no sea tan raro como parece. Tiempo tendremos de aclarar esos puntos con la propia abadesa de Ágreda, que nos dará cuenta de cuanto le pidamos.

Fray Alonso de Benavides y el provincial de Burgos, Sebastián Marcilla, congeniaron de inmediato. Marcilla se había unido en la ciudad de Soria al carruaje del misionero, y desde allí ambos compartieron unas horas que les valieron tanto para acordar el cuestionario al que pensaban someter a la religiosa, como para establecer los límites de sus competencias.

Fue tanto y tan intenso lo que hablaron que ninguno de ellos se percató ni de los cambios abruptos del paisaje, ni del perfil de los pueblos que atravesaron ni, por supuesto, de su pronta llegada a destino.

A primera vista, Ágreda se dibujaba como un rincón sereno de las tierras altas de Castilla, puerta de paso obligada entre los reinos de Navarra y Aragón, y cruce de caminos para ganaderos y agricultores. Como en cualquier villa de frontera, las escasas familias nobles del lugar y las órdenes religiosas eran sus únicos puntos de referencia permanentes. Y el convento de la Concepción se contaba entre ellos.

En aquella clausura recién estrenada, todo estaba preparado para lo que había de venir. Las monjas habían colocado una larga alfombra púrpura entre el camino de Vozmediano y la puerta de su iglesia, y hasta habían dispuesto mesas con pastas, agua y algo de vino tinto de la tierra para solaz de sus ilustres viajeros.

Gracias a los permisos gestionados por el padre Marcilla, la congregación en pleno aguardaba fuera de su clausura la llegada de la delegación. Oraron y cantaron durante horas, recorriendo el viacrucis del muro exterior y secundadas por un número creciente de fieles que sabían ya de la importancia de la delegación que esperaban.

Por eso, cuando el coche de Benavides se detuvo frente a la alfombra roja, un silencio supersticioso se apoderó de los presentes.

Desde el carruaje, la visión no podía ser más reveladora: las monjas, dispuestas en dos filas y encabezadas por un franciscano y una hermana, que pronto dedujeron debía de ser la madre Ágreda, resistían estoicamente las cálidas bocanadas de aire de la tarde. Todas las religiosas –tal y como enseña la regla de santa Beatriz de Silva de 1489– llevaban hábito blanco, escapulario de plata con la imagen de la Virgen, velo negro sobre la cabeza y aquel impresionante manto azul...

–¡Que Dios nos asista!

El inesperado lamento del padre Benavides sorprendió a su acompañante. Lo masculló nada más poner pie en tierra y echar un vistazo al paisaje. Marcilla se asustó.

–¿Os encontráis bien, hermano?

–Perfectamente. Es sólo que estos parajes llanos, estos valles llenos de mies y esos hábitos azules, parecen el reflejo de las tierras que he dejado al otro lado del mar. ¡Es como si ya hubiera estado aquí!

–*Omnia sunt possibilia credenti* –sentenció Marcilla de nuevo–. Para el creyente todo es posible.

La recepción fue más breve de lo previsto. Tras descender del coche, entre los *Te Deum* y las genuflexiones de las monjas, el franciscano que acompañaba a las religiosas se presentó como fray Andrés de la Torre, confesor de sor María Jesús desde 1623, y fraile residente del cercano monasterio de San Julián. A primera vista, parecía de carácter afable. Un hombre huesudo, de nariz torcida y grandes orejas acampanadas que le conferían cierto aspecto de roedor. En cuanto a la madre Ágreda, su fachada era bien diferente: lucía piel blanca como la leche, rostro redondo y ligeramente sonrosado, y grandes ojos negros, con tremendas pupilas pardas, que dibujaban una mirada templada y poderosa a la vez.

Benavides se sintió impresionado.

—Bienvenidos sean vuestras paternidades —y, sin apenas una pausa—: ¿Dónde desearán interrogarme?

El tono de la supuesta Dama Azul sonó seco. Como si le disgustara tener que rendir cuentas de sus intimidades.

—Creo que la iglesia será el lugar idóneo —murmuró Marcilla, recordando sus tiempos de sacerdote en aquel recinto—. Se accede sin necesidad de entrar en la clausura, y podría habilitarse allí una mesa con luz, tinta y todo lo necesario. Además, de esa manera tendremos a Nuestro Señor como testigo.

Benavides aceptó la sugerencia de buen grado, y dejó intervenir a la abadesa.

—En ese caso, vuestras paternidades tendrán todo dispuesto para mañana a las ocho en punto.

—¿Compareceréis a esa hora?

—Sí, si ésa es la voluntad de mi comisario general y de mi confesor. Deseo enfrentarme cuanto antes a vuestras preguntas y despejar aquellas dudas que hayáis traído.

—Confío en que resultará menos doloroso de lo que imagináis, hermana —terció el portugués.

—También la crucifixión de Nuestro Señor fue dolorosa, y no por ello dejó de ser necesaria para la redención de la humanidad, padre.

La súbita irrupción de las hermanas entonando el *Gloria in Excelsis Deo* camino de la clausura salvó a Benavides de responder a aquel comentario.

—Y ahora, si nos disculpan —se excusó la madre Ágreda—, debe-

mos recogernos para atender nuestras vísperas. Sírvanse del ága-
pe que hemos preparado. Fray Andrés lo ha dispuesto todo para
que os alojéis en el convento de San Julián.

Y con ésas, la abadesa se perdió dentro de la clausura.

–Mujer de carácter fuerte.

–Sin duda, padre Benavides. Sin duda.

39

La vida de la abadesa apenas había cambiado en los últimos diez años, y aquella jornada no iba a ser una excepción.

Al caer el sol, sobre las ocho de la tarde y sin apenas haber cenado, sor María Jesús se retiró a su celda para hacer examen de conciencia del día. Lo hacía siempre en silencio, ajena a las gestiones de sus hermanas, sumida en un estado que no dejaba de parecerles a todas ellas doloroso y lamentable.

La religiosa oró hasta las nueve y media, tendida de bruces sobre el suelo de barro cocido del cuarto. Después se lavó con agua fría y se echó a dormitar sobre una áspera tabla de madera, tratando de no pensar en el lacerante dolor que ya era dueño de sus costillas.

Alrededor de las once, cuando el resto de hermanas estaban encerradas en sus celdas, sor María Jesús se sometió, también como de costumbre, al «ejercicio de la cruz». Durante hora y media se excitaba y golpeaba con pensamientos sobre la pasión y muerte de Nuestro Señor Jesucristo, después cargaba sobre los hombros una pesada cruz de hierro de más de cincuenta kilos, con la que caminaba de rodillas hasta caer exhausta. A continuación, tras una pausa para reponer fuerzas, colgaba esa cruz en la pared de su celda y se suspendía en ella otros treinta minutos.

Sor Prudencia la avisaba cada madrugada, hacia las dos, para que bajara al coro y presidiera los maitines, que solían prolongarse hasta las cuatro. Siempre bajaba. No importaba que se sintiera con fiebre, enferma o herida –situaciones bastante frecuentes–, pero aquel día, justo aquel día, prefirió quedarse en el piso de arriba; quería disimular la zozobra que le producía saber que, en pocas horas, una comisión de frailes la sometería a interrogatorio.

En el convento de San Julián la última noche de abril fue más tranquila. A las siete en punto, los padres Marcilla y Benavides habían completado ya sus oraciones e ingerido un frugal desayuno a base de frutas y pan. Habían tenido tiempo suficiente para hacerse con los pliegos de pergamino necesarios para consignar las respuestas de la madre Ágreda. Poco podían sospechar que esa comparecencia sería sólo la primera de una larga serie.

–Misericordia, madre de Dios, misericordia.

La angustia de sor María de Jesús se dejó escuchar tras su puerta.

–Sabes que te soy fiel y que guardo con discreción las cosas maravillosas que me enseñaste. Sabes que nunca traicionaré nuestros diálogos... Pero socórreme en este difícil lance.

Ninguna hermana la escuchó. Tampoco nadie contestó a sus súplicas. Aturdida por el silencio, la abadesa se tumbó en el catre, aunque no concilió el sueño.

Treinta y cinco minutos más tarde, el monasterio de San Julián se abrió para fray Andrés de la Torre y el secretario de la orden encargado de transcribir el interrogatorio. Después de los saludos de rigor y de comprobar que llevaban lo justo, los cuatro cruzaron Ágreda. Caminaron hasta la clausura concepcionista. Y allí, como les prometió la abadesa, encontraron un escritorio y cinco sillas bien dispuestas, así como dos grandes candelabros a ambos lados de la cabecera de la tabla.

No se podía pedir más. La iglesia era un lugar fresco y tranquilo, discreto, que haría más confortable su trabajo. De paso, permitiría a alguna de las hermanas de la congregación husmear en su desarrollo desde el coro situado sobre la puerta del templo.

La abadesa llegó puntual. Vestía los mismos hábitos de la tarde anterior, y su joven rostro denotaba evidentes signos de cansancio; llevaba demasiados años durmiendo dos horas diarias. Saludó a los cuatro padres que la aguardaban. Tras hacer una reverencia frente al sagrario del altar mayor, tomó asiento y esperó a que se completaran los primeros formulismos. Sus ojos brillaban.

—A uno de mayo del año del Señor de mil seiscientos treinta y uno, en la iglesia mayor del convento de la Concepción de Ágreda, procedemos al interrogatorio de sor María de Jesús Coronel y Arana, natural de la villa de Ágreda y abadesa de esta Santa Casa.

Sor María escuchó en silencio al escribano, mientras leía el acta. Cuando hubo concluido, levantó los ojos de la página —casi en blanco— y preguntó a la religiosa:

—¿Sois vos sor María de Jesús?

—Sí, yo soy.

—¿Sabéis, hermana, por qué habéis sido convocada hoy ante este tribunal?

—Sí. Para rendir cuentas de mis exterioridades y de los fenómenos que Dios Nuestro Señor quiso que protagonizara.

—En ese caso, responded bajo juramento a todo lo que se os pregunte. Para este tribunal el secreto de confesión ha sido levantado y debéis atender a todas sus cuestiones.

La religiosa miró a fray Alonso de Benavides. Su aspecto fibroso, casi atlético, disimulaba muy bien la edad del fraile y le confería una aureola de familiaridad a la que la monja no pudo sustraerse. Benavides estaba sentado frente a ella, tras un montón de papeles con anotaciones indescifrables y un ejemplar de la Biblia. Al sentirse observado por la abadesa, Benavides tomó la iniciativa.

—En nuestros informes consta que vos habéis experimentado fenómenos de arrobamiento, de éxtasis. ¿Podéis explicar a este tribunal cuándo empezaron?

—Aproximadamente hace once años, en 1620, cuando tenía dieciocho recién cumplidos —respondió sor María Jesús—. Fue entonces cuando Nuestro Señor quiso que me asaltaran trances durante los oficios religiosos, y que algunas hermanas me vieran elevarme sobre el suelo. No fue un don que solicitara, sino que me fue concedido al igual que a mi madre.

—¿Levitasteis?

—Eso me dijeron, padre. Nunca fui consciente de ello.

—¿Y cómo explicáis que vuestros arrobos trascendieran más allá de los muros de la clausura?

—Mi antiguo confesor, fray Juan de Torrecilla, no era un fraile experto en estos asuntos.

—¿Qué queréis decir?

—Pues que, llevado por el entusiasmo, comentó estos sucesos fuera de aquí. La noticia despertó interés en toda la región, y vinieron fieles a verme.

—¿Vos lo sabíais?

—Entonces no. Aunque me extrañaba despertar en la iglesia rodeada de seglares. Pero como siempre que salía de ese estado traía el corazón lleno de amor, no les presté demasiada atención ni les pregunté acerca de su actitud.

—¿Recordáis cuándo se produjo el primer arrobo?

—A la perfección. Un sábado después de la Pascua del Espíritu Santo del año de 1620. El segundo, me sobrevino el día de la Magdalena.

Fray Alonso se inclinó cuan largo era sobre la mesa, para tratar de dar más énfasis a sus palabras.

—Sé que lo que voy a preguntaros es materia de confesión, pero hemos oído que gozáis del don de poder estar en dos lugares a la vez.

La monja asintió.

—¿Sois consciente de ese don, hermana?

—Sólo a veces, padre. De repente mi mente está en otro lugar, aunque no sé deciros ni cómo he llegado hasta allá ni qué medio he utilizado. Al principio fueron viajes sin importancia, a los extramuros del convento. Allí veía trabajar a los albañiles, a los mozos y hasta les daba instrucciones para que modificaran las obras de tal o cual manera.

—¿La veían ellos?

—Sí, padre.

—¿Y después?

—Después me vi arrastrada a lugares extraños, en los que nunca había estado y donde me encontré con gentes que ni siquiera hablaban nuestro idioma. Sé que les prediqué la fe de Nuestro Señor Jesucristo, y que me vi rodeada por personas de raza desconocida. Sin embargo, lo que más me azoraba era escuchar dentro de mí una voz que me empujaba a instruirlos. A enseñarles que Dios nos creó imperfectos y nos envió a Jesucristo para redimirnos.

—¿Una voz? ¿Qué clase de voz?

—Una voz que me hacía sentir más y más confiada. Creo que fue el *Sancti Spiritu* quien me habló como lo hizo a los apóstoles el día de Pentecostés.

–¿Cómo empezaron esos viajes?

Fray Alonso se cercioró por el rabillo del ojo de que el escribano iba tomando buena nota de todo aquello.

–No estoy segura. Desde niña me preocupó saber que en las nuevas regiones descubiertas por nuestra corona había miles, quizá millones, de almas que no conocían a Jesús, y que estaban abocadas a la condenación eterna. Pensar en ello me ponía enferma. Pero uno de aquellos días de dolor, mientras me encontraba reposando, mi madre llamó a dos albañiles con fama de sanadores. Les pidió que me examinaran con cuidado y que trataran de erradicar los humores que me habían enfermado.

–Continuad.

–Aquellos albañiles se encerraron en mi celda. Me hablaron de cosas que apenas recuerdo, pero me revelaron que tenía una misión importante que cumplir.

–No eran albañiles, ¿verdad...?

Fray Alonso recordó las advertencias que le había hecho el comisario general en Madrid.

–No. Admitieron ser ángeles con una misión itinerante. Que vivían desde hacía años entre los hombres para ver quiénes teníamos aptitudes para Dios, y me hablaron de las almas del Nuevo México y de los apuros de nuestros misioneros por alcanzar las remotas regiones donde vivían.

–¿Cuánto tiempo estuvisteis con ellos?

–Aquella vez, casi todo el día. De hecho, recuerdo que esa noche regresaron a por mí, se introdujeron en mi habitación y me sacaron sin despertar a nadie. Todo fue muy rápido. De repente me encontré sentada en un trono, sobre una nube blanca, y volando por los aires. Distinguí nuestro convento, los campos de cultivo, el río, la sierra del Moncayo, y comencé a subir más y más hasta que todo se hizo oscuro y vi la cara redonda de la tierra, mitad en sombras, mitad en luz.[1]

–¿Visteis todo eso?

–Sí, padre. Fue terrible... Me asusté mucho. Sobre todo cuando me llevaron por encima de los mares hasta un lugar que no conocía. Sentía claramente cómo el viento de aquella latitud golpeaba mi cara y vi que aquellos albañiles, transformados en criaturas radiantes, controlaban los movimientos de la nube, guiándola ora a la derecha, ora a la izquierda, con gran seguridad.

Fray Alonso torció el gesto ante la descripción. Aquel relato coincidía con las reclamaciones heréticas investigadas tiempo atrás de boca del obispo de Cuenca, Nicolás de Biedma, o del célebre doctor Torralba, que entre finales del siglo XIV y principios del XVI afirmó haber subido a nubes de esa clase, haber volado a Roma con ellas y, lo peor, haber sido guiado por diablillos de dudosas intenciones.

–¿Cómo podéis estar tan segura de que aquellos hombres eran ángeles de Dios?

La monja se persignó.

–¡Ave María! ¿Qué otras criaturas podrían ser si no?

–No lo sé. Decídmelo vos, hermana.

–Bueno –dudó–, al principio, como vuestra paternidad, me pregunté si no estaría siendo engañada por el Maligno, pero luego, cuando al poco de emprender aquel vuelo me ordenaron que descendiese para predicar la palabra de Dios, mis recelos se esfumaron.

---

1. Sor María dio buena cuenta de este primer vuelo, y de las características que presenta nuestro planeta desde el espacio, en un manuscrito todavía inédito que se conserva en la Biblioteca Nacional de Madrid, bajo el título de *Tratado de la redondez de la Tierra* (Mss. 9364).

−¿La ordenaron descender, decís?

−Sí. Extendieron una especie de alfombra de luz bajo mis pies y me invitaron a transmitir un mensaje a un grupo de personas que aguardaban. Supe que no eran cristianos, pero tampoco musulmanes o enemigos de nuestra fe. Vestían con pieles de animales, y acudieron a mí impresionados por la luz que desprendía la nube.

−Madre, mi deber es insistir: ¿estáis segura de que eran ángeles?

−¿Qué si no? −insistió también la abadesa−. No rehuían mis palabras, aceptaban de buen grado mi fe en Dios y la consideraban con respeto y devoción. El Diablo no hubiera resistido tanta loa a nuestro padre celestial.

−Ya. ¿Y qué pasó después?

−Hice todo lo que me pidieron. Aquella noche visité dos lugares más, y hablé a nuevos indios, y aunque ellos usaban otras lenguas, parecieron entenderme.

−¿Cómo eran?

−Me llamó mucho la atención el tono cobrizo de su piel, y el hecho de que casi todos llevaran el torso, los brazos, las piernas y el rostro pintados. Vivían en casas de piedra, como en nuestros pueblos, sólo que se entraba a ellas por los tejados, y se reunían para sus ceremonias en una especie de pozos a los que sólo accedían hombres autorizados por sus brujos.

Fray Alonso vaciló. Aquello coincidía con lo que él mismo había visto, y casi olvidado, en Nuevo México.

−¿Hablasteis a los indios de la llegada de los franciscanos?

−¡Oh, sí! Los ángeles me insistieron en eso. Incluso me permitieron ver lugares donde trabajaban padres de nuestra seráfica orden. En uno de ellos, vi como un indio al que llamaban el «capitán tuerto» imploraba a uno de nuestros religiosos, un hombre adusto, de espaldas anchas y grande, que les predicara la Palabra de Dios. El «tuerto» rogaba que le asignaran misioneros que yo misma les había dicho que exigieran.

—¡Isleta!

—No sabría deciros cómo se llamaba el lugar, nadie me lo dijo. En cambio, comprobé que aquel fraile le negó ayuda por falta de hombres. ¿Saben? Me entrevisté con el «capitán tuerto» lunas antes, y le di cuenta de hacia dónde debía caminar para encontrarse con nuestros misioneros.

—¿Cuántas veces creéis haber estado allí?

—Es difícil de precisar, porque tengo la convicción de que en muchas ocasiones no fui consciente de ello. Soñaba a diario con esas tierras, pero no podría deciros si lo hice porque estuve en ese estado, o porque Nuestro Señor quería que reviviera ciertas escenas de mi predicación.

—Intentad calcularlo. Es importante.

—Quizá unas... quinientas veces.

Fray Alonso abrió los ojos de par en par. Le tembló un poco —muy poco— la voz.

—Quinientas veces, ¿desde 1620 hasta hoy?

—No, no. Sólo entre 1620 y 1623. Luego, tras pedírselo a Dios Nuestro Señor y a sus interceptores con todas mis fuerzas, cesaron las exterioridades y los ángeles de Cristo que me acompañaron marcharon tan misteriosamente como llegaron.

—Entiendo... ¿Os dijo alguien cómo detener vuestras «exterioridades»?

—No. Pero mortifiqué mi cuerpo para tener al espíritu cerca de mí. Dejé de comer carne, leche o queso y comencé una dieta sólo de legumbres. Además, tres días a la semana practicaba ayuno estricto de pan y agua. Poco después, todo cesó.

–¿Para siempre?

–Así es. A menos que aquellos ángeles tomaran mi forma y siguieran apareciéndose entre los indios sin que yo lo supiera.

Fray Alonso garabateó algo en un pergamino y lo dobló.

–Está bien, hermana. Es todo por hoy. Debemos pensar sobre lo que habéis declarado antes de proseguir.

–Como deseéis.

La sumisión de la monja desarmó al portugués, pero reconfortó al padre Marcilla, que veía con agrado que no estaba decepcionando las expectativas del ex custodio de Nuevo México. Y así, fray Alonso se sumergió, en silencio, en un extraño cálculo que le forzó a empotrarse aún más en su asiento: si aquella monjita había sido trasladada a América por ángeles sólo entre 1620 y 1623, tal como ella afirmaba, entonces ¿quién había guiado al «capitán tuerto» de nuevo hasta Isleta hacía sólo unos meses? ¿Quién avisó a los jumanos para que salieran al paso de la comitiva de fray Juan de Salas en la Gran Quivira? ¿Quién, en definitiva, había tomado el relevo?

Un retortijón pinzó su estómago, al tiempo que un estruendo sacudía todo el ambiente. Parecía un timbre.

¿Un timbre?

Jennifer despertó.

40

Antes de dirigirse al aeropuerto internacional Leonardo da Vinci de Roma, el padre Giuseppe Baldi dio un paseo por el cuartel general de la guardia suiza. No le fue difícil llegar hasta el despacho del capitán Ugo Lotti, que le atendió en cuanto supo que se trataba del principal testigo del atentado del día anterior.

El capitán Lotti se ofreció a resolver cualquier duda que tuviera. Por desgracia, las 24 horas transcurridas desde el incidente no le habían servido para aclarar las circunstancias del ataque contra la columna de Santa Verónica. Los *sampietrini* seguían en la más absoluta de las incertidumbres e ignoraban qué móvil podía inducir a atentar contra una obra de arte como aquélla.

—Es un caso bastante extraño —admitió el oficial mientras acariciaba su portafolios marrón—. Las bombas se colocaron junto a tres puntos débiles de la estructura de la torre, con una pericia que nos permite afirmar que se trata de profesionales. Pero al mismo tiempo todo fue urdido como si, en realidad, no se quisiera hacer daño al monumento.

—¿Quiere decir que no pretendían destrozar nada, sólo llamar o distraer la atención de algo?

—Sí, eso parece.

—No lo veo muy convencido.

–Verá, padre, cada año hay cinco o seis intentos de agredir a alguna de las 395 estatuas de la basílica de San Pedro. La Piedad es la más atacada, pero nunca antes se había atentado contra Santa Verónica, una obra menor de Francesco Mochi, sin ninguna relevancia particular...

–Tal vez no fuera la estatua lo que quisieron destruir. Tal vez fue un acto simbólico, ¿no cree?

El capitán Lotti se balanceó en su butaca, y abordó a su visitante en tono pretendidamente cómplice.

–No sabrá usted algo de lo que yo debiera estar al corriente, ¿verdad, padre?

–Por desgracia, no.

–Ahora soy yo quien no lo ve muy convencido, padre.

–He estudiado la historia de esa columna, pero no he encontrado nada. Como sabrá, fue diseñada por Bramante, pero cuando Julio II encargó a Miguel Ángel la construcción de la cúpula, éste modificó el proyecto, haciéndola más sólida. Entonces se diseñaron «huecas» para albergar tesoros.

–¿Llama tesoros a las santas reliquias? –el *sampietrini* le miró sonriendo.

–Bueno, en la columna agredida se guarda el paño original de la Verónica, el que se cree que refleja el rostro de Jesús camino del calvario.

–¿Y sabe usted algo de la «Hermandad del Corazón de María»?

–Ni palabra.

–Entonces, ¿qué desea exactamente de mí, padre?

El «evangelista» enderezó la espalda.

–He venido para que me diga, si puede, si el carrete que confiscaron en la basílica le aportó alguna pista.

–¡Ah! Ése es otro misterio. Ayer, naturalmente, revelamos el rollo en nuestros laboratorios, y al positivar la última foto apareció algo muy raro...

El suizo rebuscó entre las carpetas hasta localizar la imagen.

—Ajá. Aquí la tiene. ¿Lo ve?

Baldi la tomó entre sus manos. Era una copia de 15 × 20 centímetros, en papel mate. La observó con cuidado durante unos segundos. La toma era de una calidad deficiente y estaba casi velada. En la parte inferior se distinguía el suelo de mármol de la basílica y, muy al fondo, las punteras de sus zapatos. No obstante, lo más llamativo no era lo que estaba sobre el pavimento, sino lo que ocupaba el flanco central izquierdo de la instantánea.

—¿Usted qué cree que puede ser?

—No tengo ni idea, capitán. Ya le dije a sus hombres que el flash de la cámara me cegó y no me dejó ver hacia dónde huyó aquel hombre.

—¡Pero si era una cámara ridícula! —protestó el policía.

—Lo sé. Hasta su propietario estaba asombrado del resplandor. Y si a ese detalle le une esta foto, todo se complica. ¿No cree?

El «evangelista» señaló una serie de extrañas marcas luminosas, que se extendían como hilos de una cometa a lo largo de la foto. Le preguntó su impresión. El capitán no supo qué decir.

—Quizá sean las llamas de algunos cirios que con la exposición...

—Pero, capitán —le objetó Baldi—, usted ha dicho que era una cámara ridícula, de esas que llevan el flash incorporado y que no permiten hacer fotos con exposición.

—Entonces, tal vez se trate de un error de la lente.

—Pero esas marcas aparecerían en todas las fotos. ¿No es así?

—Tiene razón —reconoció—. Esas marcas no aparecen en ninguna de las tomas restantes, y no tienen explicación. Ayer por la tarde, el teniente Malanga amplió ese segmento de la imagen, pero no encontró nada detrás de las rayas. Son sólo eso, rayas.

–Rayas invisibles al ojo humano, capitán.

El benedictino se ajustó las gafas contra la nariz antes de continuar.

–Aunque pueda parecer ridículo, ¿sabe qué impresión me producen?

–Usted dirá.

El «evangelista» sonrió de oreja a oreja.

–Que son las «alas» de un ángel.

–¿Un ángel?

–Ya sabe, un ser de luz. Uno de esos personajes que según las Escrituras aparecen siempre para traernos algún mensaje, algún recado del Altísimo.

–Ah, claro –respondió Ugo Lotti sin entusiasmo–. Pero, un ángel en San Pedro...

–¿Puedo quedármela?

–¿La foto?... ¿Por qué no? Nosotros tenemos el negativo.

41

Dos horas después, mientras facturaba su equipaje en el mostrador de Alitalia, el benedictino aún conservaba la sonrisa irónica que había lucido en comisaría. El aeropuerto estaba tranquilo, y en las puertas de embarque de su terminal no había ni rastro de pasajeros.

Baldi cruzó el control de seguridad como si flotara en una nube. El permiso que le había dado esa mañana el secretario personal de Su Santidad, monseñor Stanislaw Zsidiv, después de la espantada del día anterior en el confesionario, lo había rejuvenecido. Se trataba de una autorización *speciale modo* para que se entrevistara con el «segundo evangelista», contraviniendo una vez más las normas del proyecto de Cronovisión, y a la que se sumaba ahora el encargo pontificio de recuperar a toda costa los archivos del padre Corso.

«San Lucas» voló hasta el aeropuerto de El Prat en Barcelona, donde enlazó con un vetusto *fokker* de Aviaco con destino al siempre difícil aeródromo de San Sebastián. Allí, con la tarjeta de crédito que le había facilitado el propio Zsidiv, alquiló un Renault Clío blanco de tres puertas, con matrícula de Bilbao, y enfiló la autopista A-8 con destino a la capital vizcaína.

Cuarenta y cinco minutos más tarde, a la entrada de la ciudad, aparcó el coche y detuvo a un taxi, al que le entregó la dirección del «segundo evangelista» escrita en un papel. Mientras reflexionaba sobre lo rápido que podía cruzarse Europa en las postrimerías del siglo XX, el taxista, extrañado por las indicaciones de aquel cura de aspecto nervioso, apretó el acelerador en dirección a la Universidad de Deusto. No tardó ni diez minutos en llegar. En el edificio de corte neoclásico que alberga la Facultad de Derecho, en el segundo piso, «san Marcos», o mejor, el padre Amadeo María Tejada tenía su despacho.

Un directorio colgado a la entrada especificaba el número y la ubicación de su oficina.

Baldi subió de tres en tres las escaleras de mármol, y una vez frente a la puerta del gabinete tanteó su picaporte. Un segundo más tarde, se anunció con los nudillos.

—¿Qué desea?

El padre Tejada, con su inconfundible silueta de titán, miró de arriba abajo a su interlocutor, tratando de adivinar qué demonios hacía un señor entrado en años como aquél en un hervidero de estudiantes en época de exámenes. Su visitante vestía hábitos talares de San Benito, y le miraba con cara de asombro.

—¿«San Marcos»? —titubeó.

El rostro del gigante se iluminó. De repente, lo había comprendido todo.

—*Domine Deus!* ¿Habéis conseguido permiso para venir hasta aquí?

Baldi asintió.

—Soy «san Lucas».

—¡El músico! ¡Por favor! Pasad y sentaos.

Tejada se sintió risueño como un colegial. No acertaba a comprender qué asunto había traído a uno de los jefes de equipo de la

Cronovisión hasta su despacho, pero intuía que debía de ser algo importante para que, por primera vez en casi medio siglo, transgrediese la principal norma de seguridad del proyecto.

—Monseñor Zsidiv es quien ha autorizado esta visita, padre Tejada.

—Supongo, entonces, que el asunto es grave.

—Verá, padre... —intentó explicarse «Lucas», que de pronto no encontraba las palabras—. Creo que estará al corriente del suicidio del «primer evangelista», ¿verdad?

—Sí. Lo supe hace unos días. Una noticia terrible.

Baldi asintió.

—Lo que quizá no sepa es que, tras su muerte, desaparecieron de su despacho documentos relacionados con su investigación. Aún no sabemos dónde empezar a buscarlos.

—No entiendo. ¿Y por qué se dirige a mí? Yo no soy policía.

—Bueno... Usted es un experto en ángeles, y ha estudiado mejor que nadie cómo actúan. Ya sabe: siembran señales aquí y allá, y usted mejor que nadie puede descifrar sus designios.

—Lo tomaré como un cumplido.

—Lo que quiero decirle es que... Será mejor que lo vea usted mismo.

«San Lucas» hurgó en su cartera de mano en busca de la fotografía que le había entregado el capitán Lotti. La extrajo de un sobre marrón, y la dejó caer sobre la mesa del profesor Tejada.

—Fue tomada ayer, en la *Cittá* del Vaticano, después de que el hombre que debiera estar en la toma hiciera detonar tres pequeños explosivos junto a la columna de la Verónica.

—¿De veras? Aquí no ha llegado la noticia. ¿Hubo daños?

—Fue un incidente sin importancia, que ni siquiera ha merecido un par de líneas en *L'Osservatore Romano* de hoy. Pero fíjese bien. Los zapatos que ve detrás de esas líneas son los míos. Yo estuve allí y presencié el atentado.

El padre Tejada examinó con más detenimiento la imagen. Después de echar un vistazo a algunos de sus detalles con una lupa de treinta aumentos que sacó del escritorio, se rascó la barba.

–¿Sabe qué clase de cámara se utilizó?

–Una Nikon de bolsillo, y se disparó sin exposición. La foto la obtuvo un turista.

–Comprendo. ¿Y usted no vio nada?

–No... La luz del flash, que por cierto iluminó todo con una potencia que extrañó hasta al propietario de la cámara, me cegó.

–Hum –rugió Tejada–. Probablemente, no fuera la luz del flash lo que lo deslumbró, padre.

Baldi esbozó una mueca de asombro, pero no dijo nada.

–Quizá el resplandor fue lo que se tragó al supuesto terrorista.

–¿Se tragó?

–¡Vaya! ¿Sabe usted algo de física? ¿Lee alguna publicación científica sobre el tema?

–No, la verdad. Lo mío es la historia.

–Entonces, trataré de explicárselo de forma sencilla. Quizá lo que vio fue un efecto que se ha estudiado en algunos experimentos de física de partículas, especialmente en aquellos en los que un fotón es capaz de desdoblarse en dos, proyectando una réplica exacta de sí mismo a otro punto cualquiera del universo, o incluso desvaneciéndose sin dejar rastro. Durante ese proceso de duplicación, se ha podido comprobar que el fotón original desprende gran cantidad de energía lumínica, una fuerte radiación que es perceptible para nuestros instrumentos y que podría impresionar un negativo fotográfico sin problema.

—¡Pero estamos hablando de partículas elementales, no de clones humanos!

—¿Y quién le dice a usted que no se ha desarrollado una fórmula capaz de llevar esa característica de los fotones a escala humana?

—¡Jesús! ¿Quién?

La incredulidad de «Lucas» divertía a Tejada.

—Le parecerá raro, pero no es la primera vez que veo esta clase de rayas en fotografías. A veces, en casos en los que se cree que han intervenido entidades sobrenaturales, como en las apariciones de la Virgen en Medjugorge, en Yugoslavia, se han obtenido imágenes así.

—¿De veras?

—Nos enfrentamos a algún tipo de manifestación energética que rodea a ciertos individuos y que es invisible al ojo humano. Es algo parecido a la aureola que los artistas pintaban a los santos, sólo que en este caso se trata de algo con base física.

—No estará diciéndome que la Virgen...

—En absoluto. Para afirmar eso deberíamos reunir pruebas extraordinarias. En cambio, si he de serle sincero, creo que el hombre que no aparece en la foto podría ser un «infiltrado», un ángel, alguien capaz de controlar su desaparición de un escenario como si fuera un fotón y que aprovechó el flash del turista para disfrazar su huida creando un relámpago para desvanecerse.

—Eso son especulaciones.

—Lo son, es cierto. Pero ya sabe que tanto la tradición cristiana como otras más antiguas nos hablan de ellos como seres de carne y hueso, que a menudo adoptan formas y sustancias superiores, y que nos vigilan desde dentro... ¿No lo entiende? Igual que los fotones, que son onda y partícula, los ángeles son corporales e inmateriales a la vez.

—Me sorprende usted.

—Además —añadió Tejada blandiendo la foto de la basílica—, por alguna razón que desconocemos, las cámaras de fotos, más sensibles que el ojo humano a las diferentes formas de luz, no captan el aspecto que nuestros ojos ven, sino otro diferente.

—Todavía no le he explicado la segunda parte. Como comprenderá, si me he tomado la molestia de venir desde Roma hasta aquí no ha sido para enseñarle sólo una fotografía, aunque usted sea un reputado especialista en la materia.

—Me halaga. Soy todo oídos.

—Antes de que se obtuviera esta imagen, el «terrorista» murmuró algo a mi lado. Dijo algo así como que estuviera atento a las señales, y que preguntara al «segundo». Deduje que debía hablar con usted, con el «segundo evangelista».

El gigante enarcó sus pobladas cejas.

—No lo entiendo. Es cierto que los ángeles se manifiestan para entregarnos señales. Pero ¿qué tiene que ver eso conmigo?

—Cuando se tomó esta foto, trataba de encontrar una respuesta a la desaparición de los archivos de «san Mateo». Ésa era mi misión y, créame, no sabía qué hacer. Así que pedí una señal, un milagro, que llegó con esta imagen y con lo que escuché. ¿Lo entiende ahora?

—No, la verdad.

—Creo que vuestra paternidad puede ayudarme a averiguar el paradero de la información robada a «san Mateo». Para eso me dieron la señal, y para eso he venido aquí, ¿no se da cuenta?

—Entonces, *credo quia absurdum.*[1]

1. Lo creo porque es absurdo.

El padre Tejada echó un nuevo vistazo a la fotografía, mientras le formulaba su enésima duda.

–Dígame, ¿qué clase de información desapareció tras el suicidio de «Mateo»?

–Es difícil de precisar.

–Algo podrá hacer.

–Sí, claro. Antes de morir, el padre Luigi Corso indagó en las extrañas capacidades de una monjita española para desplazarse entre el Nuevo y el Viejo Continente durante el siglo XVII. Al parecer, sus «visitas» a América le valieron el sobrenombre de la Dama Azul entre los indios del sudoeste de Estados Unidos, y por razones que sólo intuyo, «san Mateo» se obsesionó con el caso.

–¡La Dama Azul! ¿Está usted seguro?

–Sí, claro.

–Ésta sí es buena.

–Me alegro de que conozca el caso.

–¡Y cómo no voy a hacerlo! –exclamó con cierta teatralidad el gigante–. Escúcheme bien: hace unos días estuvo aquí la policía para preguntarme sobre un manuscrito del siglo XVII, que perteneció a Felipe IV, y en el que se consignó la historia de la Dama Azul. Al parecer, el texto detallaba qué clase de método empleó para bilocarse.

Baldi tomó un lapicero de un bote rojo y comenzó a mordisquearlo.

–¿Su técnica del fotón?

–No estoy seguro.

–¿Y por qué se interesó la policía por ese manuscrito?

–Muy fácil: fue robado de la Biblioteca Nacional... –Tejada dudó un segundo, mientras consultaba un calendario de mesa que tenía frente a él– ¡el mismo día que se suicidó «Mateo»!

–Sorprendente.

–¿Sabe qué más contenía ese manuscrito?

–Oh, sí. Cuando en 1630 los franciscanos sospecharon que quizá la mujer que se había aparecido en Nuevo México podía ser una monja de su orden, mandaron a Ágreda al que había sido padre custodio en Santa Fe para interrogar a la «sospechosa». Los interrogatorios duraron dos semanas, tras las cuales, el custodio...

–¿Benavides?

–Exacto. El custodio redactó un informe donde consignó sus conclusiones.

–¿Sabe cuáles fueron?

–Sólo en parte. Al parecer, Benavides dedujo que la monja lograba desdoblarse (o bilocarse, como prefiera), tras escuchar cánticos que la hacían entrar en trance muy profundo. De hecho, en el pasado hablé bastante de este asunto con el ayudante de «Mateo».

–Fray Alberto. Lo conozco.

–El mismo.

–¿Y qué le dijo?

–Se mostró muy interesado en esa «pista». Y en cierta manera era lógico, ya que entre los «evangelistas» habían circulado sus estudios sobre prepolifonía, en los que usted mismo aseguraba que ciertas frecuencias de música sacra podían ayudar a provocar estados alterados de conciencia que favorecieran la bilocación.

–Así que tomaron en serio mis estudios... –Baldi sonrió satisfecho.

–¡Oh sí! Recuerdo uno de los informes que envió al padre Corso, en el que explicaba cómo los griegos habían descubierto que según el modo en que se emplearan las notas musicales, se podían provocar distintos estados de ánimo a una audiencia reducida. ¿Lo recuerda?

—Cómo no voy a recordarlo. Aristóteles estudió cómo la música obraba sobre la voluntad. Los pitagóricos descubrieron que el modo re (o frigio) levantaba el entusiasmo de los guerreros; el modo do (o lidio) conseguía el efecto contrario, debilitando la mente del escucha; el modo si (o mixolidio) provocaba accesos de melancolía...

—... Y el modo mi provocaba accesos de contemplación extática —lo atajó el gigante.

—Sí, sí. Muy cierto. El modo mi marca el umbral de una percepción musical nueva.

—Pues escuche: el ayudante del padre Corso me confirmó que habían podido demostrar cómo cada cosa o situación creada tiene una vibración exclusiva, y cómo si otro objeto o mente logra colocarse en esa misma vibración, accederá a la esencia de esa cosa, en su época y lugar correspondiente. El descubrimiento era genial, y éste, combinado con el modo mi, parece que les dio la pauta que buscaban en Roma.

—¿Le dijo eso fray Alberto?

El padre Tejada se acarició una vez más la barba. Estaba tan excitado que no parpadeaba.

—¡Naturalmente! ¿No lo entiende? Lo poco que yo sabía de los interrogatorios de Benavides a sor María Jesús era que ésta le explicó con pelos y señales en qué momentos solía entrar en trance y desplazarse hasta América en bilocación. Lo hacía escuchando los *Aleluyas*,[2] durante la misa. Sus vibraciones la catapultaban a más de diez mil kilómetros de distancia.

—¿No sabrá si Corso pudo reproducir con alguien algún fenómeno similar?

2. El propio san Agustín decía que los *Aleluyas* facilitaban la unión mística con Dios. Se cantaban alargando la última sílaba indefinidamente, empleando en ello varias notas.

—Ahora que lo dice, sí... Recuerdo que fray Alberto me habló de que, investigando las composiciones musicales para las misas medievales, localizaron elementos acústicos que aplicaron a varias personas.

El benedictino se mostró más expectante que nunca.

—¿Y cuándo fue eso?

—Hará seis o siete meses, como mucho.

—¿Y sabe qué sonidos aplicaron? —preguntó Baldi muy intrigado.

—Déjeme pensar... Desde el siglo XVI el *Introito* de la misa se cantaba en modo do. El *Kyrie Eleison* y el *Gloria in Excelsis Deo* posterior,[3] en modo re. Y el modo mi se empleaba entre las lecturas de la Biblia y la consagración con los *Aleluyas*.

—¡Por supuesto! —bramó «Lucas»—. ¡La misa tradicional cifra en realidad una octava completa, desde el inicio hasta el fin!

—¿Qué insinúa?

—Está claro que la liturgia fue diseñada para, entre otras cosas, provocar estados místicos que catapultaran a las personas más sensibles fuera de su cuerpo. ¡Mi tesis!

—Pero, padre Baldi, hay algo que no entiendo: ¿por qué ese «efecto catapulta», como lo llama usted, sólo lo vivió la madre Ágreda y no otras monjas del convento u otros fieles que también acudían a misa?

—Bueno... —vaciló—. Debe de existir una respuesta neurológica a eso. Pero claro, no disponemos de tejido cerebral de sor María Jesús para demostrarlo.

El benedictino se levantó de su silla y comenzó a caminar en pequeños círculos.

3. «Señor, ten piedad» y «Gloria a Dios en las alturas».

–Me ha dicho que Corso utilizó esas frecuencias con otras personas. En Roma, ayer mismo, fray Alberto me indicó que aplicaron esos sonidos a una mujer a la que llamaban «Gran Soñador». Sin embargo, ante el fracaso de las pruebas, la mandaron a casa.

–¿Una mujer? ¿Italiana?

–No. Norteamericana.

–En ese caso...

El padre Tejada rebuscó en las páginas de su dietario, como si de repente hubiera recordado algún dato de interés.

–... Aquí está. No sé si resultará útil, pero cuando la policía vino a verme, los envié a un buen amigo mío experto en documentos del siglo XVII. Un hermano de la *Societas Jesu*[4] que más tarde me telefoneó para decirme algo curioso: los policías se habían interesado por una coleccionista americana que tiempo atrás escribió a Loyola preguntando por el paradero del texto de Benavides. No me extrañaría que estuviéramos hablando de la misma persona.

–¡Claro! ¡Ésa es la señal!

–¿Cómo dice?

–Que ésa es la señal, padre. ¿No lo entiende? Usted es el «segundo» a quien debía preguntar, y ese dato es la señal. Es evidente, ¿no?

El gigante sonrió. O aquel benedictino era un visionario genial... o había perdido definitivamente los papeles con aquel caso.

4. Compañía de Jesús.

42

Jennifer abrió al tercer timbrazo. Aunque había oído perfectamente el primero, su cerebro lo «encajó» en el último sueño con ánimo de extraviarlo. El segundo, no obstante, la despertó.

Le costaba entender quién podría llamar a su puerta un domingo a las diez de la mañana, pero se levantó. Ése era uno de los vicios adquiridos en Fort Meade: nunca debía dejar una llamada sin atender.

Jennifer se envolvió en su bata de seda negra, se sacudió el pelo, y cruzó a toda velocidad el salón. Al asomarse por la mirilla, descubrió a un joven de unos treinta años, gafas de montura metálica, delgado y cara de empollón, que la aguardaba impaciente. No lo había visto jamás.

–¿Señorita Narody? –el visitante formuló su pregunta cuando intuyó que lo observaban.

–Sí, soy yo. ¿Qué desea?

–No sé cómo explicarle... –titubeó en su deficiente inglés–. Mi nombre es Carlos Albert, soy el periodista español que dejó un mensaje en su contestador hace unos días. ¿Se acuerda? Quería hablar con usted acerca de unos manuscritos españoles del siglo XVII.

–Recuerdo su llamada, en efecto. Pero no sé de qué me habla.

–Por favor, ¿podemos hablar?

Jennifer dudó si abrir o no a aquel desconocido. Pero cuando mencionó algo acerca de un robo de documentos históricos que la policía estaba investigando y que podía incriminarla decidió aclarar la cuestión.

–Siento las molestias que se ha tomado viniendo hasta aquí –atajó brusca al *patrón*–. Nunca me han interesado los documentos, y apenas la Historia. Creo que se ha equivocado de persona.

–Pero usted es Jennifer Narody, ¿no es cierto?

–Sí, lo soy.

–¿Y no escribió usted al santuario de Loyola, en España, para pedir una copia del *Memorial* de Benavides? Yo mismo vi su carta...

–¿Benavides? ¿Fray Alonso de Benavides?

Jennifer tartamudeó al pronunciar el nombre completo de aquel fraile.

–Ése. ¿Lo conoce?

–Más o menos... –vaciló–. Pero nunca he escrito a nadie sobre ese tema.

–¿Y tampoco ha visto ese manuscrito?

La mujer no respondió. Su cerebro luchaba por encontrar un sentido a todo aquello. Sus sueños, aquella visita y hasta el documento al que se refería aquel periodista parecían piezas de un mismo ajedrez. En sólo un segundo lo entendió todo: la predicción de la gitana, sus visiones de Nuevo México y hasta el envío de UPS desde Roma del que casi ya se había olvidado. «¡Claro! –estalló para sus adentros–, la segunda señal era el documento que recibí, esa que no entendería hasta que llegara la tercera.»

–Usted es la última señal... –murmuró.

Carlos palideció.

–¿Cómo dice? ¿La señal?

–Será mejor que pase y eche un vistazo a algo.

Jennifer se ajustó la bata, cerrándola hasta el cuello, antes de invitarle a entrar. Carlos aceptó, sorprendido otra vez por el rumbo fácil que tomaban los acontecimientos.

El apartamento no le pareció un ejemplo de orden. Se intuían los restos del *way of life* americano en las cajas de pizza amontonadas sobre la mesa de cristal baja, y en la colección completa de discos de Bruce Springsteen desparramada frente a un aparatoso equipo de música. En un armario de bambú, Jennifer Narody se detuvo a buscar algo en sus cajones.

–¿Puedo ayudarla?

–No, no. Nadie conoce mejor este orden que yo.

–Claro, comprendo –dijo Carlos disimulando una sonrisa.

–¡Aquí está! Ha de ser esto.

Jennifer depositó sobre el televisor un manojo de páginas antiguas atadas con cordeles, y escritas con una caligrafía que el *patrón* conocía bien. Una oleada de calor le subió al rostro.

–¿De dónde lo ha sacado?

–¡Oh! Lo recibí hace unos días por mensajero. Alguien me lo envió desde Roma, sin remitente, y como no entendí de qué podía tratarse, lo guardé.

–¿Se lo pudo enviar algún amigo coleccionista?

–Ya le he dicho que no me interesan las antigüedades.

–¿Y entonces?

–Lo ignoro. Lo siento.

Carlos tomó el tocho entre sus manos y lo hojeó con deleite. Al principio, le costó adaptarse a aquella grafía barroca llena de arabescos, pero después lo leyó de corrido: «Memorial a Su Santidad, papa Urbano VIII, nuestro señor, relatando las conversiones de Nuevo México hechas durante el más feliz período de Su Administración y Pontificado y presentado a Su Santidad por el padre fray Alonso de Benavides, de la orden de Nuestro Padre San Francisco, custodio de las citadas conversiones, el 12 de febrero de 1634». Al documento, pegado en una fina tira de papel cebolla, le acompañaba una inscripción más reciente trazada con lápiz rojo: «Mss. Res. 5062».

Aquello terminó de sobresaltarle.

—¡Por todos los santos! ¿Sabe qué es esto?

—Por supuesto que no.

—Un documento sustraído de la cámara acorazada de la Biblioteca Nacional de Madrid. Debe saber que el robo de documentos es un delito internacional muy grave.

Jennifer Narody trató de contener su sorpresa.

—¡Yo no lo robé! —protestó—. Si así fuera, ¿cree que se lo hubiera enseñado así, por las buenas?

Carlos se encogió de hombros.

—Está bien. Lo único que sé es que éste es el cuerpo del delito, y lo tiene usted en su casa.

—Espere un momento. Hasta hace un segundo ni siquiera sabía de qué se trataba. Alguien me lo envió. Alguien que... —dudó un instante—, por lo que veo, quiere implicarme en algo sucio.

—Luego, al menos, sospecha de alguien.

—En parte.

—No quiero presionarla, señorita Narody, pero la Interpol sabe de su existencia y no creo que tarde mucho en visitarla. Le va a ser difícil justificar la posesión de un incunable robado.

—¿Interpol?

—La brigada criminal de la policía española y el grupo antisectas alertó a Interpol temiendo que este texto hubiera salido ilegalmente del país. Y a la vista está: tenían toda la razón.

El *patrón* acentuó más de lo normal la palabra «este». Jennifer se asustó.

–¿Y por qué investiga un documento así una brigada antisectas?

–Sospechaban de un grupo de fanáticos. A veces esa clase de colectivos se interesan por un libro o una obra de arte por las razones más extrañas. De hecho, quien entró en la biblioteca sólo robó ese documento, y eso que podía haberse llevado otras obras mucho más valiosas.

–Parece extraño, ¿no?

–Mucho. Por eso creo que merezco algunas explicaciones más, señorita. Por ejemplo, si no leyó nunca este documento, ¿cómo es que conoce el nombre completo del padre Benavides?

–Yo, no...

–Vamos, tranquilícese. No soy policía. Mi interés en esto es personal.

–¿Personal? ¿Qué quiere decir?

–Debo llegar al fondo de esto si no quiero volverme loco. Ya escucho hasta voces en la cabeza que me hablan del caso.

–¿Voces? –Jennifer sonrió–. Entonces es usted de los míos.

–¿De los suyos?

–Acompáñeme, por favor.

La morena condujo a Carlos hasta el mullido sofá que ocupaba otra pequeña habitación del apartamento. El cuarto estaba atestado de papeles, libros y recuerdos de viajes. Era el rincón más acogedor de la casa.

–No me interprete mal, señor...

–Albert. Carlos Albert.

–Señor Albert. Pero el conocimiento que tengo de Benavides me ha venido a través de sueños. Le juro que nunca antes había oído hablar de él, ni leído ningún libro que lo mencionara. Sin embargo, desde que dejé mi anterior trabajo, sueño con sucesos que tuvieron lugar hace siglos y en los que, de una u otra manera, intervino ese fraile. No sé si usted ha tenido alguna vez esa clase de ensoñaciones lúcidas, pero le aseguro que parece cosa de magia.

—¿En qué trabajaba usted?

—Creo, y eso es lo que quiero contarle, que mi trabajo tiene mucho que ver en esto.

—¿Ah, sí?

—Hasta hace poco tiempo era teniente de la Fuerza Aérea de los Estados Unidos, y trabajaba en la sección de inteligencia.

Carlos dio un respingo.

—Durante los dos últimos años fui destinada a Virginia, y después a Europa, dentro de un proyecto secreto para la exploración de las facultades límite de la mente humana.

—¿Facultades límite?

—Sí. Habilidades psíquicas como la transmisión de pensamiento o la visión remota a través de personas entrenadas en clarividencia. ¿Comprende de qué le hablo?

—Perfectamente.

El *patrón* no salía de su asombro. Había oído de esa clase de proyectos más cercanos a la ficción televisiva que a la realidad, pero ahora tenía enfrente a una persona que conocía el asunto de primera mano. Si se trataba de una coartada, era perfecta. Justo la clase de relato increíble que interesaba a Carlos.

—Durante la administración Reagan, mi equipo trató de emular los logros conseguidos por los rusos para espiar a distancia instalaciones militares con ayuda de personas con habilidades psíquicas. Formamos un «ejército» de «viajeros astrales» que pudieran «volar» hasta sus objetivos. Por desgracia, la mayor parte de esos

experimentos fracasaron porque no pudimos controlarlos a voluntad. Nuestro general fue destituido.

–¿Y cuándo entró usted en escena?

–El año pasado. El proyecto de «espionaje psíquico» nunca fue
cerrado del todo porque, desde antes de la caída del muro de Berlín,
sabíamos que los comunistas trabajaban con esas facultades límite aplicadas al terreno militar. Es más, los rusos vendieron sus secretos a otras potencias.

–Entiendo.

–Para colmo, teníamos poco presupuesto, así que mi instituto, el INSCOM, se alió con un socio discreto, interesado en esa clase de menesteres.

–¿Un socio?

–Sí, el Vaticano.

Carlos sacudió la cabeza.

–No se extrañe. El Vaticano lleva siglos interesado en
cuestiones que a nosotros sólo nos atraen desde hace unas décadas. Considere, por ejemplo, que el término bilocación es
tan sólo su manera piadosa de referirse a los viajes astrales.
Según ellos, el «doble astral» puede llegar a adquirir mayor o
menor densidad, dependiendo de la técnica empleada. Los
anales de la Iglesia están llenos de casos. En Roma les interesaba saber qué mecanismos psíquicos los provocaban: ellos
ponían la información histórica, y nosotros la tecnología para
«reproducir» tales estados.

–¿Tecnología?

–El instituto para el que trabajaba envió a uno de nuestros
hombres a Roma, a Radio Vaticana. Un experto en ingeniería de
sonido, que había trabajado en Virginia. Se unió a un proyecto pontificio que trataba de lograr una bilocación. Antes de nuestra lle-

gada averiguaron que ciertos tipos de música sacra favorecían el desdoblamiento del cuerpo.

—Y sólo con música podían...

—La música no era lo importante. Era la frecuencia vibratoria del sonido la que provocaba que el cerebro se comportara de una determinada forma, dando pie a experiencias psíquicas intensas. En Estados Unidos, nuestro agente aprendió una técnica parecida de manos de otro investigador, Robert Monroe, que sintetizó sonidos capaces de proyectar a una persona fuera de su cuerpo. Lo que les propusimos fue conjugar ambas experiencias en beneficio mutuo.

—¿Y usted?

—Me destinaron a Roma para trabajar con el líder de un extraño grupo al que llamaban el «primer evangelista».

—¿El «primer evangelista»?

—Por supuesto, era un nombre clave. Una vez allí, en una sala idéntica a la que teníamos en Fort Meade, me utilizaron como conejillo de indias. El «evangelista» estaba empeñado en proyectarme a otra época con los nuevos sonidos que habían sintetizado.

—¿A otra época? ¿Al pasado?

—Al pasado. Pero no consiguió nada. Me sometió a sesiones de cincuenta minutos en las que me exponía a sonidos intensos. Por la noche venía lo peor: figuras geométricas daban vueltas en mi cabeza hasta marearme; colores y voces me abrumaban. Descansaba mal y hasta perdí peso de la angustia.

Carlos no dijo nada.

—Era como si hubiera sintonizado un canal de televisión cuya antena estuviera defectuosa y la señal no se recibiera bien —añadió.

—¿No le dijeron por qué querían mandarla al pasado?

—Sí lo hicieron. Entonces no lo comprendí, pero ahora todo encaja.

–¿Qué quiere decir?

–Querían rastrear el paradero de un documento perdido donde se consignaban instrucciones para realizar proyecciones físicas de personas mediante sonidos.

–¿Físicas?

–Al parecer, alguien lo consiguió en el siglo XVII. Pero ni el Vaticano ni nuestro gobierno sabían cómo. Por lo visto, ese documento contenía las claves.

–Y el documento –murmuró Carlos– es éste.

–Eso parece.

–¿Soñó usted con él?

–En realidad, soñé con quien lo escribió y con el momento histórico en el que se redactó. Supongo que en Los Ángeles, alejada de los laboratorios, mi cerebro ha intentado «ajustar la señal» por su cuenta y finalmente lo consiguió, pero fuera del plazo fijado por los expertos en Roma. Fue entonces cuando comencé a ver cosas del pasado. Cosas que sucedieron en Nuevo México y en España.

–¿Y por qué le han mandado a usted un documento que no puede siquiera leer? ¿Tiene la menor idea de quién lo ha hecho?

–No lo sé. Pero es alguien que sabe donde vivo, y eso, créame, no es del dominio público.

Carlos cambió de tercio:

–Dígame, ¿qué fue de ese «evangelista» y de su hombre en Roma?

–Hace mucho que no sé nada de ellos. Después de mi fracaso en Roma regresé a Estados Unidos. Caí en una depresión y abandoné el ejército. Poco después me mudé aquí con la intención de ordenar mi vida. Cuando uno se retira de la vida militar, debe empezar de cero en la civil.

–¿Tiene usted lapsos de memoria?

Jennifer lo miró sorprendida. Se sentía dispuesta a colaborar, no a someterse a un interrogatorio.

–¿Qué quiere decir?

–Si usted hace cosas o visita lugares que luego no recuerda.

–No. Pero si no los recuerdo no veo cómo contestarle.

Carlos sonrió, disculpándose. Ella bajó la guardia.

–Entonces dígame, ¿cómo explicaría su carta a Loyola solicitando el documento?

–Ya le dije que no escribí ninguna carta.

–¿Y quién lo hizo, entonces?

–Quizá los mismos que me enviaron el documento, robándoselo a su país. ¿No le parece la solución más probable?

–Dice usted los mismos. ¿Es que sospecha de una red organizada?

–Naturalmente.

–¿Y qué sentido tendría mandar una carta falsa a Loyola?

–Está claro: sembraron una pista para que alguien la siguiera. En este caso, usted. Es un procedimiento habitual en el espionaje. Se dejan pistas para que el «objetivo» llegue sólo donde tiene que llegar, ¿me entiende?

Carlos continuó presionando a Jennifer.

–¿Y por qué robar un texto así y no cualquier otro?

–Quizá para impedir que lo encontraran antes el Vaticano o el gobierno americano. Quizá para que llegara a la opinión pública por alguna razón que desconozco. ¿Sabe?, es evidente que esa gente, sea quien sea, ha estado controlando nuestros experimentos, ha visto hasta dónde se quería llegar en Roma y por alguna razón ha querido poner en mis manos algo que buscaban mis antiguos jefes. Y ahora usted se presenta en mi casa y me obliga a unir las piezas de este rompecabezas... Es como si todo formara parte de un plan, ¿me entiende?

–Creo que sí.

–Perdone si cambio las tornas, pero a usted ¿qué le ha traído *exactamente* aquí?

Aquella precisión de Jennifer bloqueó al *patrón*. Debía escoger su respuesta sin que pareciera una excentricidad... Pero claudicó.

–La culpa la tuvo la voz de la que le hablé. En el avión que me trajo a Los Ángeles me dijo que en este texto encontraría las claves del fenómeno de la bilocación.

–O sea, que a usted también le interesa.

–Claro.

–En ese caso, dé por hecho que nos han juntado a propósito.

–¿Juntado?

Jennifer asintió.

–¿Quiénes?

A eso no respondió.

43

–Guardián a base, ¿me copias?
–Te copio 5×5, Guardián.

–El pájaro salió del nido. ¿Dejo que vuele?

–No. Si se aleja demasiado, retenlo. La jaula estará lista en unos segundos.

–Cierro.

Cuando Giuseppe Baldi abandonó la Universidad de Deusto y vio el magnífico día de primavera que lo aguardaba, decidió dar un paseo hasta el centro. Bilbao acababa de salir de una semana de copiosas lluvias, que había dejado una ciudad limpia rodeada de faldas de pastos verdes.

Todo estaba en calma. Todo, menos una Ford Transit con matrícula de Barcelona y cristales tintados, que ronroneó al advertir la presencia del «evangelista» en la puerta del recinto universitario.

–Es el pájaro.

Un hombre de complexión musculosa situado al volante de la furgoneta encendió un cigarrillo mientras seguía con la mirada al padre Baldi.

–Al cruzar el paso de peatones, lo detienes. ¿Oíste, Guardián?

Un chasquido cerró la comunicación. El hombre del cigarro

dejó su walkie-talkie sobre el asiento, se ajustó las gafas de sol y movió el vehículo cerca del benedictino. Éste caminaba confiado.

–¿Ya?

La voz de «Guardián» tronó exigiendo instrucciones.

–Adelante.

Fue suficiente. «Guardián», un fornido piamontés, calvo como una rana, de nombre real Marco Stilo, se guardó el receptor en el bolsillo de su americana y apretó el paso hacia el objetivo. En cuestión de segundos lo rebasó, deteniéndose junto a un semáforo en rojo. Allí, aguardó a que el «evangelista» se situara a su vera, y le espetó en un perfecto italiano:

–*Bello giorno, vero?*

Baldi se sorprendió, pero trató de ignorar al extraño manteniendo la vista clavada al frente. Fue lo último que hizo antes de que el pelado, vestido de Armani, desenfundara un arma corta con silenciador que a punto estuvo de clavar en sus costillas.

–Si te mueves, te frío aquí mismo –susurró.

El «evangelista» se quedó lívido. No había visto siquiera la pistola, pero notaba su tacto. Nunca antes lo habían apuntado con un arma, y un terror frío lo paralizó.

–Es... es un error –murmuró en un español forzado–. No tengo dinero.

–No quiero su dinero, padre.

–Pe... Pero si yo no...

–¿No es usted el padre Giuseppe Baldi?

–Sí –farfulló.

–Entonces no hay error que valga.

Antes de que «Guardián» hubiera terminado de hablar, la Ford Transit se detuvo junto al semáforo. Bastó un empujón para que el cuerpo del «evangelista» cediera y cayera de bruces dentro del vehículo. Una vez allí, dos brazos lo izaron, sentándolo al fondo de la furgoneta.

—Y ahora espero que se porte bien. No queremos hacerle daño.

—¿Quiénes son ustedes? ¿Qué quieren de mí?

Baldi tartamudeó en italiano aquellas dos frases. Seguía muy confuso y se sentía magullado, pero empezaba a tener claro que acababan de secuestrarlo.

—Hay alguien que desea verlo. Acomódese.

El calvo que lo había encañonado estaba ahora sentado junto al conductor y miraba fijamente al «evangelista» por el retrovisor.

—No haga tonterías, padre, nos quedan unas horas de viaje hasta llegar al destino.

—¿Unas horas? ¿Adónde vamos? —balbuceó.

—A un lugar donde poder hablar, querido «san Lucas».

Baldi sintió miedo. Aquellos hombres no lo habían secuestrado por error: sabían quién era. Y lo peor: para localizarlo debían de haberlo seguido desde Roma. La cuestión era por qué.

Un pinchazo en el brazo le hizo perder el conocimiento. Acababan de inyectarle una dosis de 20 miligramos de valium, la justa para mantenerle dormido durante cinco horas.

La Ford Transit enfiló la circunvalación de Bilbao hasta desembocar en la autopista A-68 en dirección a Burgos. Desde allí, enlazó con la nacional I y descendió rumbo a Madrid hasta Santo Tomé del Puerto, poco antes de comenzar la escalada de Somosierra. En ese punto nace la nacional 110 que conduce hasta Segovia, donde los secuestradores echaron siete mil pesetas de gasóleo al depósito en una estación de servicio pegada al acueducto romano. Luego tomaron la carretera secundaria hacia Zamarramala, donde no llegaron a entrar.

El reloj del salpicadero marcaba las diez y siete minutos de la noche. El vehículo se detuvo junto a una cruz de piedra clavada a escasos metros de uno de los más extraños templos del medievo español. Apagó las luces tras hacer dos señales con las largas a la iglesia.

—¿Todavía duerme? —preguntó el conductor al adivinar la figura de Baldi arrugada sobre el sillón trasero.

—Sí. Los efectos del valium son duraderos. ¿Intentamos despertarlo?

—No importa. Lo introduciremos a hombros.

La silueta poligonal de la ermita de la Vera Cruz contrastaba con el mosaico de farolas de Segovia. El alcázar, discretamente iluminado, se alzaba orgulloso sobre un horizonte de iglesias y casas único en Castilla. La Vera Cruz era distinta a todas.

Sumida en total oscuridad, sólo un fino hilo de luz procedente de su puerta oeste indicaba que el recinto no estaba vacío.

—Deprisa, Guardián, no tenemos tiempo que perder.

Introdujeron el cuerpo inerte del «evangelista» en la iglesia. Lo izaron hasta la torre hueca o edículo que sostiene el edificio, para depositarlo con sumo cuidado en el suelo de una pequeña sala con un ara tallada en el centro. Allí aguardaba un hombre cubierto con una túnica blanca que le tapaba el rostro.

—Habéis tardado.

Su reproche retumbó en las paredes vacías, burlando la penumbra. El hombre del cigarro se justificó.

—El pájaro se retrasó más de la cuenta.

—¿Pudisteis grabar su conversación con «Marcos»?

—No. Todo fue muy rápido.

—Está bien, no importa. Dejadnos solos.

El conductor de la furgoneta, sumiso, se despidió con una reverencia. Segundos después, cuando un golpe seco anunció que el portón de la iglesia había sido atrancado, se inclinó sobre el desfallecido padre Baldi y trató de reanimarlo.

El «regreso» del «evangelista» fue lento. Cuando al fin se incorporó, se quitó las gafas para frotarse los ojos. Después, con ayuda del encapuchado, ingirió agua.

–¿Dónde estoy?

El benedictino temblaba.

–En Segovia.

La voz del tapado, en contraste con la suya, sonó firme y desprendía cierto tono de familiaridad.

–¿Quiénes sois? ¿Qué queréis de mí?

–Sólo retenerte. Has averiguado demasiadas cosas en poco tiempo, y estás a punto de echar a perder nuestros planes.

–¿Vuestros planes? ¿Quiénes sois?

–A mí me conoces.

El encapuchado se echó para atrás la caperuza que le cubría, dejando al aire el inconfundible flequillo de Albert Ferrell.

–¡Fray Alberto! –Baldi estuvo a punto de perder el equilibrio al identificar a su raptor–. ¿Es esto cosa de los americanos? Me secuestra para quedarse usted con el control del proyecto de Cronovisión. Es eso, ¿verdad?

–No... Y me apena ver que aún no ha comprendido nada.

–¿Comprender? ¿Qué he de comprender?

–Cuál es nuestro papel en todo esto.

–¿Nuestro papel?

–El suyo y el mío, padre Baldi. Somos peones en una partida de ajedrez de tremendas dimensiones.

A medida que se recuperaba de los efectos del somnífero, el «evangelista» iba elevando el tono de sus palabras.

–Que yo sepa, usted fue destinado a Roma por el gobierno norteamericano para desarrollar la vertiente técnica de la Cronovisión. No veo partida de ajedrez por ningún lado.

–Oficialmente así fue, padre. Aunque mi trabajo está vinculado en realidad a un grupo muy antiguo llamado *Fraternitate María Cordis*. La Hermandad del Corazón de María. Durante siglos ha preservado un secreto terrible para la cristiandad. Un secreto que sólo la Cronovisión amenazaba con descubrir.

–¿Hermandad del Corazón de María? ¡Ustedes pusieron las bombas a la Verónica!

El padre Baldi enrojeció, y se arrastró hasta el banco de madera que circunvalaba el perímetro de la estancia.

–Aquel «atentado» fue el que obligó a mi grupo a actuar con rapidez y retenerlo aquí. Lo que vio en San Pedro del Vaticano fue una advertencia de nuestros enemigos. Ellos arremetieron contra un monumento que contiene, en esencia, la clave de nuestro secreto.

–¿Secreto? No lo entiendo.

–¡Vamos! Usted ha estudiado historia. Sabe que la columna de Santa Verónica fue erigida por orden papal para albergar la reliquia del «santo rostro». Las otras columnas, menos importantes, custodian una falsa calavera de san Andrés, un trozo de cruz o la lanza que atravesó el costado de Nuestro Señor. La «santa faz» corresponde al rostro de Jesús, que quedó misteriosamente grabado sobre ese lienzo...

–Sí, todo el mundo conoce esa historia.

–Los templarios que erigieron esta iglesia estuvieron en el secreto y lo protegieron. Tuvieron contactos con seres que les advirtieron de la guerra «divina» que se estaba librando a sus espaldas y de la importancia de preservar ciertos objetos para el futuro, para cuando la especie humana pudiera comprender el engaño.

–¿El secreto?

–A eso voy. Éste arranca cuando, durante las obras de la actual basílica de San Pedro, bajo el pontificado de Clemente VII,[1] el Papa se da cuenta de que el paño de la Verónica fue impreso de la misma forma milagrosa que la tilma del indio Juan Diego, en México, en 1531, bajo su pontificado. Entonces no se sabía nada de radiaciones y, con buen criterio, se creyó que ambas obras debían de estar relacionadas entre sí.

–No entiendo.

–Muy fácil: la Sábana Santa, la «santa faz» y la tilma de Guadalupe tienen un mismo origen. Ambas piezas fueron impresas por la radiación emitida por una clase muy particular de «infiltrados», cuya identidad la propia Iglesia no pudo establecer, pero que, básicamente, es la misma que impregnó la foto que usted fue a recoger esta mañana del cuartel de los *sampietrinis.*

–¿Cómo sabe usted que...?

–Las paredes oyen.

–Lo que no entiendo es por qué atentaron contra la columna de Santa Verónica –murmuró el «evangelista» abatido.

–Como le he dicho, fue una estrategia urdida por nuestros enemigos para ponerlo a usted en la pista del *Memorial de Benavides,* sin que se diera cuenta de que estaba siendo utilizado. Ellos querían que lo encontrara a toda costa, lo confiscara y lo devolviera al olvido al que ha estado condenado durante siglos. Firmaron la agresión con el nombre de nuestra hermandad sólo para descubrirnos y obligarnos a desaparecer. Ya sabe, querían matar dos pájaros de un tiro.

–Y si esos enemigos que usted dice sabían dónde estaba el manuscrito, ¿por qué no lo recuperaban ellos?

1. 1523-1534.

–Porque a los ángeles nos está permitido actuar en vuestro mundo hasta un cierto punto.

Baldi se estremeció.

–Usted...

–Sería muy largo de explicárselo todo –le atajó fray Alberto–. Con este secuestro estoy violando nuestro código de no intervención, pero no tenía elección si quería impedir que lo que le voy a contar siguiera oculto por más tiempo.

–Le escucho.

–Usted conoce la historia de los ángeles caídos, y no es de los que tienen la imagen de nosotros como seres asexuados, casi estúpidos y con alas, así que le resumiré los hechos.

–¿Ángeles?

–Atienda, por favor: cuando Dios creó al hombre, trabajó con dos clases de ayudantes. Los más fieles convinieron en concebirlo como un ser inferior que, recluido en el «paraíso terrenal», cumpliría como un autómata las tareas para las que fue diseñado. Todo se reduciría a trabajos físicos, casi de esclavo, en ciertos rincones de la Tierra como el África aurífera. Sin embargo, otro grupo no estaba de acuerdo con la idea de crear un sirviente biológico a partir del patrimonio genético de Dios, de ahí lo de «creados a Su imagen y semejanza».[2] Estos últimos, los rebeldes, quisieron dotarlo de conciencia y autonomía.

–¡El pecado de Lucifer!

–En esencia, sí. El episodio de la «expulsión» del paraíso surge de una conspiración para abrir la mente del hombre en contra de los designios de Dios, que debemos entender como una divinidad local, no como el *Programador* primigenio. Por eso se expulsó de la «directiva divina» a los ayudantes que participaron en ese

2. Génesis 1, 27.

complot. Fueron desterrados a la Tierra, donde trataron de edu-
car a ese ser aún simple y primitivo mediante la creación de falsos
dioses que lo instruyeran. El humano resultó una criatura crédula
e insegura.

Mientras hablaba, fray Alberto daba vueltas alrededor del altar
de la Vera Cruz, observando la cara de estupefacción de su interlocutor.

–Desde esa época –continuó–, ha habido dos facciones luchando sobre la Tierra. Por un lado, los «leales» a Dios que, pese a que
Éste renunció a seguir ocupándose del planeta, quisieron recuperar-
lo tratando de sumir al hombre en su anterior oscurantismo. Y por
otro, los «rebeldes», que combatieron para educarlo y hacerlo libre.

–¿Y esa lucha...?

–La lucha se recrudeció con la llegada de Jesús, otro «rebelde», que fue condenado por los «leales» primero y cuyo mensaje
manipularon después.

«San Lucas» se persignó espantado.

–Esa lucha ha llegado hasta hoy, padre Baldi. Los hombres que
lo han secuestrado, los que robaron el manuscrito de Benavides del
que sin duda le habrá hablado «Marcos», y yo, pertenecemos a la
facción «rebelde». Nuestro trabajo ha consistido en insuflar dosis
de conocimiento en el ser humano, no sólo para que éste descubriera el verdadero rostro del Dios que los abandonó a su suerte
(un dios menor, insisto, en ningún caso el Profundo que creó el
Universo), sino para que tomara conciencia de ciertas habilidades
o sentidos cuyo uso le fue velado por la facción «leal».

–Entonces, el hombre que vi en San Pedro y que me advirtió
de que fuera a hablar con el segundo evangelista...

–No era un hombre. Era, llamémoslo así, un ángel leal que quiso enviarle a los brazos de «Marcos» primero y a «Gran Soñador»

después, para que recuperara el *Memorial* e impidiera que ese conocimiento saliera a la luz, manteniéndolo dentro de los muros de
una institución también «leal» como la Iglesia.

Baldi tenía los ojos abiertos como platos. Apenas podía creer
lo que le estaban diciendo.

—¿Y tan importante es ese *Memorial*?

—Es la única prueba documental que demuestra la injerencia
de los «leales» en ciertos episodios de la historia. Dios, padre Baldi,
no es vengativo, ni justiciero, ni ha elegido ningún pueblo por encima de otro... El verdadero Dios es un reloj, un *Programador* del
tiempo y el espacio.

—No sé qué decir.

—No diga nada. Simplemente, ha de saber que fueron ellos, los
«leales», quienes entregaron a monjas contemporáneas de María
Jesús de Ágreda las claves para desdoblarse y proyectarse a otras
regiones del planeta.

—¿Ellos?

—Lo hicieron en el caso de sor María Luisa de la Ascensión,
más conocida como la «monja de Carrión», que experimentó bilocaciones a diversos lugares del mundo. Estuvo en Asís visitando el
sepulcro de san Francisco; en Madrid atendió al moribundo Felipe III; en Japón reconfortó al mártir franciscano fray Juan de
Santamaría en las batallas que se libraron contra los infieles; entre
los barcos españoles que regresaban de América y temían ser asal-
tados por piratas ingleses, y hasta se la vio en medio de algunas
tribus del oeste de Nuevo México, evangelizándolas.

—¿Y qué interés tenían los «leales» en mandarla a tantos lugares?

—Uno muy claro: accidentalmente, a sor María Luisa se la tomó
por Nuestra Señora en aquellos «saltos», y al ver el efecto que

causaba en la población pagana, se la instruyó para que ella misma alimentase esa falsa sensación que tanto ayudaría a asentar el culto católico en ciertas regiones.

—Eso es una falacia sin ningún fundamento.

—No, padre. Nosotros pusimos esa misma técnica en manos de Robert Monroe, el ingeniero de sonido del que le hablé en Roma. Él tenía cierta propensión a los viajes astrales y la «canalización», así que decidimos ayudarlo. Creímos que si Monroe desarrollaba la técnica del viaje astral, que es una de las capacidades «angélicas» sustraídas a los humanos, tal vez deduciría cómo se había estado engañando a la humanidad durante siglos con falsas apariciones.

—¿Y por qué lo eligieron a él, y no a cualquier otro?

—Su cerebro tenía el lóbulo temporal derecho muy sensible. Esa parte, que es la que controla funciones como los sueños o la memoria, puede, bajo determinadas circunstancias, actuar como «antena». Para nosotros fue fácil colarnos en sus sueños bajo el aspecto de Miranón, un «ángel instructor» que creamos para él, y orientarlo sobre lo que debería hacer para poder reproducir esas vivencias a voluntad. Queríamos que un hombre del siglo XX sistematizase lo que fray Alonso de Benavides, tres siglos antes, escribió en los márgenes del ejemplar del *Memorial* que robamos de la Biblioteca Nacional.

—Pero sigo sin entender sus propósitos. ¿Para qué?

—Para que la cristiandad comprenda cómo se la engañó con algo que puede reproducirse a voluntad.

—Pero ¿por qué robaron el manuscrito si conocían las fórmulas y los mecanismos?

—En realidad, lo robamos para que pueda salir a la luz, junto a la existencia de la Cronovisión y los esfuerzos del INSCOM para crear un departamento de «espías astrales». Nuestra pretensión es que alguien reúna toda la verdad y explique que la Virgen nunca estuvo en Nuevo México. Que fueron monjas, utilizando técnicas precisas de los «leales», las que estuvieron realmente allí, y que todo fue un complot para mantener una fe primitiva basada en la manipulación.

La conversación entre fray Alberto y el padre Baldi se extendió durante cincuenta minutos más. Durante ese tiempo, sólo sus voces retumbaron en la parte alta de la iglesia de la Vera Cruz. Ni los frescos templarios bajo el encalado de las paredes, ni las banderas de la orden de Malta, habían sido testigos antes de una charla semejante.

–¿Y los «rebeldes» conocían esas técnicas? –preguntó Baldi.

–En efecto. Y también sabíamos que aunque usted las redescubriera, sería difícil que escaparan al control de la Iglesia. ¿O es que cree que fue casualidad que recibiera en 1972 la visita de aquel periodista del *Corriere della Sera* preguntándole por su «máquina de ver el pasado»? ¿Y la del reportero español que le enviamos?

–¿También fue cosa suya?

Fray Alberto sonrió.

–¿De quién si no? Elegimos a un periodista al que predispusimos para encontrarse con usted primero, y luego con la historia de la Dama Azul, para que pudiera atar cabos y destapara esta trama.

–Pero eso no es posible. No se puede modificar el destino de una persona, así por las buenas –protestó «san Lucas».

–Nosotros, sí. Basta con conocer cómo funciona el Universo, que, como supondrá, no es tan fiel a las leyes de Newton como se cree. Las filosofías antiguas ya defendían que el tiempo es una dimensión que limita sólo a ciertas especies en función de su grado de conciencia. Hoy algunos físicos son capaces de intuir la profundidad de esas palabras, sobre todo cuando comprueban en sus experiencias con partículas elementales que éstas se adelantan a los propios deseos del experimentador. Es decir, a una escala infinitesimal, la «conciencia» de las partículas se adelanta al tiempo y «actúa» en consecuencia. Comprenderá que ese detalle no hace sino indicar qué especies pueden adelantarse al futuro y allanar el terreno para preparar acontecimientos que otros menos advertidos llamarían «casualidades».

—¿Y qué clase de «casualidades» han preparado?

—Eso es mejor que no lo conozca. Todavía es nuestro rehén, al menos hasta que los acontecimientos se precipiten.

«San Lucas» se encogió de hombros ante lo que fray Alberto presentaba como inevitable. Así que decidió tantear otros terrenos.

—¿Le contó todo esto a «san Mateo» cuando trabajó para él?

El «infiltrado» lo contempló de hito en hito.

—El padre Luigi Corso fue un buen hombre. Lo ayudé cuanto pude al frente de la Cronovisión. Tenía la esperanza de que descubriera por sí mismo cómo se utilizó en el pasado la técnica de bilocación mediante la «densificación» del cuerpo astral, empleando vibraciones de sonido. Aunque no lo hizo.

—Pero ¿se lo contó? —insistió Baldi.

—Le revelé el gran secreto de nuestra hermandad, sí. Estaba en la obligación de hacerlo, antes de que decidiera encerrar sus averiguaciones en el *Archivio Segreto Vaticano* bajo cuatro llaves.

El padre Baldi interrogó a fray Alberto con la mirada.

—Sé lo que está pensando. En efecto, yo fui la última persona que lo vio con vida. Lo visité en su residencia para contárselo todo, y no pudo aguantar la verdad.

—Entonces, fue... usted.

44

Carlos empleó más de dos horas en leer la versión del manuscrito que escribió Benavides para el rey. Devoró no sólo el texto principal –no muy diferente del *Memorial* impreso en 1630 por Felipe IV–, sino también las notas al margen donde se especificaban qué melodías sacras favorecían el «vuelo místico» y qué clase de operaciones practicaron ciertos ángeles en el cerebro de sor María de Jesús para que respondiese a ellas.[1]

Eran comentarios especialmente agudos, transcritos por Benavides de boca de la propia abadesa de Ágreda, aunque difícilmente comprensibles para un hombre pragmático como el rey. Sin embargo, a la luz de los sueños de Jennifer y de las técnicas empleadas en Roma con ella, sus palabras cobraban nueva vida.

Existía –o eso afirmaba el texto– una fórmula basada en vibraciones acústicas, para bilocarse. Una fórmula importada a la cris-

---

1. Las operaciones de ángeles a monjas no se limitaron al caso de sor María Jesús de Ágreda. La propia santa Teresa sufrió también esas «operaciones», que describió así: «Veíale en las manos un dardo de oro largo, y al fin del hierro me parecía tener un poco de fuego. Éste me parecía meter por el corazón algunas veces, y que me llegaba a las entrañas. Al sacarle, me parecía las llevaba consigo, y me dejaba toda abrasada en amor grande de Dios». Lo cierto es que, tras la muerte de esta santa, los médicos hallaron un gran corte horizontal en su corazón, que aún puede verse en su relicario de Alba de Tormes.

tiandad por una clase de seres radiantes que habían descendido a la Tierra en la noche de los tiempos.

—Jennifer... —murmuró al fin el *patrón*, después de un buen rato en silencio.

—¿Sí?

—Usted vio a la Dama Azul en sus sueños, ¿verdad?

—Sí.

—¿Cómo era?

—Bueno... La vi descender del cielo en medio de un cono de luz. Irradiaba tanta luminosidad que a duras penas pude distinguir sus rasgos... Pero un hecho me llamó la atención. Apostaría que era la misma mujer con la que soñé más tarde, la que llamaban María Jesús de Ágreda.

—¿Siempre fue la misma?

—Creo que sí.

—¿Y la vio siempre en solitario?

—Sí. ¿Por qué me pregunta eso?

—Porque, según este documento, hubo varias damas azules en ese período, y fueron ayudadas siempre por «ángeles» de aspecto humano. Se enviaron varias monjas a aquel lugar a predicar, que más tarde identificaron con la Virgen. ¿Sabe usted algo de esto?

—No. Nadie del proyecto me habló de otras damas azules.

Carlos miró a Jennifer, que esperaba ansiosa a que el *patrón* le tradujera otros párrafos de aquel texto.

—No me ha dicho usted qué nombre recibió ese proyecto conjunto entre el INSCOM y el Vaticano.

—No, no lo he hecho. No sé si es importante, tampoco si se trata de un secreto de Estado. Ya da igual. Se llamaba Cronovisión.

—¿Cronovisión?

—Eso es. ¿Ha oído hablar de él?

El periodista esquivó la mirada de Jennifer.

–Sí... sí. Hace algún tiempo.

Jennifer no insistió. Carlos tembló recordando su último viaje a Venecia y una casi olvidada conversación con un benedictino llamado Giuseppe Baldi...

45

Cinco impresionantes Fiats negros, con las cortinillas de los asientos traseros echadas, atravesaron a toda velocidad la puerta del único bloque independiente de la *piazza del Sant'Uffizio*, en el número 11, no muy lejos de la explanada de San Pedro. Aquello no era una buena señal. La máxima autoridad había convocado a una reunión de urgencia al prefecto del Consejo para los Asuntos Públicos de la Iglesia, al cardenal responsable de la Sagrada Congregación para las Causas de los Santos, al director general del Instituto para Obras Exteriores (IOE), al secretario personal del Papa y al prefecto de la Sagrada Congregación para la Doctrina de la Fe. El encuentro iba a producirse en el salón señorial de esta última Congregación. En el Santo Oficio. A las 22.30 horas en punto.

Los cinco hombres subieron a la tercera planta, escoltados por sus respectivos secretarios. Mientras tomaban asiento, tres benedictinas sirvieron té y pastas en unos juegos de plata con las llaves de Pedro en bajorrelieve, al tiempo que varios funcionarios del Santo Oficio les entregaban unas gruesas carpetas con la documentación a debatir.

El prefecto del Santo Oficio, un hombre con fama de pocos amigos, aguardó a que sus invitados estuvieran instalados. Después, con la solemnidad que lo caracterizaba, anunció el inicio de la sesión con su campanilla de bronce.

—Eminencias, la Santa Madre Iglesia ha sido torpedeada desde dentro, y Su Santidad desea que paliemos los efectos del ataque antes de que sea demasiado tarde.

Los cardenales se miraron unos a otros con gesto de sorpresa. Nadie había oído una palabra acerca de sabotajes, conspiraciones o tramas dentro del Vaticano desde hacía meses. Es más, desde el atentado que sufrió el Papa a manos de un fanático turco en la plaza de San Pedro, una cierta calma dominaba Roma. Sólo monseñor Ricardo Torres, cabeza de la Congregación para las Causas de los Santos, alzó la voz sobre el resto y exigió una explicación.

El prefecto Cormack, un hombre enjuto y con fama de implacable, bien ganada desde que en 1979 el Papa le encargó neutralizar la teología de la liberación, aguardó a que cesaran los murmullos. Observaba a los cardenales como quien se dispone a anunciar una desgracia irreparable y se compadece a un tiempo de su suerte.

—Seguimos sin tener noticias del padre Giuseppe Baldi, secuestrado en España el pasado miércoles.

Hizo una pausa. Los prelados reanudaron sus murmullos.

—Su desaparición no sólo ha dejado al aire nuestro proyecto de Cronovisión, sino que ha forzado a los servicios secretos a investigar el asunto, destapando una documentación que creo deben conocer de inmediato.

Cormack echó un vistazo a la sala, exigiendo silencio.

—En las carpetas que se les acaba de facilitar —prosiguió—, encontrarán documentos que ruego examinen con detalle. Han sido reproducidos por primera y única vez. Estaban depositados en la cámara acorazada del *Archivio Segreto,* y confío en que los manejarán con la mayor de las cautelas.

Los archivadores a los que se refería monseñor Joseph Cormack, de cubierta plastificada y con la bandera blanca y amarilla de los Estados Pontificios, fueron abiertos por todos con curiosidad.

—Atiendan, por favor, al primer documento —prosiguió el anfitrión—. Verán una tabla cronológica donde se enumeran algunas de las principales apariciones de la Virgen. Si se fijan, se darán cuenta de que antes del siglo XI, la única consignada es la visita que Nuestra Señora la Virgen María hizo al apóstol Santiago, junto al río Ebro, en España, en el año cuarenta.

—Eminencia...

Monseñor Sebastiano Balducci, prefecto del Consejo para los Asuntos Públicos de la Iglesia y el *púrpura* más anciano de los convocados, se levantó de su silla esgrimiendo aquellos folios de forma amenazadora.

—Supongo que no se nos habrá citado a una catequesis utilizando la vía de máxima prioridad.

—¡Siéntese, padre Balducci! —chilló Cormack con los ojos rojos—. Ustedes saben lo mucho que aprecia Su Santidad el culto a la Madre de Dios, y lo mucho que ha trabajado en su consolidación...

Nadie replicó.

—... Pues bien, alguien quiere poner en evidencia los métodos que hemos utilizado para promover ese culto, y desprestigiar a nuestra institución.

—La situación es desconcertante, eminencias —Stanislaw Zsidiv, el secretario del Papa, y el último hombre que vio a Baldi en Roma, tomó la palabra, mirando a cada uno de los reunidos con su gélido rictus de leñador polaco—. De alguna manera, se ha filtrado fuera de los muros vaticanos la técnica que hemos utilizado para provocar ciertas apariciones de Nuestra Señora.

–¿Métodos? ¿Técnica? ¿Se puede saber de qué están ustedes hablando...? –el anciano Balducci volvió a la carga, cada vez más irritado.

–Monseñor Balducci: usted es el único en esta sala que no ha sido informado del objeto de discusión de esta noche –lo atajó Cormack de nuevo–. Sin embargo, va a jugar un papel fundamental para tratar de controlar la tormenta que se nos viene encima.

–¿Tormenta? Aclárese, por favor.

–Si mira otra vez el listado, le explicaré algo que nuestra institución ha mantenido en secreto durante siglos.

Joseph Cormack, que a pesar de sus treinta años en Roma nunca había logrado pulir sus modales de cura de barrio conflictivo, aguardó paciente a que el padre Balducci terminará de leer el primer documento.

–Lo que está leyendo, padre, es la historia de la primera aparición de la Virgen. Se la resumiré: se cree que María, preocupada por los escasos avances de la evangelización en Hispania, se presentó en cuerpo y alma a Santiago el Mayor junto al río Ebro, en la ciudad de Caesar Augusta.

–Es la leyenda que dio pie a la construcción del Pilar de Zaragoza –puntualizó monseñor Torres, el único español de la reunión y declarado devoto de la Virgen del Pilar.

–El caso es que esa «visita» se produjo en vida de la Virgen, antes de su ascensión a los cielos, y sirvió para que dejara en Zaragoza un recuerdo..., una columna de piedra que aún se venera.

Balducci miró a Cormack de reojo y balbuceó algo:

–¡Fábulas! Santiago nunca estuvo en España...

–Santiago no, padre, pero la Virgen sí. De hecho, se discutió mucho sobre aquel prodigio en los primeros años de nuestra institución, y se concluyó que fue un milagro de bilocación. Nuestra Señora se desdobló por la Gracia de Dios hasta el Ebro y se llevó consigo una piedra de Tierra Santa que aún está allí.

–¿Y bien?

Cormack insistió:

–Si mira el listado, las siguientes apariciones históricas datan del siglo XI. ¡Mil años después!

Monseñor Balducci no se dio por enterado. Contemplaba incrédulo aquella enumeración de nombres, fechas y lugares. Todavía no sabía dónde quería ir a parar el prefecto.

–Las nuevas visiones de la Virgen se extendieron como una auténtica epidemia por toda Europa. Nadie sabía lo que estaba sucediendo –y la Iglesia aún menos–, hasta que el papa Inocencio III encargó una investigación a fondo que desveló algo sorprendente, y que decidió mantener en secreto dadas sus consecuencias históricas.

–Prosiga, padre Cormack.

–Está bien –respiró hondo–. Luego que toda la cristiandad comprobara que el mundo seguía respirando tras el 31 de diciembre de 999, se produjo una revitalización de nuestra fe sin parangón. La feligresía multiplicó su esperanza en la redención y las órdenes monásticas vieron crecer sus reclutamientos hasta cotas antes impensables. Muchos de esos nuevos clérigos y religiosas accedieron de repente a un mundo reglado, donde fueron sometidos a toda clase de estímulos nuevos, y comenzaron a proliferar los místicos. La comisión del papa Inocencio, al investigar algunas apariciones y compararlas con ciertas anomalías que sucedían intramuros, descubrió que muchas apariciones de la Virgen eran «simples» desdoblamientos de religiosas. Por lo general, se trataba de mujeres que, además, padecían éxtasis muy intensos en los que irradiaban luz, levitaban o entraban en estados epilépticos severos.

—¿Y por qué se ocultó aquello? —los reunidos sonrieron ante la ingenuidad del padre Balducci.

—¡Hombre de Dios! La fe medieval en la Virgen sirvió para disimular cultos anteriores al cristianismo, especialmente a diosas paganas, y justificó la construcción de catedrales y ermitas por toda Europa. Allá donde peligraba la fe, se «inventaba» una advocación mariana. Sin embargo, no fue hasta un tiempo después cuando se pudo controlar el fenómeno del desdoblamiento de algunas místicas, y se crearon advocaciones de la Virgen a voluntad.

—¿A voluntad? —Balducci ya no daba crédito a lo que oía.

—Sí. Se descubrió, gracias a algunas «filtraciones» casi milagrosas, que utilizando frecuencias musicales de cantos practicados por la orden de San Benito, se favorecían éxtasis en ciertas mujeres (siempre religiosas, a las que se podía controlar), que después se desdoblaban y viajaban a donde se las indicaba. El juego era peligroso, ya que las monjas envejecían rápidamente, su salud mental se deterioraba en pocos años y quedaban casi inservibles para nuevos servicios.

Monseñor Balducci echó un vistazo a otro listado incluido en el dossier que la secretaría del Santo Oficio les había facilitado. En él figuraban nombres de religiosas desde el siglo XI al XIX, que participaron en la creación de apariciones marianas. Aquello era, en efecto, un escándalo. Monjas como la cisterciense Aleydis de Schaerbeck, quien hacia 1250 se hizo célebre porque su celda se llenaba de una luz fulgurante mientras su cuerpo se «aparecía» en Toulouse y otras regiones del sudeste francés; la reformadora clarisa Colette de Corbie, santa, que hasta su muerte en 1447 se dejó ver en los alrededores de Lyon, dando pie a varias advocaciones de Nuestra Señora de la Luz, por la intensidad con que su imagen fue vista por aquellos pagos; sor Catalina de Cristo, en la España de 1590, sor Magdalena de San José, en el París de un siglo después, María Magdalena de Pazzi en 1607, en Italia... y así hasta más de cien monjas.

–Pero esto requería de una organización que coordinara a mucha gente –arguyó Balducci cada vez más atónito.

–La organización existió, y era una pequeña división dentro del Santo Oficio –le respondió amablemente Giancarlo Orlandi, director general del IOE y que hasta ese momento había permanecido callado.

–¿Y ha actuado impune durante tantos siglos, sin ser descubierta?

–Impune, más o menos, padre –Cormack matizó con cierto pesar–. Ésa es, precisamente, la razón que ha motivado esta reunión. De hecho, en otra parte de esa documentación encontrará datos sobre la única grave indiscreción que cometió este proyecto en ocho siglos de existencia. Sucedió en 1631, después de que el Santo Oficio culminara con éxito un programa de «evangelización» a distancia, proyectando a una monja de clausura española a Nuevo México.

–¿La Dama Azul?

–Vaya, ¿conoce el caso? –la respuesta de Balducci sorprendió a los reunidos.

–¿Y quién no? Hasta las ratas en Roma saben que han estado desapareciendo documentos históricos de bibliotecas y archivos públicos relativos a ese caso, en estos últimos meses.

–Precisamente.

El padre Cormack inclinó la cabeza, permitiendo a monseñor Torres que explicara algo más:

—El asunto de los documentos desaparecidos –se arrancó Torres– es un misterio. Han sido robados de la Biblioteca Nacional de Madrid, de los Archivos Iberoamericanos de los franciscanos y hasta del *Archivio Segreto Vaticano*. Los ladrones seleccionaron sólo aquellos textos que ponían de relieve la existencia de este programa de creación de «apariciones» marianas, y han intentado filtrarlos a la opinión pública.

—Luego los ladrones están al corriente de todo... –murmuró el secretario Zsidiv.

—Ése es el problema. No cabe duda de que una organización muy poderosa se ha infiltrado entre nosotros, y busca nuestra ruina. Existe una quinta columna que está tratando de echar por tierra una labor de siglos.

—¡Padre! ¿No estará acusando a nadie de esta mesa? –Giancarlo Orlandi sobresaltó a todo el «concilio».

—No se exalte. La quinta columna de la que hablo actúa a espaldas de la Madre Iglesia. De momento ha conseguido hacerse con un documento que todos considerábamos perdido, y en el que se explican las técnicas para crear falsas apariciones de la Virgen y otros prodigios como las voces de Dios, mediante el uso de vibraciones acústicas.

—¡Dios! ¿Es eso posible?

Balducci miró horrorizado al padre Cormack, contemplando cómo éste asentía.

—Así es.

—¿Y qué ocurriría si se descubriese el engaño?

—Que caeríamos en un tremendo desprestigio. Imagínese: apareceríamos como los creadores de apariciones mediante «efectos especiales». La feligresía se sentiría traicionada y se apartaría de la tutela de la Santa Madre Iglesia...

–Ya entiendo por qué me han convocado –murmuró Balducci–. Quieren que convenza a la cristiandad de la autenticidad de esas apariciones en tanto prefecto del Consejo para los Asuntos Públicos de la Iglesia, ¿no es eso?

–No exactamente. El daño es irreparable, y la potencia hostil que se ha hecho con la documentación ha tomado ya medidas para dar a conocer la terrible verdad.

–¿Y entonces?

–Su misión será dosificar esa información al mundo para que no resulte tan traumática. Tememos seriamente que el asunto esté ya fuera de control.

–¿Y cómo lo haré?

–Eso es lo que debemos acordar. Pero tengo varias ideas. Pida, por ejemplo, que alguien escriba una novela, que filmen una serie de televisión, que se ruede una película... ¡qué sé yo! Procede utilizar el engranaje de la propaganda. Ya sabe, cuando las verdades se disfrazan de ficción, por alguna razón terminan perdiendo verosimilitud.

Monseñor Zsidiv se levantó de su silla luciendo un gesto triunfal:

–Tengo una propuesta. Baldi, antes de desaparecer, habló con un periodista al que le filtró ciertos detalles de la Cronovisión que más tarde publicó en España.

–Lo recordamos –lo interrumpió Cormack.

–¿Y por qué no invitar a ese periodista a escribir la novela que usted propone? A fin de cuentas, él ya posee ciertos elementos con los que comenzar a hilar su historia. Podría titularla algo así como *La Dama Azul*...

El prefecto del Santo Oficio esbozó una sonrisa de oreja a oreja:

–Ése es un buen punto de partida. Piensa usted como los ángeles –espetó.

Zsidiv sonrió para sus adentros, y musitó una frase apenas perceptible.

–... Sí; rebeldes.

POST SCRIPTUM

(ALGUNAS PISTAS PARA LECTORES DESPREVENIDOS)

La historia de la Dama Azul dista mucho de haber quedado resuelta en las páginas precedentes. En los manuales de Historia, los arrebatos y bilocaciones de sor María Jesús de Ágreda, así como los de otras religiosas de su tiempo como sor María Luisa de la Ascensión –o de Carrión–, pasaron desapercibidos. Sin embargo, pese al olvido del episodio de la Dama Azul, la monja de Ágreda desarrolló una vida intensa, dedicada a la literatura y a su profusa correspondencia con los principales personajes políticos de su época, entre ellos el propio Felipe IV.

De entre todos sus escritos de madurez, uno la convertiría en inmortal: una voluminosa obra, en ocho volúmenes, que tituló *Mística Ciudad de Dios*, y que confeccionó –o eso aseguró– por expreso deseo de la Virgen. En ella narra la vida e inmaculada concepción de Nuestra Señora, dictada por ella misma. Una vasta tarea en la que empleará siete años, durante los cuales no sólo se sucedieron visiones extáticas de ángeles y otras potencias celestiales, sino que sirvió de pretexto para la estrecha amistad que la uniría con el rey de España.

El monarca, en la línea de sus predecesores, confió los secretos de su alma a tan inspirada mujer, cuyos consejos lo llevaron incluso a desembarazarse de la agobiante presencia del conde duque de Olivares. Sor María Jesús lo consoló ofreciéndose también como una suerte de «médium» entre el rey y su esposa Isabel de Borbón una vez fallecida, o entre el rey y su difunto hijo el príncipe Baltasar Carlos, «destinado», según la monja, al purgatorio.

Sor María Jesús quemó el manuscrito original de la *Mística Ciudad de Dios* en 1643, y reemprendió su reconstrucción en 1655. En vida, incineró muchos otros escritos, especialmente los redactados alrededor de su período de bilocaciones en Nuevo México, por lo que los investigadores perdimos pistas preciosas para llegar al fondo de aquellas vivencias. Sólo el *Memorial de Benavides* –un documento histórico, al que esta novela debe mucho– ha llenado parcialmente esa laguna. Es por eso que estos episodios son los más oscuros de los que se tiene noticia, y, probablemente, junto a algunas ideas insólitas de su obra mística, los responsables de que ningún papa se haya decidido a canonizar a tan piadosa y extravagante mujer.

En cuanto a los otros *frentes* abiertos en la obra, debo decir que, efectivamente, el gobierno de Estados Unidos instituyó en Fort Meade un laboratorio para crear «espías psíquicos», muchos de los cuales llevan años refiriendo públicamente, y en primera persona, algunas de sus vivencias dentro del INSCOM. La mayoría de sus testimonios me han servido como base para confeccionar partes esenciales de la trama. Como también los estudios de Robert Monroe, un ingeniero fallecido en 1995 y que logró aportar una visión esclarecedora del fenómeno del viaje astral en sus libros *Journeys Out of the Body, Far Journeys* y *El viaje definitivo*.

También real es el proyecto de la Cronovisión. De hecho, a

principios de esta década me entrevisté en Venecia con un sacerdote benedictino que participó en ciertos experimentos para «ver»,
e incluso «fotografiar», el pasado. Aquel buen religioso –experto
en prepolifonía– sólo me explicó que Pío XII había clasificado aquellas investigaciones como *riservattisimas,* ya que su masiva divulgación podría cambiar el curso de nuestra historia. Él sabrá.

La obra que acaba de leer es, pues, el fruto de los cabos suel-
tos con los que he tropezado en el curso de mis investigaciones
sobre la Dama Azul y el enigma de los «saltos» espaciotempora-
les. Unos cabos que, debidamente atados, me han permitido alcanzar, al menos, una certeza íntima: la de saber que nuestro planeta
está siendo controlado desde dentro por «infiltrados» que han
encauzado determinados aspectos de nuestra cultura y religión para
hacernos digerir poco a poco la Gran Verdad. A saber: que el ser
humano no está solo en el Universo.

Quienes hayan visto o sentido de cerca la larga mano de estos
«infiltrados» coincidirán conmigo.

> Escrito a caballo de tres continentes (Europa,
> América y África), entre el verano de 1997 y
> la primavera de 1998, año del IV Centenario
> de la fundación del Estado de Nuevo México.

Este libro se ha impreso
en BROSMAC, S.L..